2017
读家记忆
年度优秀作品

小小说

LING
DINGNIAN

凌鼎年
主编

中国出版集团
现代出版社

图书在版编目（CIP）数据

读家记忆2017年度优秀作品·小小说/凌鼎年主编. --北京：现代出版社，2018.4

ISBN 978-7-5143-6973-1

Ⅰ．①读… Ⅱ．①凌… Ⅲ．①中国文学－当代文学－作品综合集②小小说－小说集－中国－当代 Ⅳ．①I217.1

中国版本图书馆CIP数据核字（2018）第052378号

读家记忆2017年度优秀作品·小小说

主　　编	凌鼎年	
责任编辑	杨学庆	
出版发行	现代出版社	
地　　址	北京市安定门外安华里504号	
邮政编码	100011	
电　　话	010-64267325　010-64245264（兼传真）	
网　　址	www.1980xd.com	
电子邮箱	xiandai@vip.sina.com	
印　　刷	成都市兴雅致印务有限责任公司	
开　　本	710mm×1000mm　1/16	
印　　张	18	
字　　数	268千	
版　　次	2018年4月第1版　2018年4月第1次印刷	
书　　号	ISBN 978-7-5143-6973-1	
定　　价	45.00元	

一语双关的"读家记忆"（代序）

○ 凌鼎年

七月流火，白露降临，老话云"白露身不露……"苦夏的人们终于熬出了头。教师节后，天气日渐转凉，精神为之一振，我一鼓作气把世界华文法治微型小说大奖赛的作品集编好。虽然有五位初评委初选，但我还是不放心，一千多篇来稿我粗粗看了一遍，凡初评委选出的作品我择重点再看，综合初评委的意见，把进入终评的稿子梳理出来，一本大赛优秀作品集的书稿也大致有底了。书稿杀青，准备喘口气，放自己半天假时，突然接到成都一位朋友的电话，说他们公司准备编辑、出版年度选本，其中有微型小说选本，希望我出任主编。还告诉我，书名为《读家记忆》，我误听为"独家记忆"，当即说这个创意好！等最后弄清系"读家记忆"，我觉得一语双关更有意思。

据我知道，目前，年度选本已越出越多，有中篇小说年度选本，有短篇小说年度选本，有微型小说年度选本，有小小说年度选本，有散文年度选本，有随笔年度选本，有诗歌年度选本，有杂文年度选本，有报告文学年度选本，有散文诗年度选本，有校园文学年度选本，有闪小说年度选本，有网络文学年度选本，而且还有漓江版、长江版、花城版等多个出版社的版本，林林总总，每年有好几十本。为了抢占出版市场，有些出版社在9月份就开始邀请名家选编年度选本了，到12月份新书已到了各地新华书店，元旦一过，新年伊始，立马上架面市。读者一看是新年新岁新书号，用上海话说："热水浦汤、赤刮辣新，自然爽快掏兜付钱。"哪家出版慢了，上市晚了，就影响销路，于是，你早我更早，甚至9月份已把年度选本编好了，10月份就送审了，11月份就印好了。这样一来，年度选本就打折扣了，毕竟到年底还有好几个月呢。那些发表在第四季度的作品，即便是精品力作，也很难进入年度选本，而到第二年，则明日黄花了。

有感于此，我曾经设想过主编一本名副其实的微型小说年度选本，其间，也有朋友想让我另起炉灶主编一本微型小说年度选本，还有朋友想让我接手微型小说年度选本的选编，但这样那样的原因，一直未付诸行动。

这次，"读家记忆"的策划打动了我，我想编的就是要独家记忆，那才有价值。以我观点，所谓"读家记忆"就是一个人的选本，凭的是选家的眼力。我向我朋友提出了几点想法：一、必须过了年再交稿，年内发的作品尽可能都要进入选家的视野，做一本真正意义上的年度选本；二、只看稿子不看人，不拘泥于一人一稿，只要作品好，多选几篇也无妨；三、海选与重点约稿相结合（因为我是圈内人，我比较了解哪几位微型小说作家有好稿）；四、我约稿时明确：凡其他选本已选，或可能选的，我尽量错开，避免雷同，不让选本作品撞车，不让读者花冤枉钱；五、为了少点遗珠之憾，区别于其他选本，对10—12月份发表的微型小说作品重点审读、遴选。

正当我开始组稿时，北京的文友告知：他们策划的"中国微小说进校园"活动将正式启动，并聘请我担任讲师团团长。策划这个活动的初衷是有感于微型小说这种短小精悍的文体其受众面越来越广，与中高考走得越来越近，深受初高中语文老师的青睐，初高中学生也越来越喜欢阅读微型小说，大家知道，当下的初高中学生作业很多，学业负担很重，自由阅读的时间被积压得越来越有限，长篇小说等大篇幅的文学作品几乎没有时间拜读，而网络、微信上的碎片化阅读，往往泥沙俱下，良莠难分，最多聊博一粲而已。微型小说则属于纯文学范畴，已被专家与读者共同认可为小说四大家族之一。最重要的是微型小说很少有血腥暴力、海淫海盗、怪力乱神、封建迷信等少儿不宜的题材与内容，总体来说是干净的、健康的、正气的、有益的，被称为家长放心、老师满意、学生受益的绿色文体。当然，我们的目的并不是功利地向学生推销微型小说，而是希望初高中学生在有限的时间里，多读一些正规的纯文学作品，潜移默化，提升自己的文学审美与情操。

但是，微型小说每年的发表量在三万篇以上，加之网络发表、微信发表，难免参差不齐、鱼龙混杂，如何把真正优秀的微小说送到读者的手里，选家独到的眼光、选家沙里淘金般的筛选就很重要了，我们的选本就是以选家的付出，来换取读者的阅读享受。

2017 年 9 月 18 日于太仓先飞斋

目录
CONTENTS

凌鼎年

马云庙 ·········· 001

现在的学生 ·········· 004

发现第八大洲 ·········· 007

楚 梦

赵家的狗 ·········· 010

万吉星

爱心墙 ·········· 013

百花岭 ·········· 016

拾荒 ·········· 019

鹿禾先生

最后的老师 ·········· 022

近在立秋 ·········· 025

那盆美人蕉 ·········· 028

聂鑫森

金钱花 ·········· 031

喜子 ·········· 034

纪洪平

给烦恼做个小手术 ·········· 037

练建安

家族往事 ·········· 040

枫树 ·········· 043

秦德龙

    影子游戏 ································ 047

李永生

    苏大少爷 ································ 050

申　平

    神秘鸟 ································ 054

    寻找战马墓 ································ 057

缪益鹏

    太阳升起的地方 ································ 060

袁良才

    卜白 ································ 062

    最后一只苍鹰 ································ 066

王孝谦

    走渣 ································ 069

万　芊

    代价 ································ 072

    一手花 ································ 075

吴万夫

    猎凤 ································ 078

    尤可可的爱情 ································ 081

刘正权

    负责 ································ 084

    贼知道防贼 ································ 087

刘　公

    这个名字好熟悉 ································ 090

    树 ································ 093

戴　希

    骨灰盒为什么响动 ································ 096

    一个男人和他的两个女人 ································ 099

高 军

    穿寿衣 ················· 103

    风光 ················· 106

邴继福

    清沟 ················· 109

    当过母亲 ················· 112

蓝 月

    请说你爱我 ················· 115

    最后的帮助 ················· 118

赵峰旻

    蛙人木多 ················· 121

岑燮钧

    七阿太 ················· 124

    六公公 ················· 127

梅凤艳

    胎记 ················· 130

    要是李白在就好了 ················· 133

盛利民

    癌变 ················· 136

    "疯"了的黄二妮 ················· 138

熊荟蓉

    老片子 ················· 141

    钓鱼王 ················· 143

荒 城

    连心诀 ················· 146

津子围

    证人 ················· 150

杨安民

    重修家规 ················· 153

张华亭

　　一把转椅 ………………………………………… 156

汪培君

　　我喜欢 …………………………………………… 159

凯　歌

　　说书先生 ………………………………………… 162

傅友福

　　活法 ……………………………………………… 165

陈振林

　　真品 ……………………………………………… 168

汤礼春

　　胜利者 …………………………………………… 171

宋向阳

　　姚柏民的秘方 …………………………………… 174

王　冰

　　信物 ……………………………………………… 177

陈国祥

　　车迷 ……………………………………………… 180

程思良

　　大匠 ……………………………………………… 182

黄荣才

　　牛角尖 …………………………………………… 184

徐永辉

　　射杀 ……………………………………………… 187

夏雪勤

　　时尚的声音 ……………………………………… 190

张联芹

　　梦中的天堂 ……………………………………… 193

陈志江

    算计 ·· 196

王 宽

    评委老朱的困惑 ······················ 199

周 玲

    小镇，那一把火 ······················ 202

刘斌立

    扎尕那的夜 ·························· 205

甘应鑫

    狼叫 ·· 208

张雪飞

    座椅 ·· 211

欧正中

    最后一所村小 ······················ 214

林华玉

    煎饼侠 ·································· 217

王文钢

    走光的驴子 ·························· 220

孙 逗

    报复 ·· 223

朱士元

    小铁盒里的秘密 ······················ 226

朵 琼

    红色手提包 ·························· 229

李永康

    爷爷的故事 ·························· 233

周 蒹

    书殇 ·· 236

刘琛琛

    玄玲 ……………………………………………… 239

江　野

    门诊室里 ………………………………………… 242

鲜章平

    平安扣 …………………………………………… 245

张建忠

    玩灯人 …………………………………………… 247

田玉莲

    氤氲思情的康乃馨 ……………………………… 250

陈　勇

    艄公 ……………………………………………… 253

张年亮

    假酒 ……………………………………………… 255

沈　燕

    误会 ……………………………………………… 258

凌君洋

    车位风波 ………………………………………… 260

梦凌（泰国）

    邻居 ……………………………………………… 263

    眼神 ……………………………………………… 265

孙博（加拿大）

    归去来兮 ………………………………………… 267

宇秀（加拿大）

    一只鸟和一队鸭子 ……………………………… 270

张石（日本）

    冷暖指触 ………………………………………… 272

温晓云（泰国）

    康宁 ……………………………………………… 275

马云庙

○ 凌鼎年

孔子曰：三十而立。马彩31岁了，还没有立起来，政治上没有地位，经济上没有财力，专业上没有专利，社会上没有知名度。他检讨自己的失败，主要是没有好好研究成功学。他决心以后重点研究成功学，做个成功人士。

马彩知道中国古代有立德、立功、立言"三不朽"的说法。依据这标准马彩问自己：中国古代最不朽的人物是谁？他第一个想到的是孔子。

说起来孔子倒霉过几次。但你看看，五四运动就喊"打倒孔家店"，喊了近百年，孔子倒了吗？

"批林批孔"，全国上下，层层批之，声势之浩大，参与之众多，古今罕见，世界罕见，孔子批倒了吗？

如今全世界有多少所孔子学院你知道吗？五百多家！这可不是民间的野鸡的，完完全全是政府行为，是中国国家汉语国际推广领导小组办公室主导、投资的。

马彩又问自己：当代最成功的人士有哪些呢？

——孙中山？谭嗣同？毛泽东？唐文治？蔡元培？杨振宁？莫言？袁隆平？成龙？张艺谋？章子怡？……

马彩想还是先问问亲戚朋友吧。结果答案惊人地一致：马云！

是不是我们老马家的人偏心，一笔写不出两个"马"字的缘故。马彩决定扩大询问面，到社会上，各行各业的都问问。

马彩每次问了，得到了答案，最后都不忘记再问：你是做什么工作的？

结果发现工、农、兵、学、商、军，几乎百分之八九十认为当今社会最成功的人士非马云莫属。

马彩很激动，为自己老马家出了这样一位了不起的人物而高兴而骄傲。他给自己定了一个小目标：从今往后，追踪马云，研究马云，剖析马云，学习马云，争取做马云第二。

研究的初步结果：自己与马云的距离十万八千里，完全不在一个层面，就算赤脚猛追，也永远追不上。

马彩苦恼啊，同样姓马，为什么命运如此不同。他喝了点闷酒，醉乎乎地回家，到家后，还在醉话连篇，反正马云长，马云短，老婆生气了。"你马彩赚钱没有本事，就会灌马尿，一天到晚叽叽歪歪个马云马日的，你当马云是菩萨啊——"

马彩是有点喝高了，但没有醉，一听老婆嘴里的"菩萨"两字，猛一个激灵，正所谓一语惊醒梦中人，对对对，芸芸众生不是把马云看成沈万三、胡雪岩那样的人物，看成赵公元帅那样的财神爷吗？认为他最会挣钱，把他当偶像，好，那就把马云捧为财神菩萨，给他造庙，造马云庙。让那些想发财想疯的人来烧香，一准香火旺盛，一准捐款多多，说不定我马彩就此发了。

说干就干，马彩给自己定了"小投资，大收入"的宗旨，先去一家寺庙承包了一个偏殿，去网上下载了马云的照片，请彩印社放大，涂塑，挂在偏殿的中间墙上，又挖空心思撰写了一副对联，正好小区外有家寿衣店，写花圈挽联的老头儿毛笔字还不错，就给了他一包烟，请他写了，贴在偏殿门口："马牛羊鸡鸭，云雾霜霭霾，马为首；金木水火土，东南西北中，金打头。"殿内马云像两边的上联是"拜马云，学马云，追马云"；下联是"你成功，他成功，都成功"；横批"马祖保佑"。

写花圈的老头儿肚里估计有点墨水，他不无揶揄地说："这是楹联？"

马彩说："别咬文嚼字酸溜溜的，你酸文假醋了一辈子，发财了还是出名了？到老了不还在写挽联赚几个可怜的小钱。"

老头无言以对，愧色满面。

马彩临出门又补了一句："有人看懂有人信，就 OK 了。"

嘿，这回马彩真的很成功，马云庙一开张，就香客盈门，更重要的是往功德箱里放钱的不是一个两个，大方的竟是一沓一沓的百元大钞，马彩笑得嘴也合不拢。

马彩还在马云像边上贴了一个大大的二维码，可以扫描，可以拍摄，可以手机发红包，可以转账。

马彩没有花一分钱做广告，那些进马云庙的香客，十有八九会用手机拍摄，再发朋友圈，真是一传十，十传百，免费义务做广告，仅仅一个月光景，马云庙就成了这寺庙最热闹的所在，知名度飙升。来采访马彩的各路媒体记者一批又一批。

马彩真正体会到了"睡觉睡到自然醒，数钱数到手抽筋"是什么滋味了。

马彩决定把整个寺庙承包下来，再开连锁。他雄心勃勃，准备在三年内，把马云庙遍布全中国，像沙县小吃一样，每个县市都有分店，都有连锁。而下一步的计划，就是像孔子学院一样，推向世界各国。

据说，马彩的公司已在着手上市了，不知是真是假？

原载《中文自修》2017 年第 12 期

现在的学生

○ 凌鼎年

郝传统当年做过语文老师，学生们尊称他为"好老师"。

后来作为笔杆子被市领导相中，调进了机关，专为"冒号"写发言稿，人称"机关一支笔"。退休时享受正局级待遇，这在娄城算是混得不错的。

其他领导退休后，人走茶凉，渐渐门庭冷落车马稀。唯有郝传统因为有个作家身份，他反而越活越滋润。作家只要写得出，发得出，就没有退休之说。他呢，几乎每个月有作品发表，稿费多少在其次，最让人羡慕的是每年还总有一两次或两三次外地的笔会、研讨会、讲课等邀请他，这是其他当官的眼热不动的，就算你曾经比他官大几级也没屁用。

这不，当年教过的学生如今当校长了，特意邀请他去讲课。出于对老师的尊重，校长言明，讲什么，郝老师你自己定。

郝传统最近刚发表了一篇《成语故事是中国智慧的源头之一》，洋洋洒洒六千多字。

郝传统决定，讲课题目《从成语故事说起》。

校长没有其他要求，只对郝老师说：现在讲课最好与学生有些互动，这样气氛活跃些。郝传统一口答应，说：没有问题。

郝传统的成语故事是从《愚公移山》讲起的。他告诉同学们太行山在黄土高原和华北平原之间，王屋山在山西阳城、垣曲与河南济源之间……没想到有学生说：老师，这在百度上一查都有，你就着重讲讲愚公具体是怎么移的山，愚公是真愚还是假愚……

郝传统一愣，心想，这是神话故事，《列子》里也没有移山的具体细节与过程，正面回答肯定不讨巧，好在他是老机关了，应付质疑、提问自认为绰绰有余。郝传统引导学生讨论愚公与智叟，到底谁愚，谁智，到底应该学谁？

学生的发言出乎意料地热烈。

学生甲说："我们中国传统理念的核心之一是天人合一，顺其自然。而愚公的做法，往小里说是个人主义膨胀，不敬畏自然，妄图挑战自然；往大里说就是破坏自然环境、破坏生态……"

学生甲还没有说完，学生乙就抢着说："是啊是啊，山移了，那原本住那里的动物，长那里的植物怎么办？这不是吃饱了撑的，没事找事吗？"

郝传统没有想到现在的学生思想这么活跃，与他当年做学生时不可同日而语，有点尴尬地说："我们要学习的是愚公的精神。精神还是可嘉的嘛。"

学生似乎并不买账，学生丙说："请问老师，愚公自说自话移山，向有关方面申报了吗？有批准文件吗？如果没有，那是违法的，要吃官司的。"

郝传统有点乱方寸了，只好说："你们不要纠缠于细枝末节，要看到愚公那种挖山不止的精神状态，鼓舞人哪。"

学生丁说："愚公犯傻，他家里人跟着犯傻，这也算了，可能遗传基因在作怪。但他挖山破坏自然，朝廷的衙门就不管吗，那警察岂不犯了渎职罪?!"

郝传统急了，说："我们不讨论警察、朝廷，大家就智叟的观点进行批判。"他寄希望于公开引导，让讨论回到他设想的轨道上来。

学生不理会这，学生戊说："智叟是个说真话，说实话的人。现在这样的人太少了，为什么要批判，我个人觉得，我们应该向智叟学习。"

郝传统苦笑着说："好好好，我们先不谈智叟，还是讨论一下愚公有什么值得学习的。"

学生己说："谁摊上愚公这样的家长，那也算倒了十八辈子血霉，他这不是绑架自己的下一代与下下一代吗？哪有这样坑自己的孩子的家长。"

学生庚说："说得对，愚公的孩子原本可以读书，参加科举，不能出将入相，做个七品芝麻官或许有可能。也可以做做生意，不一定像胡雪岩成为红顶商人，但开个店有个铺，赖以养家糊口，太太平平过日子还是有可能的。再不济，在王屋山或打打猎，或采采草药，或种几亩薄地，天高皇帝远，任我自逍遥，多好。可现在，被迫跟着愚蠢的父亲去挖山，一辈子的幸福生活等于毁了。"

没等郝传统解释，学生辛接着说："愚公这老头儿是不是神经出了问题，嫌山高挡路，不会搬家？迁徙是中国古人的常态，他为什么固执呢？"

郝传统再也听不想去了，他提高了嗓门说："愚公的故事流传了几千年，代代相传，口口相传，当文字学，当故事听，当神话传，从没有人质疑，怎么到了你们这里，全理解歪了。"

学生癸说："老师，不是我们这些'〇〇后'理解歪了，而是你们脑子里糨糊太多，你想想，古今中外，有谁会放着好日子不过，会世世代代、子子孙孙去挖山移山。这明显是蹩脚文人、三流文人在胡编乱造。应该起诉他造谣罪、扰乱思想罪……"

郝传统气得不轻，连忙摆摆手说："看来你们都是智叟，在你们眼里，也就我是愚公吧。"

突然，下面响起了学生们热烈的掌声。

原载《中文自修》2017 年第 12 期

发现第八大洲

○ 凌鼎年

秋高气爽，晴空万里。

天蓝得诱人，云白得可人。空气像是过滤过了，能见度出奇地好，连海水也似乎变得透明了。

在这样的天气里，驾着自己心爱的私人飞机，翱翔在蓝天白云之间，自由地飞呀飞呀，这是何等畅快的事啊。

罗伯特的心情从来没这么好过，然而，在飞临大西洋巴哈马群岛上空时，飞机突然出了什么故障，仪器似乎失灵了，飞机拉不上去。罗伯特的好心情一下子全没了，那紧张的心情随着机身一起下坠而下坠。

不过，罗伯特到底是经风经雨的人，他很快就镇定下来了，开始了检查，开始了自救，他稳住飞机，让其慢慢地滑翔。在这滑翔的过程中，由于是超低空飞行，由于罗伯特特别注意海面与岛屿，无意中发现清澈的海水里有着一片黑黝黝建筑群，对，一定是建筑群，十有八九是人工的。罗伯特奇怪了，在这荒芜的岛屿海底，怎么可能有人工建筑呢？难道我眼花了，难道产生幻觉了？没有啊，一切都是真实的。这么说这海底蕴藏着一个人类未知的另一世界，或者说蕴藏着一个人类之谜？

不，不去想这些，当务之急是走出困境。

罗伯特虔诚地向上帝祷告了一遍，然而，试图做最后一搏。奇迹出现了，飞机的仪器竟——恢复了正常，机头拉起来了，罗伯特死里逃生；罗伯特生还后，整整休息了三天，思考了三天。三天思考的结果：一、看到的应该是真的；二、巴哈马群岛附近的海底可能有着惊人的秘密；三、飞机仪器的失灵很可能与这海底建筑大有关系。

第四天起罗伯特一头扎进了国家图书馆，检索查阅起了有关资料，奇怪的是有关巴哈马群岛的资料少得可怜，即便有些书籍偶尔涉及，但都与罗伯特要找的风马牛不相及。一个月，两个月，三个月，罗伯特在国家图书馆整整泡了半年多，还是收效甚微，他在考虑是不是要放弃。然而就在此时，柳暗花明又一村了，罗伯特无意间读到了关于大西洲的报道。有史学家推断：历史上曾有过一个叫大西洲的洲，应该是地球上的第八洲，但由于目前尚不知的原因，在一万多年前莫名其妙地消失了。史学家把大西洲定名为亚特兰蒂斯，并成为困惑史学家两千年的历史之谜。

罗伯特如获至宝，他开始了又一轮专题寻找，真是不查不知道，一查吓一跳。这大西洲曾经是个高度文明的地方，它有着先进的通信工具，有着冶炼高纯度金属的技术，并且有史学家认为人类的字母文字就是起源于大西洲，亚特兰蒂斯对人类的贡献是无与伦比的，遗憾的是，它突然消失了，无影无踪，无声无息，以致令人怀疑它存在的真实性。

罗伯特的兴奋是可想而知的，他决定不惜一切代价寻找消失的大西洲。

作为一个亿万富翁，资金是不成问题的，罗伯特通过种种努力，专门成立了一个巴哈马群岛海底考古队。罗伯特没有惊动媒体，一切都悄无声息地进行着。

罗伯特的设备是世界顶尖的，考古队员都是一流的专业人士。

海底的考古很快有了重大的发现，根据仪器的参数，初步探明大约在方圆16平方公里的海底，有着8座金字塔，还有着巨石阵，有花岗石的，有大理石的，且都基本保持完好。罗伯特决定与考古人员一起下海，实地看一看这神秘而诱人的水下金字塔，去探访一下传说中的亚特兰蒂斯。

哇，海底的金字塔堪称雄伟壮观，其中有一座甚至比胡夫大金字塔还高大巍峨呢。在金字塔上，罗伯特还发现了有图案的石头，据专业考古人员辨认后，认为是一万多年前的文字图案，有极大的历史价值，可惜镌刻在金字塔上取不下来。

突然，罗伯特发现了一大群似鱼非鱼，似人非人的生物向他们游来。一位考古人员惊叫起来："这莫不是传说中的人鱼吗？"

罗伯特想起来了，他曾读到过这样一篇文章，说人起源于海豚，其中一支走上了陆地成了今日的人类，一支依然生活在海底，进化为人鱼。只是，从没有谁真正见到过人鱼。关于人鱼，除了传说还是传说。难道说我罗伯特将成为世界上第一个与人鱼亲密接触的地球人？他能不激动，不兴奋吗？！但他又不免紧张，因为他不知其性是凶残还是温顺，不知这群人鱼是欢迎还是进攻？他刚下令举枪以防万一，但转而一想，还是静观其变吧。

领头的两条人鱼似乎上了年纪，它摇动着尾巴，拍打着双鳍，嘴里发出类似牛叫的声音。罗伯特从它们的动作，声音中判断，是友好的表现，于是向人鱼群挥挥手，以示礼节。

人鱼在罗伯特一行周围跳起了舞，似乎在举行一种欢迎仪式。之后，那条领头的人鱼又带着罗伯特一行穿行于金字塔与巨石阵之间，就像导游领着来访者参观一样。一路上，罗伯特看到了一群又一群的人鱼，无不和睦相处，优哉游哉的样子。当他们看到罗伯特一行，无不兴奋，好奇地前来观看，胆大的还游过来，用尾巴在罗伯特身上轻轻拍两下，以示亲热。

最后，领头的人鱼把罗伯特带到一个祭坛似的地方，罗伯特看到了一块块长方形的石头，石头上镌刻着行行奇奇怪怪的文字。

正当罗伯特对这些石头文字大感兴趣，反复观摩时，一群又一群的人鱼从四面八方集合到了祭坛四周，它们排列有序，像默哀又像是祷告，最后一个个舞动起来，罗伯特突然感觉好像是在进行着一种宗教仪式。

罗伯特在取得了一块有文字的石头后，就与人鱼依依惜别，其中有一条双乳肥大的人鱼还大胆地上前吻了吻罗伯特呢。

罗伯特上岸后，即宣布考古到此结束，并拒绝向媒体发表任何文字，并要求所有参加考古的人员都发誓，绝不泄露大西洲的秘密。

他不无感慨地说：人鱼生活得那样平静、安宁，我们有什么理由去打扰它们？让它们继续安安静静地生活吧。这是一个尚未被污染的净土，是一个世外桃源式的领域，我真为它们高兴。

由于罗伯特的坚持，关于大西洲的秘密，至今鲜为人知。

原载《中国海洋报》2017年2月14日

赵家的狗

○ 楚 梦

　　小卒被赵局长家的大黑狗挡在了赵家门外。

　　赵家的狗人高马大，一脸凶相。当小卒自以为是地跨进赵家院子的时候，大黑狗毫不含糊地向小卒发出了严厉的警告。小卒仰仗着和大黑狗熟络，满脸堆笑地叫着"黑哥黑哥"，按老规矩丢给大黑狗一只牛肉煎饼，信心满满地往里面走。大黑狗向小卒轻蔑地哼叫一声，猛地扑过来，将小卒扑了个仰面朝天。

　　小卒摔痛了，很痛的那种痛。可他不敢骂赵家的狗，他知道赵家的狗很聪明，听得懂人话，要是骂了它，后果会更严重。小卒爬起来，一脸委屈地望着大黑狗，讨好地问："黑哥，你今天是怎么啦，我是小卒啊，上个月还来过局长家的，难道你连我都不认识了？"

　　小卒在赵局长手下工作，算得上是赵局长家的常客了，逢年过节自然是必须来，平时钓到了一条好鱼、打到了一只好鸟、老家亲戚送来什么土特产之类，也不忘给赵局长送过来，自然便与赵家的大黑狗混熟了，每次见了它都"黑哥黑哥"地叫得很亲切，大黑狗对他也很友好，摇头摆尾，像见了自家人似的。

　　第一次来的时候，大黑狗张牙舞爪的，硬是不让小卒进去。亏得局长夫人出来，将大黑狗骂了一顿，它才放行。局长夫人不经意的一句话提醒了小卒："这个死大黑，以为每个进家里来的人都会带吃的给它，馋死了！"小卒茅塞顿开，接下来每次都给大黑狗带一只牛肉煎饼。大黑狗很喜欢吃牛肉煎饼，每次都吃得欢天喜地，对小卒自然十分关照，从未为难过他。小卒不敢像局长夫人一样称大黑狗为大黑，他觉得那样叫太不尊重局长家的狗了，从某一天起，他便叫大黑狗为"黑哥"，大黑狗对这个称呼好像也挺满意。大黑狗脖子上的银项圈还是小卒买的呢。当小卒将新买的银项圈套在大黑狗脖子上的时候，它高兴得在地上打了好几个滚。局长夫人笑着说："你瞧这家伙的样儿，从来没有过的呢。小卒啊，它以后会把你当自己人的！"总而言之，小卒和局长家的狗相处得十分融洽。

几天前，赵局刚刚从副局升为正局，这么大的喜事，小卒不可能不来家里祝贺祝贺。小卒是个讲感情的人，这几年赵局待他不薄，接下来的年月，小卒还想赵局待自己厚一些，不来没有道理。小卒也知道近段时间赵局长家的客人很多，头几天他也没来凑热闹，免得给领导添麻烦。他琢磨着，局长家这两天应该消停一些了。便选择了晚上九点这个恰到好处的时间过来了。可是，今天的大黑狗是怎么啦？

小卒还没想明白大黑狗的事，突然听到赵局长夫人的声音，似乎有客人要出来了。小卒慌忙从局长家的院子里蹿出来，躲到院门旁边的桂树下。小卒和迎面走来的小蒋撞在了一起。

怎么你也被狗赶出来了？

既然小蒋都把话挑明了，说明他也去过局长家，也没能走进局长的家门。去局长家给局长贺喜，又不是什么见不得人的事。于是笑着说，也不知大黑狗今天是怎么了？

唉，我被大黑狗赶出来之后才想明白，局长都从副的升为正的了，我怎么还只是给他家的狗带香肠呢？这不，我赶紧跑出去买了个比萨。小蒋将手中的比萨扬了扬。

小卒猛地一拍脑袋，你瞧我这脑子啊！

小卒正要离开的时候，局长家的门响了。一个肥头大耳的人走了出来。局长夫人一个劲地说以后别客气之类的话，局长家的狗对客人不停地摇头晃脑。

这人肯定和咱们不是一个级别。小卒小声说。

你瞧这狗，就会溜须拍马讨好主子。小蒋说。

狗仗人势！小卒似乎有些气愤。

狗眼看人低。小蒋也在发泄不满。

小卒本也想买个比萨的，但转念一想，要是大黑狗不喜欢吃比萨或者比萨吃腻了呢，他不又是白跑一趟？

小卒走进肯德基店，他开始买的是汉堡，可又觉得汉堡的味道有点酸，局长家的狗不一定喜欢。便将汉堡丢进垃圾箱，重新买了个鸡腿桶。

小卒再次来到局长家院子前的时候，已经是晚上十点半了。他很犹豫，要不要进去，进去会不会打扰局长休息？大黑狗会不会因为太晚了不让他进？

小卒还是硬着头皮走进了局长家的院子，他将手上的鸡腿桶不停地向大黑狗晃动。大黑狗伸长脖子闻了闻味道，向小卒摇了两下尾巴。小卒高兴地走过去，将鸡腿桶恭恭敬敬地放在大黑狗身边，一如往常地叫了一声"黑哥"，准备敲门，然而，大黑狗还是拦住了他。大黑狗将嘴巴凑在小卒身上，来来回回嗅了两三遍，才示意小卒进去。小卒想，大黑狗这样做也是情理之中，局长升了，局长家的安保措施也应该加强。小卒还想，是该给赵家的狗送件像样的东西的时候了……

从局长家走出来的小卒满面春风，大黑狗严肃认真地站在门口，小卒一如既往地向大黑狗挥手致意，大黑狗只是象征性地点了一下头。直到走出局长家院门，小卒都觉得赵家的狗一直在看他，那绝不仅仅只是看两眼的问题，他有些害怕，不由自主地加快了步伐。

离开局长家很远之后，小卒忽然感觉头很痛，用手一摸头上，还摸到了个包，对大黑狗的恨意油然而生，一股怒火从胸中迸发。

呸，狗杂种！小卒对着局长家的方向狠狠地骂了一句。

原载微型小说集《动物界》，江西高校出版社，2017年3月出版

爱心墙

○ 万吉星

　　小区有些年头了，密密麻麻的防盗笼，杂乱无章的网线、电话线蜘蛛网似的爬满了红砖房。每个单元门前的空墙上，除了偶尔有几张水电费催缴通知，大多贴满了代办信用卡、疏通下水道的牛皮癣广告。

　　小王两口子带着刚满月的孩子搬进来时，总感觉很陌生，这陌生来自人与人之间的冷漠与隔阂。

　　月子里，父母从乡下老家带了些土鸡蛋给儿媳补身体，蒸炒煎煮炸，直吃得小王媳妇看见鸡蛋就想吐。看着几大箱土鸡蛋还大多都没动，小王心里着急，天气太热，时间一长就坏了。

　　媳妇说："要不楼上楼下左邻右舍每家送点吧，远亲不如近邻，我们刚搬来，以后少不了要麻烦人家的。"

　　小王觉得这主意不错，便提了一篮鸡蛋去敲对面邻居家的门，厚厚的冷冰冰的防盗门阴沉着脸，"笃——笃——笃"，连敲门声也是阴沉沉的，不像在乡下，用拳头把门擂得"咣——咣——咣"的响。

　　敲了几下后，小王把耳朵贴在门上，听到从里面传来一阵轻微的脚步声，他连忙后退了一步，用手捋了捋头发，可门并没有开，他听到门后传来一阵"窸窸窣窣"的响动，小王知道这是主人家正对着猫眼往外观察呢，城里人都兴这一套。他便对着门里说："我是刚搬来对面的邻居，家里有些乡下带来的土鸡蛋，给你们送几个过来。"

门内沉默了几秒钟，传来一个女人冷冰冰的声音："谢谢，不用了，我们家不喜欢吃鸡蛋。"话音一落，便有脚步声渐渐远去。

小王感到有些失落，他抬腿上了楼，敲了敲楼上邻居家的门。门开了，但只虚掩了一道不大的缝隙，从里面探出来一颗男人的脑袋，粗声粗气地问道："你找谁？"小王忙将手里的篮子往面前送了送，把刚才在楼下的话又重复了一遍，男人一愣，用疑惑的眼光打量了一下小王，又看了看篮子里的鸡蛋，依然冷冰冰地说："谢谢，不用了，我们家冰箱里还有很多。"说完便"砰"的一声关上了门。

小王站在阴冷的楼道里，感觉心里很冷。

没过几天，孩子变得不安生了，一到深夜就哭闹不停，吵得小两口不得安宁，也搅得楼上楼下都睡不好觉。小王媳妇说："这样下去也不是个办法啊，吵得左邻右舍无法休息了，要不你主动去给大家道个歉，伸手不打笑脸人，与其等人家骂上门来，不如先去赔个笑脸。"小王一想到前次吃的闭门羹，心里就一万个不愿意。

最后两口子一合计，想到单元门前那块贴小广告的空墙。一商量，决定贴张小纸条向大家表示一下歉意。

清晨天一亮，人们出门时，在单元门前的空墙上看到了这样一张小纸条："各位邻居，我们刚搬到这个小区，由于孩子太小晚上吵闹，影响了大家的休息，深表歉意，同时也感谢大家这些天来对我们以及孩子的理解和包容。"在小纸条的最后，还印上了孩子可爱的小脚印。这张小纸条在那些广告传单中间显得十分的温暖。

第二天，纸条旁边多了一张小纸条，上面写着："谁家都有孩子，我们也是过来人，能理解！"纸条的后面，画了一颗小小的爱心。

第三天，又多了一张小纸条："是不是尿不湿让孩子不舒服，我家用的是××牌的，孩子晚上睡得很香，你们可以试试！"

第四天，再次多了一张纸条："是不是奶水不够，孩子没吃饱？花生米炖猪脚能催奶，我女儿刚断奶，家里还有很多花生米，我给你们拿一点来吧！"

第五天、第六天……

最后有一天，在那面贴了无数张爱心小纸条的墙上，又多了这样一张小纸条："我们在这个小区住了很多年了，但大家相互都不认识，中秋节快到了，要不我们就在院子里搞一次联欢吧！"

关了电视，放下书本，二楼的抱来一箱苹果，三楼的提了一篮花生，四楼的拿出一袋核桃，院子里顿时热闹起来。一轮明月慈祥地挂在夜空，皎洁的月光倾泻在每个人开心的笑脸上。"好长时间没有这么悠闲地赏月了，真美啊！""哦，原来那张纸条是你写的啊！""你就住在我对面？搬进来几年了，愣不知道我对面住的是什么人，哈哈哈……"爽朗的笑声打破了小区原来的死气沉沉。

夜深了，但大家还意犹未尽，临进家门，还不忘回头叮嘱一声："这个周末每家出两个拿手菜，在院子里搞长街宴哦，不要忘了！"

这面墙出名了！这个小区出名了！办事处主任来了，区长来了，最后连市长也来了……

原载《时代文学》2017年第1期

百花岭

○ 万吉星

第一次去百花岭，正是春花烂漫的时候。

穿行在一条蜿蜒的乡间小路上，路的两边是田，田的两边是山。田里半人高的油菜花开得正艳，大地像铺了一块金黄的地毯，蜜蜂嘤嘤嗡嗡前后穿梭，空气中飘散着一股淡淡的清香。不远处的山脚，一片片粉红的桃花错落有致，间或夹杂着几许雪白的梨花。远一点的山坡上，一丛丛不知名的野花，五颜六色交织在一起，整个田野像一匹七彩锦缎，铺天盖地迎面飘来，目不暇接，美得让人感到窒息。

乡长站在我面前，长长地叹了一口气："唉，真是个世外桃源，多好的旅游资源，可就是藏在深闺人未识啊！"说这话时，乡长的眉头拧成了一个"川"字，与百花岭姹紫嫣红的景象极不协调。

我把相机往边上移了一点，避开他的愁眉苦脸，镜头里顿时出现了一片灿烂的桃花。桃林里，一位老者嘴里叼着一尺多长的旱烟袋，一脸慈祥，一脸怡然自得，倒背着双手，悠闲地朝我们走来。

"咔嚓、咔嚓……"我连续摁了几下快门后，回应道："酒香也怕巷子深，你们不宣传，外面的人咋知道？"

听到这话，乡长一张肥胖的大脸上就堆满了笑容。临走时，紧紧握着我的手说："百花岭的宣传还望梁记者多多帮忙。"

回去后没几天，第一篇图文并茂的报道就见报了，占据了"乡村美"专栏的半个版面，就以桃林里那个悠闲老人的照片作为压题图片。也许是报道和图片极具蛊惑性，或是在城里待久了的人们向往乡村，一石激起千层浪，百花岭一下便受到驴友们的热捧，成了徒步游、自驾游和摄影美术爱好者的天堂。

百花岭火了，旅游业成了全乡的主要经济支柱产业。再次见到乡长时，已升任县旅游局局长，满脸的笑容把眉头上原来拧在一块儿的"川"字舒展成了"三"字。拉住我的手紧紧不放，一个劲儿地说："百花岭有今天，你梁大记者功不可没。"

第二次到百花岭，是几年后县政府在百花岭举办"百花艺术节"。县上花了五万元钱在我们报纸开设了一个宣传专版，报社派我负责做深度系列报道。

时隔几年再次走进百花岭，昔日静谧的小山村，如今变得异常繁华热闹。原来的乡间小道铺设成了宽敞的柏油马路，度假酒店、KTV、游乐场，城里有的这里也一应俱全。当地的 GDP 因旅游业的拉动呈现了两位数的增长。

县长站在当年乡长向我介绍情况的位置，指着不远处的一个小山坡说，我们准备加大招商引资力度，加快旅游开发步伐，目前正在和几家企业洽谈，准备在那儿搞一个高尔夫球场。然后又向更远处的几座山峰一努嘴说，据勘测，那下面的矿藏量很大。

县长坚定的眼神里满是未来百花岭美好的憧憬。顺着县长的手指，我举起了相机，但迟迟没有摁下快门。镜头里，那片山坡上粉红的桃花好像没有当年的姹紫嫣红，而远处的山峰，朦朦胧胧，我什么也看不清……

写完第二篇报道后，我调离了报社，就此搁笔好多年，百花岭也渐渐淡出了我的记忆。

但今天，就在刚才，百花岭几位年迈的老人找到我，给我送来两瓶极为珍贵和稀少的野蜂蜜，还有几张百花岭的照片。几位老乡揉了揉混浊的眼睛，喃喃自语："现在大家都比以前有钱了，但我们还是怀念原来的那个百花岭。"

照片上，我没有找见花朵，只看见一排排高耸入云的烟筒、一条条流淌着污水的小河，以及漫山遍野的垃圾。光秃秃的树枝上，一个个色彩鲜艳的塑料袋被风扯成细条，像一朵朵飞舞的花……

默默坐回书桌前，提起搁置已久的笔，在洁白的稿纸上写下"昔日百花已凋零"的题目，不知不觉，我的眼里已噙满泪水……

原载《百花园》2017 年第 9 期

拾 荒

○ 万吉星

深秋的凌晨，天气已经转凉，离天亮还有一个多小时，大街上冷冷清清的，昏黄的路灯把王婆婆孤单的身影拉得又细又长，她沿街仔细翻找着每一个垃圾箱，将易拉罐、塑料瓶、废纸箱等凡是能卖钱的东西统统装进那个破旧编织袋。

今天比往常早起半小时，环卫工人还没有来清运垃圾，收获不小。

她有些吃力地拖着那个鼓鼓囊囊沉重的袋子，从垃圾桶旁直起佝偻的身躯，用一只手握成拳头用力地捶打着酸痛的腰。这时隐隐约约听到一阵断断续续、细小而无力的哭声，循着声音，目光不由自主地瞄到了不远处路灯杆下的一个小纸箱，以及被几件旧衣物包裹着只露出一个头的婴儿，她环顾了一下四周，除了阴冷的风吹着地上的落叶到处乱跑，鬼影子都没有一个。她把孩子抱起来，脸色青紫，柔弱得像一只筋疲力尽的流浪猫，气若游丝。

王婆婆解开自己的衣襟，把婴儿贴身捂在怀里，一股透心的凉从皮肤瞬间直达五脏六腑，她不禁打了一个寒战，内心涌起一丝悲凉。

全家人的生活被这个从天而降的弃婴彻底打乱了，本来就过得十分拮据的日子更是雪上加霜。不到一周，儿媳就给她下了最后通牒："这日子没法过了，要么你把婴儿扔了，要么我走，人家亲生父母都不愿养，你操哪门子心，说不定孩子有什么绝症。"

"好歹也是一条命啊！怎么舍得扔了呢？"王婆婆叹息着，但看到儿子儿媳整天为这个弃婴吵得不可开交，最后还是不得不妥协，带着弃婴寄居到一个拾荒老乡那儿。好景不长，真应了儿媳的那句话，孩子出现状况了：面色苍白，嘴唇青紫，经常憋着一口气喘不过来。

医生一检查，说这是先天性心脏病，得赶紧做手术。王婆婆摸了摸缝在贴身衣兜里的两千块钱，这可是她这些年来起早贪黑拾荒换来的棺材本啊！可一看到孩子那清澈的眼神，她心一横牙一咬，撕开了衣兜，双手颤抖着揭开一个用塑料布一层又一层包裹着的小袋子，就像一层层剥开自己的心。

但即便倾其所有，也只维持了三天。第四天，医院再次通知她续费了，说之前交的钱只够这几天的医药费，手术费还差得多呢。王婆婆打电话给儿子，可还没等她把话说完，儿子就不耐烦地说："我看你是吃饱了撑的，没事找事。"话音刚落便挂断了电话。

王婆婆抱着婴儿独自一人精神恍惚地坐在医院悠长的走廊上，不禁老泪纵横。一束阳光从窗户里斜射进来，像舞台上的追光灯，正好打在她蓬乱、花白的头发上，慈祥、庄严、肃穆。这一场景，引起了一个戴眼镜、胸前挂着照相机的年轻人的注意，他悄悄举起相机，迎着走廊的侧逆光，按下了快门。

第二天，当地的都市晚报上发出了一条《七旬拾荒老人拾弃婴，身患疾病盼救助》的新闻报道，还配上了王婆婆抱着弃婴坐在医院走廊里一脸愁容的照片。随后，电台记者来了，电视台也扛着摄像机来了，越来越多的陌生人来了，铺天盖地的爱心向老人和这个弃婴涌来，短短一周，30多万元的爱心捐款就送到了王婆婆的手上。

然而，这浓浓的爱心并没有挽留住孩子幼小的生命。一个月后，在付出10多万元的医疗费之后，孩子还是走了。

在王婆婆心痛欲绝的时候，儿子儿媳来医院找到她，态度诚恳地向她承认错误，把她接回了家，还破天荒地做了一大桌丰盛的菜，还不停地往她碗里夹菜，饭后，儿媳向她诉起苦来："妈，你看孩子们渐渐大了，长期租房也不是个事儿，听说下月房租又要涨了，我看不如我们按揭买一套 60 平方米的房子吧，首付也就 10 多万元，你那儿不是还剩……"

王婆婆没有说话，苦笑了一下，然后头也不回地走出了家门。

一年后，老家大山深处的那所乡村小学新教学楼落成，孩子们兴高采烈地从四面漏风的危房搬进了宽敞明亮的新教室。王婆婆依然在这个陌生的城市，拖着一个破旧的编织袋，捡拾垃圾，以及人们在不经意间丢弃的某些东西……

原载《时代文学》2017 年第 5 期

最后的老师

○ 鹿禾先生

　　他在小河那边，看着最后一名学生走过，才缓缓地回到山上。学校就在山上，山下坐落着十多个村庄，有的在山的东边，有的在西边。山上的学校成为这山区保留的最后一所学校，他也是这里最后一名老师。他走路的时候，腿有些一瘸一拐的，头发开始花白，眼睛开始老花。他回到学校，这里很安静，那棵核桃树上的老钟在秋风中微微摆动，几间破旧的教室窗口已经破落，钉在上边透明的塑料布被风吹得哗哗作响。

　　她是他的学生，看见他回来了，指了指放在桌子上的晚饭："老师，您吃饭。"晚饭极其简单，碗里是刚刚熬好的玉米粥，两个窝窝头放在盘子里，还有一个盘子盛着腌制的萝卜干。他拿起窝窝头，把萝卜干夹进窝窝头里面，然后用力挤压，把萝卜干挤到中间，他就开始啃着。他吃得很香，窝窝头的碎屑掉桌子上，也拾起来塞回嘴里。她蹲在屋外边，那边是靠山的一口泉眼，她在青石板块上搓着衣服。月儿出来了，她有节奏的搓洗动作在月色中很优美。

　　他走过来，蹲在她身边，用山药纸卷烟，片刻，一支自制的香烟卷好了，再掏出打火机点着。她放下手里的衣服，转过脸看着他说："老师，我明天就要回城了。这里还有什么需要的，我下一次来的时候给您捎来。"他凝视着天幕，深邃的夜空星光灿烂，山里的风开始有凉意："就是把城里的那些要扔掉的衣服再捎来些，你看看，这些孩子们的衣服都破得不能再穿了。马上就要入冬，我想让他们过一个温暖的冬天。"她看了他一眼："我说的是您，以后怎么办？这里的教学点就要撤掉了。"

他抬起头看着这座学校，学校在半山上，已经显得非常地孤单，想了想说："要撤就撤吧，最多我每个月少几百块钱，我还是留在这里，那些娃想在这里上学，我还会教他们。"她似乎想说什么，稍停了停后，说："上级的意思是，让这些学生都去中心小学上学去。"

他看着她。她也是从这里走出去的，也是他亲自送出去的学生，现在位居教育局的局长。她此次来，目的是想说服老师。她在这里待了几天，但不知道怎么开口，这里的学生已经把老师当成自己的亲人。自己当年何尝不是这样？哦，记起来了，老师的腿就是为了背自己过河摔折的。她记得清清楚楚，那场暴风雨中，老师撑在水里，不让自己下来，咬着牙挣扎着蹚水。小河里流淌着老师的血液，从那以后，老师的腿瘸了。

这是大山里最后的教学点，他也是全县最后一位代课老师。作为教育局长，她上任的第一天起，就是整合教育资源，把山里的孩子们送到城镇里上学。为了这个她认为最得民心的计划，她撤掉几十个教学点，这个也是最后要撤销的教学点。可是阻力来自老师——这是她的恩师。她决定亲自前来劝说，甚至已经给老师考虑好了，让他在教育局当传达室的值班保安。

她来到这里，看到了二十年没有改变的教学点，还是老样子。教室比以前更破了，老师也苍老了许多，但老师还是那么激情澎湃地领着这里的娃们朗读课文。她来的时候，发现自己欠缺什么，她决定住下来，她很想改变这里的状况。她觉得自己的决定是正确的，在这里，她见到了送孩子们上学的老乡。老乡看见她回来了，篮子里装满山货，大家围在一起，问长问短。她是乡亲们的骄傲，大家聚在一起，回忆起她在学校时的往事。老师坐在一边，听着大家对她的称赞。她听着，低着头不知道说什么好。是的，她是从这里走出来的学生，但是她给这里带来了什么呢？她很难开口说自己是来撤销这个教学点的。大家都说，如果没有这个教学点，去镇里的小学拼校，路途这么远，娃们都还小，要不在路上大人担惊受怕，要不在校里寄宿小孩受苦啊。

可这是县委的决定，也是自己拍着胸脯打包票的，更是为了山里孩子更好的未来啊。她非常为难，看着恩师艰苦的生活，看到这座破败的学校，她流泪了。她第一次烧火做饭，第一次蹲下来搓洗衣服，这都是她能够为老师做的。可是，除了这个，她还能做什么？

她离开这里时候，老师送她经过那条小河。她缓缓地过河了，他依旧和平常一样，默默地目送她离开。

原载 2017 年 1 月 20 日《羊城晚报》；《小说选刊》2017 年第 3 期转载

近在立秋

○ 鹿禾先生

　　她的眼睛没有离开那个平面，对面的玉米地已经开始丰满起来，站在这里，微微地感到了一丝丝的凉意和清香。这是一片茂盛的玉米地，远远地看去，就像是影视剧里的场景，充满诗意，充满神秘。玉米地的深处，依旧传来一个粗犷奔放的男高音，歌声冲破了玉米地的阻隔，在西江边扩散。西江水拼命地冲刷着坡岸，一块块的砂石被拽进了河里，河水咆哮着，似乎为这个男歌手在伴奏。乌黑秀气的长发被风吹散了，粉红色的裙子随着风在摇摆。玉米地旁边，是一望无际的西瓜地，瓜地里凸显出更多更大的西瓜，在粉红色的裙子映衬下显得更加诱人。

　　朝阳逐渐染红了半边天。太阳一出来，西江的美更显明秀。河滩在太阳的巡视下，特别是日出和日落的时候，整个西江真是半江瑟瑟半江红。河对岸时不时有小舟漂过，仿佛在为西江划出一条条抛物线。

　　这天，她才发现，那个歌声就是从小舟上传过来的。她有点激动，这是她遇到的最完美的画面。她迅速拿出相机，对着河面，对着那个极速飞过来的小舟开始拍照。这时候，世界在她面前已经凝固和静止，她内心的激动已经被宁静所代替。

　　小舟没有给她的快门更多时机，她看到小舟上的男人，竟然是光着脊梁，穿着裤头。小舟上承载着刚刚收获的果实，那是成熟的西瓜。只见小舟如飞，顺流而下，瞬间而逝。她有些遗憾，一切都是那么的短暂。是的，没有给她更多的想象空间。她的越野车就在身边，她靠在越野车上，闭上眼睛。回忆自己的过去，就像一幕幕的院线电影，震撼的，悲情的，励志的，而她美丽的面孔就像一个丰富的感情包。

　　她突然发现，在河面上，漂过来一个奇怪的东西。那个黑色东西在混浊的河水里挣扎、抗争。河水掀起的浪头，一次又一次地把它吞没，但是它十分顽强，挣扎着从里边冲出来。她发现这是一只被洪水冲过来的小狗。小狗无助地在奔涌的河水里抗争。她惊诧地发现，那只小狗竟然抓住了一个稻草垛。小狗爬了上去，小狗也许在喘息。它稳坐在稻草垛上，就像一个劫后余生的战士，虽疲累却骄傲地显露出成功的欣喜。稻草垛打着旋，最后被河坝阻挡，小狗没有放弃机会，拼命一跃，顺利地跃上了河坝。它胜利了！它躺在河坝上，这时候，它需要休息。

　　她从自己的车里，拿出蛋糕。她走向小狗，小狗非常警觉地看着她。这时候，小狗精疲力竭，眼神里透露出疲惫无助，悲戚戚的目光里流露出很多无奈和祈求。她看着一阵难受，美丽的大眼睛流出同情的泪水。她蹲下来，把自己的蛋糕放到小狗嘴边。小狗确实饿极了，不知道它经历了多少个日夜，因为抗击命运，它顽强地活下来了。是的，它现在需要补养。它看了看她，她点了点头，于是它开始尝试着吃这些东西。它一口一口开始吃了，她看着它吃完，又继续给它增加补给，它满意地吃掉了她的馈赠。小狗似乎已经恢复了，它开始摆尾，在地上打了个滚。它直立起来，竟然给她作了个揖。小狗看了看她，摇头摆尾，然后偎依着她。最后，小狗离开她了。小狗跑了一段路，又开始转回来，在她的裤腿上磨蹭了几下，最后决然离开了。

　　她望着小狗拼命地顺着河岸逆向奔去。她明白了，小狗就是从那个地方被冲过来的。那个方向有它的家，那个地方有它的主人，现在它开始回到自己的家乡去，去寻找自己的主人。不知道他们家发生了什么事情，不知道小狗为何在水中挣扎。她为它默默地祝福，祝小狗好运，祝他们一家人好运。

　　忽然间，她发现西江里有条小舟逆流而来，歌声又在西江滩上空激荡，夹杂着小狗的叫声。她手搭凉棚睁眼望去，正是那个男人。

这时，她手机响起了短消息提示音，她打开手机，信息提醒："近在立秋。"她的心顿时暖了起来。

原载《羊城晚报》2017年9月11日

那盆美人蕉

○ 鹿禾先生

纹住在破街，这个地方和繁华的街道只隔着一条浅浅的小巷。步过小巷再拐个弯，就到了县城最繁华的街道，即便如此，破街依旧破着。破街不是老街，之所以叫破街，是因为这里几乎什么都是破旧的，房子是要倒掉的房子，街道是坑坑洼洼的街道。这里似乎已经被遗忘了，因为，很多人都不记得这里还有条破街。

纹每天早上去上班，都会推着电动车穿过破街。一眼望过去，破门破墙破房子，连风声也是破的。出门的时候，纹必须格外小心，不然的话，碰到那樘腐朽的门框之时，就会给漂亮的外衣沾染上一层让人难堪的灰尘。从纹的家里，到那条繁华的大街，需要走出十多户人家，而破街里的骚臭味时刻都在刺激着纹的神经。可最让纹感到不能忍受的是，站在街口的屁三，总是在看到纹经过的时候，站在那个公共厕所门口，拿着自己撒尿的东西朝着纹笑。

屁三就住在这个破街的街口。没有屁三，这个破街早已不存在了。破街已经被开发N次，每一次都是因为屁三挡道，开发商们最后被迫放弃。屁三会到政府门口，扯着嗓子骂街。看到书记的时候，屁三也是一脸的猥琐："老子在前线打仗的时候，你他妈的在干什么？吃你妈妈的小奶头。"

屁三是伤残军人，谁都知道。屁三是一级英雄，大家更知道。但是大家都不喜欢屁三，只因屁三挡着，破街无法旧貌换新颜。

纹一般都是绕开屁三走路的。她一个女孩家，特别是这个破街最漂亮的女孩子，从来不和屁三打交道。

破街里的人，纹都不认识。她就是一个从破街里考出去的公务员。纹在政府里工作，具体做什么，大家都不明白。只是纹的家就在这里，纹必须早上从破街里出去，晚上还得回到破街里。屁三坐在巷口，看到纹回来的时候，屁三会得意地朝纹笑，但是从来不打招呼。纹的父亲警告屁三："离我丫头远一点，不然的话，我会扒了你家的祖坟。"屁三这时候，就会发出几个臭人的响屁："二叔，俺家早已经没有祖坟了。"

屁三名声不好，真的，和他那些英雄事迹确实不搭边。当年的屁三，曾经穿插敌营，荣立一等功，那也是破街的荣耀，大家都还记得他戴着大红花，在报告团上讲自己的英雄故事。后来复员到地方，还当了武装部长。可是屁三不争气，总是放屁。领导讲话的时候，似乎要和领导抢风头，把会场给搅和了。更让领导不能容忍的是，屁三总是爱进女厕所，作风问题呀。结果常委会一致决定，让屁三病退。

纹进机关的第一天，就是屁三从机关里病退的那一天，他们在机关门口见面，又在破街街口相遇。屁三对人说，纹是一个狐狸精，凭着自己长得好看，把屁三的工作给顶跑了。大家都知道屁三胡说八道，因为谁都知道他们两个根本属于不同单位。

后来，纹负责旧城改造，屁三就变成了钉子户，纹必须去屁三家做思想工作。那是纹第一次进屁三的小院。进了屁三的小院，纹才明白，屁三为什么不愿意搬迁。屁三的小院里，俨然是一个漂亮的小菜园。此外，屁三还种了很多花草，一盆盆的花草上，都有战友们的名字。屁三对纹说："现在我在这里守着他们，离开这里，他们去哪里？"纹看到一盆漂亮的美人蕉，屁三十分喜欢那盆花。屁三对纹说：这是我们的卫生员，刚从军医大学来连队实习时最喜欢的花。她死的时候，刚刚二十二岁。屁三的脸上洋溢着幸福的回忆："我们在一次突击中相遇。我们约定，一起回国后就结婚，可是她却留在了那里。"

这是纹第一次和屁三说话，纹听屁三讲完，也告诉他，破街迟早要开发的，而且这是谁也阻挡不了的。屁三大叫："他奶奶的，谁敢拆我的房子，我就跟谁拼命。"

后来，破街终于还是被拆了，是纹带着人拆的。纹令几个汉子将屁三抬着离开破街。屁三大骂："你这个婊子，我知道你没安好心。你以为我不知道呢，你和那些人不干不净的。"纹皱了皱眉头，挥了挥手，铲车一下子把屁三的房子铲掉了，屁三的哭喊声在铲车的轰鸣声中被淹没。

破街被推倒后，破街里的住户，都站在巷口点燃了焰火和鞭炮庆祝，那热闹的样子，绝对不亚于任何演唱会。

当破街被新街取代的时候，屁三疯了。疯了的屁三常常抱着那盆已经干枯的美人蕉，在政府门口撒尿。

原载《营山文学》2017年第8期

金钱花

○ 聂鑫森

古城湘潭雨湖边的这条巷子，叫什锦巷。巷子长而曲，住着二十几户人家，一家一个或大或小的庭院。院里的空坪谁也不会让它闲着，种树、植草、栽花，总有几个品类，让春光秋色怡目养心。

可简家的小院里，就栽一种花：金钱花。先长苗于土，再移栽于盆，一盆盆的金钱花搁在高低低的木架上。

金钱花属菊科，又名旋覆花、金榜及第花，多年生草本植物，开花于农历六月伊始，黄色，大小如铜钱，飘袅淡雅的香气。一入秋，花则越见金黄灿烂。

简家的当家人叫简亦清，在附近的平政小学教语文，高高瘦瘦，面目清癯，走路慢慢吞吞，见人一脸是笑。但据说他讲起课来声震屋宇，学生的精神不能不为之一振。他很安于现状，教小学语文没什么不好，一待就是几十年。同事们都知道他腹笥丰盈，尤其在中国文字的研究上颇有心得，用笔名写了不少这方面的文章公开发表，去教初中、高中的语文，是可以举重若轻的。但他从没想过调离这码事。

简亦清的妻子是街道小厂的工人，工资不高。独生子简而纯考大学时，填的志愿是商业学院的财会专业，父亲问他为什么不想读中文系，他说："我将来想搞经贸，让家里的日子过得富足。"简而纯毕业后，果然去了一家私营企业当会计师。

简亦清的业余生活，很简单，一是侍弄金钱花，二是备课、看作业、读书。他对简化字的推广觉得很滑稽，这把"六书"所称的象形、指事、会意、形声、假借、转注都搞乱了，是得不偿失。他嘴上当然不说，但在课堂上讲到某个简化字时，必写出相应的繁体字加以阐释，学生受益还感到有趣。

简家的日子，正如简亦清的名字：简单、清洁，但是不露怯，巷里谁家有红白喜事，别人怎么送礼，简家也怎么送礼；电器、家具、衣服、饮食可以不讲究，但简家购买必需的书籍，却从不吝啬。

简亦清身体不怎么好，眼睛发涩（看书太多）、喉咙上火发痛（讲课太用力）、气阻痰多（元气不足）。他懒得上医院，只是用深秋采摘后晒干的金钱花泡水喝，据说很有疗效。

有人问他："简老师，你栽金钱花，是自备良药治病吧？"

"此其一。也可以为别人预防病和治病，此其二。"

问话的人笑了，是另一种意味的笑。现在医疗条件多好，谁得病会去吃这金钱花，主人是企望日进斗金吧？

简亦清执教杏坛育人多矣。学生中，当官的，从商的，搞科研、文教的，大有人在。他们现在成气候了，总会记起简亦清当年说过的一句话"一辈子的道路取决语文"，于是格外专心语文的学习，因而大有收益。师恩不可忘啊，便常会登门来看望简亦清，聆听教诲。学生告别时，简亦清总会送上一盆金钱花和一张用毛笔写了字的花签纸。

正在走仕途的，花签上写的是唐代陈翥的《金钱花》诗："袅露牵风夹瘦莎，一星星火遍窠窠。闲门永巷新秋里，幸不伤廉莫怕多。"

"简老师，这诗是你的夫子自道，也是对我的警戒。谢谢。"

有经商当了大老板的，花签上写的是唐代皮日休的《金钱花》诗："阴阳为炭地为炉，铸出金钱不用模。莫向人间逞颜色，不知还解济贫无。"

"简老师，我懂得你的意思，赚了钱勿忘做公益慈善事业，我会牢记在心的。"

……

简家的金钱花，年年是满院子的清香，满院子的金黄。

儿子简而纯成家了，有孩子了。

简亦清额上的皱纹，一年年地深，一年年地密。就在他办好退休手续的时候，突然病倒了。医院一检查，是肺癌晚期，六个月后安详辞世。秋风飒飒，枫叶萧萧。

有一天，简而纯兴冲冲跑回家来，对妈妈说："我们公司董事长的父亲做七十大寿，为了彰显富贵气象，寿堂内外都要摆上金钱花。他说要买下我家的金钱花，每盆两千元，全都要了！妈，一笔大钱哩！"

老人突然板下一块脸，大声说："你爹生前没卖过一盆花，他走了也不能卖。老板要摆阔，可以去堆金垒银，别糟践这花了！"

简而纯垂下头，喃喃地说："老板会怎么看我？妈……"

"我只记得你爹说过的话：'要常想世人怎么看我！'"

"……"

原载《小说月刊》2017年第7期

喜　子

○ 聂鑫森

　　仲夏的早晨，才六点多钟，宋喜已穿戴齐楚，白衬衣、灰长裤、黑皮鞋，衬衣上套一件印着"幸福婚庆公司"金字的红马甲，潇潇洒洒地走出了小院的大门，紧跟在后的是妻子惠莲。

　　"喜子，开车要小心。"

　　宋喜连忙回转身，用京腔念白："夫人，喜子别过了——"

　　惠莲说："你沦落到为婚庆公司开婚车接亲，还这么快乐。"

　　宋喜仰天大笑。

　　待妻子关了院门，宋喜口念锣鼓点，然后高声叫板，再走到巷道中央，亮相，接着便边走边唱起了《空城计》中诸葛亮的唱段："我正在城楼观山景，耳听得城外乱纷纷。旌旗招展空翻影，却原来是司马发来的兵……"声音顺着长而曲的巷道向前涌动，好听极了。出巷口就是大街，宋喜的声音戛然而止，理一理衣衫，急步走向他供职的婚庆公司。

　　巷子里的男女老少，每天早晨都听到宋喜的这一段唱腔。宋喜还会唱别的吗？会，但他几十年如一日，就爱唱这一段。

　　宋喜还有别的业余爱好吗？有，下象棋。只要不是落雨下雪，晚饭后，他在院门口支起可以从中间折叠起来的小方桌，桌面上刻着棋盘，备上两把矮板凳、棋子和茶壶、茶杯，等着巷中的棋手来对弈。他年轻时打过谱，记性好，也有悟性，很少有输的时候。下棋时，他一言不发，落子快，也不计较人家的悔棋。有好面子的人，他会在三局之中，有意下和一局或输一局，而且让对方看不出来。

宋喜五十岁了。和他同年的妻子原是街道小厂的工人，退休了。儿子在宋喜事业还很兴旺时，成家了，住在雨湖边的一个住宅区，过他们的小日子。

住在这条名叫曲曲巷里的男女老少，都不叫宋喜的大名，众口一声叫的是小名：喜子。不管在什么场合，宋喜都会笑呵呵地应答。他很快乐，不但名字带着"喜"字，人也长得像尊欢喜佛，体量高大，膀阔腰圆，胖胖的脸上笑也显得"胖"。他的快乐不是装出来的，是自自然然从心里往外淌，就像开了盖的啤酒瓶，往外"滋滋"地冒出洁白的泡沫，又真实又透明。

有人说宋喜的快乐，是没心没肺的傻乐。巷中的老寿星甄观尘，当过小学、中学的语文教师，腹笥丰盈，如今九十岁了，阅人多矣。他对说话的人淡淡一笑，意味深长地感慨道："喜子哪里是傻乐？是智乐！他虽没读过多少书，却能把世事看个通透。他能大富大贵，也能清贫自守，快乐却是一个恒量，这很了不起。"

宋喜读过高中，却不想去读什么大学，高高兴兴到码头的搬运队去当苦力。干了几年，拜拜！置办一辆脚踏三轮车沿街卖水果，不管生人熟人，秤杆抬得高，价钱还公道，小贩生涯让他开心。接着，三轮车换成了一辆大卡车，还雇了两个伙计，长途贩运水果搞批发，赚了不少钱。水果按节令上市，荔枝、黄桃、苹果、鸭梨、枇杷、佛手、香瓜……他先乐颠颠地给各家送一小篮尝鲜。一辆卡车又变成几辆卡车，有了大门面、大仓库，宋喜也坐上了豪车。但他的豪车停在巷子附近的一个停车场，出巷、进巷都是步行。巷中人家有了红白喜事，他会悄悄送去丰厚的礼金。突然有一天，几辆大卡车和豪车不见了，门面和仓库也没有了。他去了一家婚庆公司当司机，一当就是五个年头。

这么大的家产，怎么说散就散了呢？

宋喜不对人说，惠莲也是一问三不知。怪！

每早出门，宋喜还是叫板，还是唱"我正在城楼看山景"，还是一副笑模样。每天傍晚，宋喜依旧在自家门前摆上棋桌，实质上的赢和名义上的"输"与"和"，他都不在乎，独乐乐不如众乐乐。

真正可以和宋喜棋逢对手的，是老寿星甄观尘。甄老黄昏时出门散步，经过宋喜的棋桌时，见还没有人上桌应战，就会坐下来下一局。身边没有观棋的，他们一边下棋一边说些闲话。

"喜子，那个五年前向你借二百万元去还债的老同学，后来去了大西北创业，没跟你联系吗？"

"你老是怎么知道的？"

"我的一个学生说的。"

"钱借出去了，解了人家困难，就是一件高兴的事。他不联系我，我也不想他。我有饭吃有衣穿有房住，没什么可愁的。"

"在婚庆公司开车，累不累？"

"快乐得很哩，总是看见有情人终成眷属。"

说完，宋喜拎起红"车"，长驱而下直到对方的底线，轻声说"将军！"

甄老落下一个"马"，微微一笑，说："我算了算，结局只能是一个'和'。你说呢？"

"甄老，你是神算，我服了。哈哈。"

原载《小说月刊》2017 年第 11 期

给烦恼做个小手术

○ 纪洪平

马小灰最近情绪十分低落，傍晚又给曹晓驴打电话，和前几次一样，曹晓驴只好再从家里出来陪他喝酒解闷，菜还没上齐，马小灰就把心中的烦闷，叨咕了一遍。曹晓驴耐心听完，感觉和前几次没啥大区别，还是老婆怎么看他都不顺眼，冲他说话的嗓门高得让人愤怒，同事小周背后又嘲笑他弄的文案被老板改得一塌糊涂……这些小事儿根本没啥了不起，谁都可能遇到，只有他作茧自缚，被自己的坏情绪弄成凄风苦雨、日月无光，好像全世界只跟他一人过不去。

这次曹晓驴没有直接规劝，知道劝了也白劝，于是给自己倒上酒，也不管马小灰如何自怨自艾，只管轻松喝起来。

哎，你咋还喜气洋洋地喝上了？曹晓驴不紧不慢又喝了一口说，看来非得手术不可了。你说什么呢，啥玩意儿非得做手术？你的病呗。说着，曹晓驴又低头喝起来。啥，我有病？

曹晓驴这时好像对花生米产生了兴趣，他不停地一粒一粒地往嘴里送，整个动作单一，速度均匀，来来往往把马小灰惹毛了，他把酒杯使劲往桌上一蹾，你说话啊，不会连你也嫌弃我吧？

怎么会呢？曹晓驴给马小灰倒了一杯酒。不过，你得去联合医院做个小手术。我好端端的做什么手术啊？马小灰把酒杯端起来，蹾了一下，溢出了一些酒。你还没意识到，这就是发病的症状。哦，我蹾了一下杯子，就得挨刀？其实道理非常简单，你脑子里有一个烦恼肿瘤，虽然目前还很小，但已经开始发作了，你要尽快做手术，如果耽误了可别怨我没提醒你。说着，曹晓驴喊服务员，张罗要买单。马小灰赶紧阻拦，别着急啊，咱俩再聊聊，我得明白怎么回事儿再决定吧？

马小灰术后睁开眼就看到曹晓驴，他抱着一个布娃娃站在床前，还伸出两个手指头，僵硬地摆动，马小灰被他装萌的样子逗笑了。曹晓驴高兴地说，你的手术非常成功，从此你再无烦恼了，不过，医生叮嘱，这个病有个副作用，就是以后再不能对任何人和事往坏了想，只能往好了想，如果不然……

不然会怎么样？曹晓驴摇了摇头，说，后果有点可怕，你会很快衰老下去，老得连你自己都不认识。马小灰立即紧张起来，他摸着脑袋说，你说对了，这种手术真好，连微创都谈不上，一点痕迹也没留下。曹晓驴接过话，是啊，我每次在公共场所，都看见你对着镜子认真打量自己，所以相信你一定在意自己的形象，保持一颗纯真的心，别忘了我俩可都是小字辈，甭管多大岁数，都还小着呢！

很长时间里马小灰再没给曹晓驴来电话，难道这个根本不存在的手术真成功了？那天马小灰在医院只是被催眠了而已，他心中的烦恼果然被善意的谎言摘除了？就在曹晓驴犹豫之际，他被电视里的本地新闻一下子吸引住了。一段市民拍的视频被播出，银行门前，一个持刀歹徒正把刀尖对着一个男人，这个男人正是马小灰！虽然手机拍得不稳定，画面不停摇晃，但马小灰面带微笑，始终不卑不亢，反而歹徒的手却抖得厉害。

马小灰镇定地说：朋友，你一定有什么难处了，不然也不会出此下策，不妨跟我说说，我也许会帮助你……

少啰唆，你在故意拖延时间是不是？

不会的，他不会害你的，他不会害任何人，就算你用刀伤了他，他也不会害你。

你怎么知道呢？

我是他爱人，我当然知道。画面中，马小灰旁边又出现一个表情淡定的少妇。

朋友，你缺钱一定不会是为了买苹果手机玩吧？马小灰问。

我，我怎么会为了买手机呢？

那为什么啊？

我母亲病了，需要住院，可我，没有钱……

哦，你还是个孝子啊，放心，我现在就给你筹钱。说着，他让媳妇把钱全掏出来，随手又打起了电话。喂，小周，快点给我送五千块钱来，有急事，到咱们对面的建行，对，越快越好。

歹徒哭了，手中的刀也离开了马小灰的脖子。马小灰依然理直气壮，你母亲的事儿我帮你办，去公安局自首还得你个人去。

曹晓驴禁不住骂起来：这小子，为了不衰老，为了保持形象，连死都不怕了。

原载《天池小小说》2017 年第 10 期

家族往事

○ 练建安

这个夏日中午，我又来到了边镇。

边镇位于闽西粤东交界处，两地语言习俗相同，一山之隔，就是"话尾子"有细微的差别。是的，这里是客家地区。

明崇祯年间右佥都御史、福建巡抚熊文灿在此筑城，这里的山形是"一峰狮子吼，十二子相随"，地形为"明堂容万马，水口不容舟"。边镇多名胜，又多随风而去了。

镇外有蛟湖，宽阔、清澈，荷叶田田，蒹葭苍苍。近年水域面积大为缩小，填湖造地，沿岸建起了大量的时兴商品房。

穿过城中古村，族叔要带我再去看看"凤岐庐"。

"凤岐庐"是族叔公练惕生故居。族叔公练惕生原为国民党62军中将副军长，抗战期间，率部转战闽粤桂湘，战功卓著，荣获"陆海空军甲等奖章""云麾勋章"和"干城勋章"。

族叔公麾下的忠勇将士，有一大批家乡子弟。

途经僻静荒凉处，见倒塌的宅基地。泥墙瓦砾间，疯长着蓬蓬勃勃的蕉芋，南瓜叶蔓舒展爬行，数十朵金黄色的花朵在阳光下灿烂开放。

我停下了脚步。族叔却抓住我的手腕，往前"逃窜"。

我们都跑得气喘吁吁。我惊讶地望着族叔，这位德高望重的小学退休老校长，今天何以一反常态？

族叔掏出一包香烟，人自一根，点燃。

近处楼房，飘出了若有若无的歌声，是老电影《刘三姐》的唱段。客家人普遍认为，刘三姐就是粤东松口镇的刘三妹，客家人。

族叔神秘地说："这房子啊，邪！"

"不就是废弃宅基地吗？"

"哼哼，每到刮风下雨，就有一个女人的哭声，五婶子的哭声。"

"哪个五婶子？"

"贵佬从潮州旅馆带回来的。"

"哦。"

"说来话长啊，几十年啦。"

族叔说："抗战期间，练军长带了一批家乡子弟兵参加62军。侦察连长练文德的故事、大头兵的故事、练传志的故事，你都写过了。还有一个人，你来采访时，大家都没有说过，你就不知道了。为什么不说呢？好像大家都认为那是家族的丑事，不该宣传，不能写在书里头。我反复思考过，其实，这是我们家族极为悲壮的一页。今天既然有这个机缘，我就说了吧。"

我在静静聆听，心想，什么丑事呢？

族叔说："62军157师是练军长的嫡系部队，基本部队。这个师有很多闽西客家人哦。侦察连长是练文德，一排长就是练富贵，村里人都叫他贵佬的。当兵前，是很有名的教打师傅，打狮头，飞脚一起，可以蹿上两张八仙桌的。当了兵，打过很多恶仗、大仗、硬仗，立过大功。"

1939年12月，日寇侵占广州一年之后，集中三个师团又一旅团6万余重兵，配合大量飞机、重炮、战车，主力倾巢而出，兵分三路，直扑广东临时省会韶关曲江。第12集团军节节抗敌。大战正酣，粤军防线多处撕裂，险象环生。练惕生率62军157师跳出重围，挥师直捣敌中路联络线要地——牛背脊，苦战杀敌1900余人，全歼守敌。日寇联络线切断，惊慌失措，深恐被分割围歼，遂转攻为守。粤军会同湖南援军乘势全线反攻，大获全胜。此为第一次粤北大捷。

族叔说："现在，广东省从化县还有第157师抗战纪念碑，听说为了兴建水库迁移到了附近的一个地方。当年那第一个攻上牛背脊的，不是文德，是贵佬。贵佬喜欢用双枪双刀。枪，是驳壳枪；刀呢，不是西北军的大砍刀，是咏春派的八斩刀，好携带好用。那天，他的两把八斩刀都废了，崩缺掉了。"

我说："这是英雄业绩呀，怎么是丑事呢？"

族叔踩灭烟头，又点燃了一根，缓缓地吐出一口烟，说，"你别急，唉，后面的事就不太好说了。"

"说吧，叔，说吧，我可以不写。"

"你要写就写。"

族叔说："第一次粤北大捷之后，粤军就与鬼子长期对峙。一次，练军长命令侦察连进城摸情况。文德和贵佬都去了，抓了一个汉奸翻译官，返回途中，和鬼子交火，贵佬留下掩护文德撤退。贵佬打光了子弹，受伤了，被鬼子抓了。后来，文德他们又把贵佬救了回来。贵佬这个人回来就变了。据村里老兵说，贵佬原来是有说有笑的人，救回来后，就不合群了，常常一个人坐在什么地方发呆。"

"哦，贵叔受苦了。"

族叔说："这不算什么，唉，更怪的真的让人说不出口。简单地说，贵佬和五婶子一共生了三个儿子，每生一个儿子，做满月了，大家来喝满月酒。贵佬都要把他儿子的双脚倒提起来，转呀转，转呀转，脸无表情的。五婶子哭叫，族人要阻止他，他就掏出驳壳枪，他是教打师傅呀，谁也阻止不了。后来，他的儿子一个一个都死了。那几年、那几次做满月都这样。五婶子后来就时不时躲在家里偷偷地哭泣，不久，就伤心死了。1944年8月，衡阳保卫战，大血战，62军增援衡阳，打潭子山，贵佬是敢死队的，牺牲了。"

"都说人养屋，屋养人。贵佬家没有人了，房屋就坍塌了。有亲房想把那块宅基地用起来，可是，一到刮风下雨，村人老是听到五婶子那隐隐约约、断断续续的哭泣声，格外瘆人。"

听完族叔讲述的故事，我说不出话来。抬头看，不远处的"凤岐庐"，年久失修，显出一些破败的迹象，而紧邻的水泥红砖高楼，拔地而起，与之形成强烈的对比。

中午，烈日炎炎，有微风。

原载《文艺报》2017年9月8日

枫 树

○ 练建安

您或许也有过这样的体验，一个月夜，您驱车在高速公路上奔驰，山川原野在月色下朦朦胧胧，如梦如幻。

此刻，我在闽赣高速公路的一个休息区，遥望那若有若无的山脊线，山上荫翳的原始森林不见了。我的心中有许多感慨，我想起了天地一瞬，人生如梦。是的，我想起了传说中的山都木客。

古书记载，闽赣边的枫松大树上，生活着一群山都木客，他们是一群小巧玲珑的人，"闻其声不见其人"，他们能歌善舞、豪放善饮。曾经有人在险峻的山崖听到过木客的歌唱，"酒尽君莫沽，壶倾我当发。城市多嚣尘，还山弄明月"。歌声美妙动听，隐隐的还有些忧伤，缥缈远去。

山都木客的消失，在历史上是一个悬案，人言人殊。

山都木客有记载的最后一次现身，是在一个汀江集镇的圩场上。目击者说，闪入人群不见了踪影。

记载者为练宝昌，邑廪生，曾为武邑知县幕僚，掌书案。新修族谱时，我在未刊稿《耕读斋剩笔》看到这一记载。

故里相传，武邑唐知县未发迹时，系江湖郎中，一日行走山路，在枫树崟救助了一位金毛披肩猴形低矮的折臂哑巴。哑巴频频回首，嗷嗷入林。

一溪远汇三溪水，千嶂深围四面城。此为闽赣边汀州。

入城，行至水东门，唐郎中走进河田米粉铺，要来一大碗，搭配一碟五香干，埋头呼呼大吃。临桌有位老者，瞄了瞄唐郎中的虎撑子。这物件是郎中行走江湖的白铜摇铃，有些年头了。老者好似自言自语："知府高堂欠安，针药无效，杏林岂无人乎？"唐郎中抬头，老者已经走出了铺子。

夜晚大雨。临江客栈屋檐，水滴似断珠，答答作响。唐郎中酒碗在手，注目一只飞蛾环绕灯光旋转，自叹读书落魄，算命医药。忽闻瓦屋顶上有异常动静，刚起身，倏忽有块物件掉落在桌案上。推窗，但见空阔江面，烟雨茫茫。返回，挑亮油灯，此物竹叶重重包裹，打开细看，竟是一柄黑青灵芝。

此乃神品，极罕见。《神农本草经》云："久食，轻身不老，延年神仙。"

唐郎中毛遂自荐，治愈了知府高堂的怪疾。论功行赏，唐郎中啥也不要。恰逢知府统兵荡平悬绳峰山寇，遂以讨贼先锋冒名保荐，朝廷叙功任命唐文福为武邑知县。

福建巡抚听闻灵芝神效，指名向汀州知府索要。汀州知府限令唐知县克期上缴。

上哪儿去找呢？唐知县明白，他救助的哑巴，正是传说中形影神秘的山都木客。无奈，他再次来到了枫树鋈，摆好三坛美酒，栖身茶亭。幕僚宝昌随从。俺太叔公文武兼修，系南少林高手。武邑县志有载。不赘。

一夜无事，唐知县蜷缩在大棉袄里，迷迷糊糊竟睡着了。

太阳出来了，唐知县惊喜地发现，一柄黑青灵芝含露横卧在酒坛上。美酒原封不动。

如此这般，再三再四，灵芝总是神秘出现，只是越来越小了。

巡抚大人吹风说，近闻有冒名邀功者混迹要津，一经查实，必当严惩不贷。

好不容易才搞到一官半职，上了族谱，祠堂前还立了石桅杆，当官还真的当上了瘾。革职查办，岂非凤凰落毛不如鸡？唐知县很苦恼，就从"百味居"叫来几盘下酒菜，邀请宝昌陪同。喝着喝着，他就哭了。宝昌公能说什么呢？

八月廿二日，秋分。宜祭祀、结网、畋猎；忌开市、祈福、破土、造船。

唐知县又来到了枫树峁，带着"老三坛"。这次是冬至"酿对烧"，此物清冽香醇，滴酒挂碗。与以往不同的是，他还暗中布置了三十六名弓兵、捕快，统由"铁手神捕"带队，就近埋伏。

唐知县和幕僚宝昌走进了茶亭。他们颇为风雅，燃起松树明子，悠闲对弈。落子叮咚。他们留意着每一阵山风吹过。

唐知县接连出错，在屋内走了几个来回，又坐下。

"会来吗？"

"会来的。"

大半个夜晚，他们只有这两句简短的对话。

月影下，石坎上，静静地立着三口酒坛。

下弦月钻入云层。黑影闪过。

啪嗒，大网从天而降；哗啦啦，酒坛破碎。

唐知县跳将起来，顺手扯过松树明子，疾步赶到大网前。矮小山都浑身裹成了粽子，徒劳挣扎着，嘴含一柄小小的灵芝。他流下了眼泪。

唐知县也流泪了。

这滴眼泪，救了自己，也救了大伙的性命。

忽听林间沙沙有声，人影闪动。大事不好！唐知县念头甫转，就感觉到有硬物撞击胸口，昏黑倒地。

当他醒来时，已是次日天明。唐知县及其弓兵、捕快连同幕僚宝昌，皆为飞物所伤，片刻失去知觉。

山都，消失了。同时消失的，还有"铁手神捕"。

唐知县没有在官场上继续待下去，"挂印封金"而去。幕僚宝昌随之退隐，在汀江流域象洞乡一个偏僻的山村亦耕亦读。

转眼到了清宣统年间，俺宝昌太叔公由玉树临风之年步入古稀。某日，他来到一山之隔的上杭中都镇墟场。年老嘴馋，他很想吃吃这里现做的热气腾腾的正宗"邱记鱼粄"。他在熙熙攘攘的人流中踽踽独行。这时，他看到了一个熟悉的身影。几十年了，似乎没有任何改变。他努力往前挤，想打声招呼，说声抱歉。可是，那身影一闪而没。

太叔公郑重地记下了这一奇遇。《耕读斋剩笔》此刻就在我的手边。连城玉扣纸，大十六开本，一百七十六页，馆阁体楷书，每页八行，每行十九字，纸色泛黄。

原载《福建文学》2017 年第 2 期；《西北文学》2017 年第 2 期转载

影子游戏

○ 秦德龙

他喜欢和自己的影子在一起。他跑，影子也跑；他停，影子也停。他做什么，影子就跟着做什么。他乐此不疲，孤芳自赏，丝毫也不顾及别人的目光。

白天，有太阳的时候，世界是明亮的。所有的物体也因此产生了影子。他就在太阳下走来走去，让阳光映出灰色的影子。夜晚，月亮爬了上来，月光会在他身后投出朦胧的影子。可他似乎更迷恋没有月色的夜晚。因为，路边的灯光会扯出来他的影子，扯得绵绵悠长。

是的，影子真是神奇，真是令人开心不已。

是个神经病吧？有人嘲笑他。

不管别人怎样嘲笑，他每天都和自己的影子在一起。有影子陪伴着，他很知足。

有个女孩儿打破了这种宁静。女孩儿并不认为他喜欢影子有什么不好，更不认为他脑子有病。女孩儿对他很欣赏，觉得他是个有心灵家园的人，是个有精神追求的人，是个有生活乐趣的人，因而是个很可爱很可爱的人。

他就和女孩儿谈上了恋爱。

他经常带着女孩儿做影子游戏。他扮演他自己，女孩儿扮演他的影子。游戏规则很简单。他举起右手，女孩儿就举起右手；他奔走，女孩儿就奔走；他停下来，女孩儿也停下来。过去，他常自己玩这个游戏，让自己的影子陪着玩。现在好了，女孩儿成了他的影子，有女孩儿陪着玩，真是开心极了。

女孩儿对他说，我就是你的影子，一辈子跟定你了。

他笑了。对，你就是我的影子，我到哪里，你都必须跟到哪里。

每次这么说，他和女孩儿都要开心大笑。

有一天，他对女孩儿说，咱们换一换玩法怎么样？

女孩儿说，你是要做我的影子吧？好啊。我走到哪里，你就跟到哪里。

他点点头说，对，是这样。

女孩儿很认真地问，假如，我到了梦里呢？你能进入我的梦里吗？

他笑着说，怎么不能呢？我想，我应该能进入你的梦里。

可是，很遗憾。女孩儿做梦的时候，从来都没有梦见他。

女孩儿问，怎么回事？你为什么进入不了我的梦里？

他耸耸肩说，那是你的事，你不想梦见我，所以，你的梦里没有我。

沉思片刻，他又说，这样吧，我们再换个玩法，相互扮演对方的影子。但有一点必须说明，我们不再模仿对方，而是让影子做出完全相反的动作。比如，我摸左耳朵，你就要摸右耳朵；你右转身，我就要左转身。

女孩儿笑道，好玩，这也好玩。

于是，他和女孩儿开始互相扮演影子了。也可以说，他和女孩儿互相作对，他指东，女孩儿偏偏指西……女孩儿处处和他对着干。反过来说，也是他和女孩儿处处对着干。

不对着干的男女，似乎成不了夫妻。在他和女孩儿玩了无数次影子游戏后，他们喜结良缘了。其实，女孩儿也累了，不想再玩了，需要安居乐业了。女孩儿已经意识到影子游戏的实质，影子存在于生活的每一处细节里，与其没心没肺地玩游戏，不如实实在在地过日子。

既然如此，那就自己玩吧。就算自己是个风筝，扯风筝的绳子不还在妻子的手里？

于是，他又和自己的影子泡在了一起。他常在阳光下奔跑，也在月光下奔走，还在路灯下漫步。总之，凡是可以映出影子的地方，都有他的足迹。

在自己的影子陪伴下，他一天天变老了。

后来，妻子把他送进了医院。

他知道自己的病情，恐怕是竖着进来、横着出去了。好在，心里有自己的影子支撑着，他表现出了对人生的无限敬畏和刚毅。

他离开人世之后，妻子在他的墓前竖立了一块墓碑。每逢有太阳的时候，或有月亮的时候，墓碑都会把影子投到墓前。

他的天空里有一盏灯。这盏灯，永远映射着他的影子。

载于《格言》2017年9月（上）

苏大少爷

○ 李永生

　　苏大少爷生出来时，若不是两个脚心上各长了一撮细细的黑毛，苏老爷一准儿美翻天。

　　太太折腾了大约一个时辰，产房才传来一声嘹亮的啼哭声。心急火燎的苏老爷腾腾就往屋里赶，和出门报喜的接生婆差点撞个满怀。接生婆那声"恭喜老爷"刚飘出口，苏老爷已看到了儿子的小鸡鸡。

　　苏老爷不仅看到了儿子的小鸡鸡，还看到了他脚丫上的黑毛。那一刻，苏老爷如同猛地被人兜头浇了一瓢凉水。

　　脚丫长毛，

　　行走如飞，

　　天生贼料，

　　驷马难追。

　　脚丫长毛，那是飞毛腿的标志，长大后十有八九变成飞贼。据说这类飞贼日行千里夜行八百，犹如千里马。奔跑时脚丫上的黑毛张开，脚不沾地。

　　苏家三代单传，苏老爷中年得子，本该欢喜不尽，但这两撮毛，却让这欢喜打了折扣。

　　太太却不这么看，太太是个挺有见识的大家闺秀，说人走什么道，那要看他怎么修行，咱苏家世代清白，又没有做贼的底子，怎么就说我儿子会走贼道？

苏老爷说，命相里带的，人不能跟命争。

小少爷一天天长大了，和普通孩子没啥区别，无半点当贼的迹象。只是脚丫那两撮黑毛，日渐浓密，面积也随着脚丫一点点变大。

再怎么着，就这一个儿子，也要娇惯着。大户人家的孩子有几个不娇惯？

就在小少爷眼看着一天天长大就要变成大少爷的时候，忽然真的变成贼了。

少爷是被那些不三不四的人引诱变坏的。至于如何引诱的，细节咱就不说了，反正少爷就是变得吃喝嫖赌了。苏老爷也是个有脾气的人，但对少爷却懒得管教，说这就是个贼坯子，管也没用。

果真被苏老爷说着了，大少爷后来只要输了钱就开始偷家里的东西，成了家贼。苏老爷一生气，就把他轰出了门。

苏老爷叉着腰骂道："当贼去吧！"

大少爷没当贼，他投了国民党军。

一年后，大少爷才回来。

大少爷推开家门，见苏老爷正给鸟喂食，喊了声："爹。"

苏老爷没认出穿一身军装的大少爷。

大少爷啪的一个敬礼，又喊声："爹！"屁股后面的盒子炮很骄傲地"啪嗒"拍了一下屁股。

倒是太太先看到了，踮着双小脚腾腾走出门，一把就把儿子搂住了。

苏老爷终于认出了眼前的儿子，问："你这是……当了国民党军？"

大少爷很响的一声："嗯哪！"

苏老爷围着大少爷转了一圈，说："挎短枪，还是个长官？"

"嗯哪，爹，排长。"

三个人互相搀扶着进屋坐定。大少爷说部队路过离家三十里地的三坡镇，跟长官请了假，特意跑回来看爹看娘。

苏太太赶忙吆喝下人做饭。大少爷摆手说："爹娘，来不及了，我还得跑回去，还要追队伍。"

苏老爷惊诧，三十里地，这一会儿工夫，跑个来回？

大少爷说："嗯哪！"

大少爷接过丫鬟手里的茶，估计是渴坏了，噗噗边吹热气边呼噜呼噜喝着。

大少爷告诉爹娘，他一开始当的是通信员，后来当了排长。苏老爷问啥叫通信员，大少爷说就是跑腿送信的。

大少爷离开家时，苏家老少一群人送出老远，大少爷说爹娘回吧，扭身，两只脚轮流戳地活动一下脚腕子，开始颠颠往前跑。他先是小跑，接着越跑越快，嗖嗖一溜烟，似被追赶的兔子，过小溪时速度不减，大声一句："马跃檀溪。"双脚腾空，嗖地飞了过去。

苏老爷望着大少爷跑远的背影，忽然一拍脑门，大梦初醒般地"啊"一声，自言自语地说，通信员，跑着送信？那得讲究一个快啊！咱只知道脚丫长毛当贼，却没想到也是当通信员的材料啊！苏老爷晃晃脑袋，如果早悟出这一层，何至于放任儿子少年浪荡？

少爷参加了国民党军，苏家就成了抗日家属，苏老爷觉得脸上有光。过去羞于提起的儿子的两撮黑毛，就成了他逢人炫耀的资本，我儿子，那是神行太保。

更令苏老爷骄傲的是，大少爷在部队竟是前程似锦，喜报接二连三地传到家：

大少爷提连长了！

大少爷升营长了！

大少爷当团长了！

……

小日本鬼子投降的时候，大少爷已经当上了国民党军少将师长。

苏老爷在儿子的喜报中腾云驾雾，很快就又悟出了新的一层：咱儿子是飞毛腿，在前程上也跑得快如流星，这嗖嗖地马上当师长了。

不久，国共开战。

在一次战斗中，大少爷被打死了。

解放军考虑到大少爷抗日有功，便允许把尸首送回老家安葬，并准许被俘的勤务兵前往。

苏老爷望着儿子的尸体，在伤感中很快就悟出了另一层：人若跑太快了，就容易栽跟头。

苏老爷就觉得儿子的这一生的荣辱兴衰都被这两撮"黑毛"系着，脚丫长毛终究还是不祥之兆。装裹大少爷的时候，苏老爷找来一把剪刀，就想把那两撮不祥之物剪掉，防止儿子到了阴间继续被祸害。但当他脱下儿子的鞋子一看，见脚心上的黑毛不见了，只留下两个铜钱大的疤痕。

勤务兵说，师长曾跟我说，他就怕人家叫他飞贼，参加国民党军没两月，自己就把那两撮毛剜掉了……

原载《小说月刊》2017年第5期

神秘鸟

○ 申 平

———————————————————————

一条绳索顺着绝壁垂了下去……

一个半大老头儿，不顾众人阻拦，他腰系安全带，手抓绳索，就顺着绝壁一点点地往下滑动起来。众人就在上面喊，成总，小心啊！

被称为成总的人呵呵一笑，他朗声答道，放心吧。当年，我可是从下边徒手往上爬啊！说着话，他往脚下看了一眼，不由一阵眩晕。我的天，这绝壁当年好像没有这么高，也没有这么陡啊！他咬牙憋气，动作变得小心翼翼起来。

山风呼啸，夕阳西下。山下村庄的人看见绝壁上有人，立刻纷纷跑过来看热闹。山上山下，人喊马嘶。人们都在打听，这人上绝壁干什么去了？

他终于到了半山腰，终于看见了那个洞口，在他的双脚刚踏进山洞的一瞬间，时光立即倒流，他变成了一个20岁出头的知识青年，正从山下手抠石缝一点点爬进石洞里来。他听见山下的老乡在喊，成光，快下来！那是老鹰窝。老鹰回来会扑你，还会搬石头砸你的！

可是他不听。20岁的小青年什么都不怕。他听见山洞里有声音在咔吧咔吧地响，探头一看，竟然是几张鸟嘴，一张一合在要东西吃。他细看，原来是四只毛茸茸的雏鸟。这鸟他从来没有看见过，大个头，大眼睛，耳边长毛，嘴如弯钩。他正要进洞，却觉头上一黑，一抬头，只见一只大鸟正从半空里铺天盖地向他扑来，他急忙脱掉上衣挥舞，后来在老乡的帮助下，才沿着绝壁一点点爬下来。

但是第二天一早，他又约了知青点的几个好事者，带着绳索、棍棒、口袋来到了绝壁下面。他再次爬上去，把四只雏鸟一只只捉进口袋，然后用绳索递下去。这一次，不知道为什么大鸟没有出现。

回到青年点，所有人都来瞧稀罕，但是谁也不认识这是什么鸟：有点像老鹰，但是老鹰没有那么大的眼睛；有点像猫头鹰，但是却比猫头鹰大得多。出于好奇和好玩，他们在青年点门口搭了个窝，把它们养了起来。

没想到麻烦来了。这鸟根本不吃他们喂的任何东西不说，而且青年点的人当晚就受到了大鸟的袭击。带队干部严令，立即把雏鸟送回去……

时光倒流回来——现在洞里除了灰尘和蝙蝠屎，其余什么都没有。成总叹了口气，对上面喊，放下来吧！一会儿工夫，一个特大的鸟笼子就吊在绳子上送了下来。鸟笼子上半部被黑布蒙住，下半部露出四条长腿和四只尖利的鹰爪。成总上前把笼子接过来，取下放好，然后他对着笼子里的神秘鸟说，亲们，我今天送你们回家了。

说话间，时光又倒流回去——他看见自己和两个知青背着口袋，正朝绝壁走来。来到崖下，他们放下口袋，你推我，我推你，谁也不愿意爬上去送鸟。后来他们就在崖下闲坐，聊天，不提防天光暗了下来。突然一声啸叫，就有两只大鸟突然俯冲下来，毫不留情地向他们发起攻击。他们抱头鼠窜，也不顾那个装鸟的口袋还没有打开了……

多年以后，青年点聚会，已经成为企业家的他最关心的就是绝壁上的大鸟，但是老乡们告诉他，从那年开始，就再也没有见过那种鸟了……

现在，成总已把鸟笼子上的黑布揭下，一对威武雄壮的大鸟出现在眼前。这鸟，脑袋像猫头鹰，身子像老鹰，身上遍布褐色花纹，站在那里，气势不凡。成总把它们从笼子里放出来，驱赶它们去熟悉周边的环境，嘴里絮絮叨叨在说着什么。

这两只大鸟，是他花费了很大的力气和本钱才买到的。买时也是半大雏鸟，饲养和训练了好长时间，才决定今天到这里放飞，以还一份心债。这些年，他通过网络才知道那鸟是什么鸟，有多么珍贵。而且当年那四只雏鸟，一直在梦中向他索命。

洞里的光线渐渐暗了下来，他最后对两只大鸟说，亲们，这就是你们的新家了。祝愿你们在这里好好生活，繁殖后代，千万不要让我失望哦！再见了，亲！

两只大鸟目光灼灼看着他，并叫了两声，好像在回答他的叮咛。成总觉得自己眼眶发潮，急忙转身出洞，抓住绳索开始向上攀爬。快到山顶的时候，他忽然听见山上山下的人一起欢呼起来。扭头一看，只见那两只大鸟已经腾空而起，就在绝壁前飞舞盘旋起来。他不由放开喉咙高喊，雕鸮，亲爱的雕鸮！你们飞吧，加油啊！

链接：

　　雕鸮，是我国最大的夜行猛禽，全长约 70 厘米，别名恨狐，是猫头鹰的一种。栖息于山地崖畔，主要以啮齿类动物为食。因其凶悍的性情和幽灵般悄然无声的飞行能力，长久以来被罩上神秘和不祥的色彩。现在已经很少能在野外见其踪影。

原载《羊城晚报》2017 年 10 月 2 日

寻找战马墓

○ 申 平

退休第二天，父亲就开始收拾行囊，准备进山去寻找战马墓。妈妈拦不住，就打电话把我叫回来，希望我能帮她阻止父亲的行动。

我对父亲说，爸你疯了，这么大岁数了还要冒险进山去找一堆马骨头。如果你觉得闲极无聊，可以去周游世界啊，钱我来出。我还把父亲的行囊藏了起来。父亲被我缠得没办法，他说，那好吧，我现在把情况给你讲一讲，如果说不服你，那我就不去了。

我坐下来，以嬉笑的神情面对父亲，看他能说出什么天花来。

父亲沉默了一会，以忧伤的语调开了头，孩子，当年你奶奶、还有我和你的叔叔、姑姑们也是这样阻止你爷爷的。你爷爷一生最大的憾事，就是没能进山去寻找战马墓。他临死的时候，还拉着我的手，断断续续地说着两个词：大榕树、战马墓。

后来，我在你爷爷的回忆录中，才真正了解了事情的真相，我一直都在后悔当初不应该千方百计地阻拦他。

你爷爷原是第四野战军一个骑兵连的连长，咱家里不是有一张他骑在马上的照片吗，那真是威风凛凛，而且他也是

057 ·

战功赫赫的人啊！后来，骑兵连随军南下，那些驰骋中原的战马，到了南方就有点不适应了。它们吃草拉稀，身上早已好了的伤口又开始溃烂。越往南走天气越热，许多战马都病了。为了不影响行军速度，战士们只好忍痛把病马一匹匹放开，让它们去自寻生路。你们知道吗，骑兵和战马的关系那就是生死与共的战友关系啊，一旦要分开，而且又是永别，那种心情是何等的难受啊！但再难受也没办法，最后就连你爷爷那匹最好的战马黑旋风，也不得不放掉了。你爷爷抱着马头哭啊，真是肝肠欲断。最后骑兵连几乎成了步兵连，战士们硬是凭着两只脚板，每天以一百多公里的速度往前走。就在他们走进广东地面，每天在深山老林里穿行的时候，有一天，他们遇上了一桩奇事。

这天他们正在一棵大榕树下休息，前面再次响起了继续行军的号声，这时他们突然听见，后面传来了一阵雷鸣似的脚步声。当时他们是殿后部队，后面来的是什么人呢。你爷爷一声令下，战士们立刻做好了战斗准备。随着脚步声越来越近，战士们的眼睛全都瞪大了。你们知道他们看到了什么，是一群战马！就是骑兵连陆续放掉的部分战马。它们在黑旋风的带领下，循着军号声追赶部队来了。

当时的场面你可以想象一下，肯定是感天动地的。你爷爷在回忆录中曾经这样写道：我一眼看见，黑旋风就跑在马群的前面，就像我过去骑着它带骑兵连冲锋陷阵一样。我和战士们一起呼喊着战马的名字，迎着马群飞跑过去，抱着马脖子哭啊喊啊。黑旋风打着响鼻，眼中泪光闪闪，它还伸出舌头来舔我的手，看样子真想跟我说说话啊！可是忽然间，黑旋风却慢慢地倒了下去，所有的战马一匹匹都倒了下去。这时我们才看到，天啊，战马全都骨瘦如柴，身上几乎都烂得露出了骨头，它们就是凭着最后一口气，翻山越岭来追赶部队的啊！它们瞪着的眼睛好像在诉说：就是死，也要死在部队上，死在主人面前！我们的战马，它们是多么勇敢，多么忠诚啊！战士们呼喊着，痛哭着，最后在大榕树下挖了一个大坑，把所有的战马埋在了一起。我对战士们说：这棵大榕树就是记号，等到全国解放了，我们活下来的人一定要找到这里，为它们重新修墓……

后来你就知道了，你爷爷作为南下干部，就留在了南方工作，一干就是几十年。作为一个地地道道的北方人，他克服了重重困难，硬是把根扎在了南方的土地上。开始是忙，接着又被打倒，等他重新出来工作，身体就不行了。这时他就开始张罗进山去找战马墓，但是每一次都被我们给拦住了。我们打着关心他的旗号，却使一个老战士的毕生愿望一直无法实现。真是罪过啊！

父亲讲完了，我久久陷在一种神圣庄严的氛围中不能自拔。最后我激动地对父亲说，老爸，我现在决定，要陪着您一块儿进山去，去找战马墓。如果我们俩一下子没有找到，还有您的孙子，咱们可以一代代地找下去，直到找到为止。

爸爸听完，竟然跟我热烈握起手来，他眼含泪花说，好孩子，咱说走就走。其实，我们不仅是要去完成你爷爷的心愿，也是为了找回更多的东西。这个你懂的。

原载《南方日报》2017年10月6日

太阳升起的地方

○ 缪益鹏

那天早晨，母亲把我唤到她的床头，用手指了指窗外，说，这垸前屋后的几个山包，哪个最高？我说，碉楼冈。母亲说，那你把我扶起来，到碉楼冈去看看。我说，碉楼冈那么高，凭你这身子骨，上不去的。母亲说，上得去，我就上得去。既然母亲说上得去，我就得让她上，母亲的脾气我知道，她说过的话，你是不能违抗的。冈上风沙大，我给母亲穿好了衣服，围了围巾，又戴了顶黑色呢绒帽，然后扶着母亲往碉楼冈走去。碉楼冈在垸子的后头，要说高也不算高，海拔百米的样子。我不知道母亲为什么要上碉楼冈，我说，妈，你病成这样，出来吐吐气也行，为什么非要上碉楼冈呢。母亲说，没什么，我就是想上去看看。母亲走累了，坐在一小块草坪上，用手捶着胸口，张着嘴巴直喘气，我说，妈，要是累了，就在这里坐一下。早晨的太阳，粉粉的，把远处的田野，谷子照得金黄。母亲的脸在阳光照耀下，像镀了一层金，一缕头发弯曲地从她的前额贴到脸上，远远看去，像尊雕塑。

母亲顽强地站起来，颤颤巍巍地，一脚一颠地朝山顶走去。我几次弓起腰，说，妈，我背你上去。母亲却说，哪要你背，我能走，你看，我不是走得好好的。话没说完，一个趔趄，差点摔在地上。好不容易上到山顶了，母亲用手拢了拢了头发，眯着眼，朝太阳升起的地方望去。母样用手拢着我，说，儿呀，你说说，那太阳升起的地方是什么地方。我说，是东方。母亲生气了，说，伢哪，那是生你养你的家乡，大雁山。

我们村被集体搬迁到碉楼冈后，母亲总在叨念一个名字，那就是大雁山。大雁山是多好的一个地方啊，有山有水有树木，水里有鱼咬你的脚，林中有鸟为你唱歌，山中有打不完的猎物，树上有吃不完的果子。大雁山的南边是千仞绝壁，绝壁上有千年名胜雁台，不晓得哪年哪月，大雁山被福建开采石材的老板看上了，他们开来了机器，运来了设备，说是来帮助当地的村民致富，开发石材。十几年过去了，大雁山被削去一大截，大雁村这地方再也住不得人了，田里不能种粮，地里不能种菜，方圆十几里地尘雾不散，一个村有三百多人患上了矽肺病。为了人民的生命安全，整个大雁村搬迁到山外的碉楼冈。

母亲当年不愿意来碉楼冈，她说金窝银窝不如狗窝，她是大雁山的人，祖上在这里住了几百年，叫她走，舍不得，那些老板就是把山上的石头掏空了她也不走。后来母亲住院了，医生说她得的是矽肺病，是开发石材粉尘引起的病。那天在手术台上，母亲全身麻醉，医生往肺里灌水冲洗，洗出来的水全是混浊的泥水，手术完后，医生把冲洗的水拿给我看，冲洗水分成了两层，一层是水，一层是泥沙。医生说，这是绝症，好不了的，全世界都没有治愈矽肺病的特效药，冲洗只是缓解一下病人的痛苦。

母亲站在碉楼冈上，呆呆地看着太阳升起的地方，说，儿呀，我这病不是个好病，说不定这两天就走了，我在死前能看一眼大雁山，知足啊，我要是死了，你要把我送回大雁山，葬在你爸爸的身边，那，那才是我的家啊，说完，母亲软软地瘫倒在地上。

两天后，母亲去世了，全村的人跟着送葬的队伍，把母亲送回了大雁山。

原载《鄂东晚报》2017年10月31日

卜 白

○ 袁良才

民国时期的上海，凭一张纸名满天下且赚得盆满钵满的，只有《申报》。

《申报》副刊《自由谈》更是牛气冲天，在上面发稿的多是鲁迅、郁达夫、茅盾、叶圣陶等这样的超级大腕，一篇千字文章稿酬能开到二三十块大洋，够一家人好吃好喝一个月的。

文豪扬眉吐气，编辑、记者先生也神气活现，洋气十足，穿洋装，讲洋话，吃洋餐，洋洋洒洒，倜傥风流。

凡事都有例外。卜白就是个例外，不，简直是个另类。

他是《申报》的资深编辑，却土得掉渣儿，土得冒烟儿。瘦高个儿，白净无须，常年着一袭青布长衫，足登黑色方口布鞋，架着一副琇琅圆形近视眼镜，讲一口江南土语。

在报社，他是专司划版、校对的，有时副刊缺边少角的，主笔大人就会笑眯眯地说一声，卜先生，您给补一点白吧。

卜白二话不说，展纸挥毫，须臾立就：或杂谈，或逸闻，或小幽默，或诗画配，虽短小得可怜，却鞭辟入里，妙趣横生，无不是锦绣文章。

据说不少读者就是冲着卜白的补白文章，才订、买《申报》的。其补白文字，政治、经济、文化，天文、地理、历史，无所不包，涉笔成趣。真是通才，捷才，怪才。

别小看了补白，实则大有学问，弄不好会闯下大祸。九一八事变，东北沦陷，国人悲愤。有位大学马校长给《时事新报》发去一首小诗《哀沈阳》："告急军书夜半来，开场弦管又相催。沈阳已陷休回顾，更抱佳人舞几回。"主笔安排作补白之用，不想惹怒了少帅，差点派兵砸了报馆。

怪才必有怪癖。卜白不抽烟，不喝酒，不喝咖啡，还说咖啡有一股焦锅巴的煳味儿，别说喝，闻着都别扭。

他嗜茶。西湖龙井，碧螺春，太平猴魁，他宁愿饿肚子也要设法买来饮的，他管喝茶叫饮茶。有好事者悄悄作了统计，卜白每天饮茶能饮掉五瓶热水，简直是牛饮了。可见嗜茶之深。但他却很少如厕，你说怪也不怪？

据说卜白是陈寅恪的高足，国学功底不可作等闲观，咋甘当划版、校对、补白的微贱活儿？没人去问，也没人说得清。但卜白似乎全不在意，甚至还有些乐此不疲。

他动笔前总是泡一壶好茶，边饮茶边挥毫，好漂亮的蝇头小楷，茶香袅袅中，妙构告成。依其姓名谐音，人送雅号"补白大王"。他听了，微微一笑，不置可否。

一天，主笔大人悲天悯人地对卜白说，卜先生，您也该给自己的人生补补白啦。卜白会意，三十好几的人，竟酡红了脸，期期艾艾道，不急，不急。事业未就，何以家为？主笔不由分说，扯着卜白的青布长衫袖口说，别把自己生生弄成套中人，以后同人该改叫你别里科夫先生了。走！我陪您去见一位女士，我太太已候在那里了。

卜白见到那位年轻貌美却神情忧伤的女士，得知她男人是谢晋元的部下，在淞沪战役中为国捐躯了，撇下孤儿寡母甚是凄凉，卜白竟爽快地应承了这桩婚事，主笔夫妇大感意外，又惊又喜。

那女士道，卜先生，您是童男子，可我已是残花败柳，让您受委屈了。

卜白一句既浪漫又憨直的话让女士为之涕泪交流，我虽一介书生，亦当为抗战力效绵薄。让我为你这个抗日英烈之家补白吧！再说，你的娘家福建安溪有好茶"铁观音"呢！

后来，两口子举案齐眉，一生恩爱，同心将烈士遗孤抚养成人，培育成才。

卜白没啥业余爱好，除了饮茶，就是隔三岔五看看京戏，尤其迷梅兰芳的戏。一来二去，他结识了梅兰芳，成为票友。

一次，梅兰芳在天蟾舞台演《贵妃醉酒》，观者如堵，一票难求。卜白却接到了梅兰芳专门差人送来的戏票。急急地赶到剧场，戏正待开演，梅兰芳的嗓子突然发不出声音了，在后台急得团团转，火烧屁股似的！

卜白闻听，急急如风地挤进后台，对梅兰芳说，救场如救火！你在台前演，我在台边唱，合作一曲双簧。

梅兰芳将信将疑，台下的观众已作哄叫闹起来，梅兰芳只得上将台去。

海岛冰轮初转腾，见玉兔，见玉兔又早东升。那冰轮离海岛，乾坤分外明……剧场顿时响起暴风雨般的掌声。

整场戏下来，梅兰芳的表演与卜白的唱腔念白浑然一体，俱臻妙境，竟无一名观众识破此中玄机。

事后，梅兰芳特意在华懋饭店摆盛宴答谢，卜白又是一句，急人所难，君子不可不为。补白亦大快事也！

说话间，到了民国三十八年初夏。解放军的隆隆炮声响彻大上海城郊，吴淞口外。

汤恩伯重兵扼守上海。

《申报》选派战地记者，大笔杆子们虽西装革履，却顿失绅士风度，不是低头狠劲抽烟，就是把咖啡喝得嘴里一半、地上一半。卜白饮了一气铁观音，一抹嘴，石破天惊地说，我去吧！

为使上海城市免遭破坏，解放军方面禁止使用重型武器，攻城一度受阻于苏州河畔，伤亡甚重。

上海市民突然从《申报》上看到一则快讯：国民党淞沪警备司令部副司令刘昌义中将率部投诚，为解放军打开进入上海中心城区的大门。

谁也没想到，这竟是卜白平生最"得意之作"。多年后，卜白在自己的回忆录中写道，我是中共隐蔽战线的一名战士，策反敌人弃暗投明，算是我对军事斗争的一种补白吧！

中华人民共和国成立后，卜白担任宣传文化部门的高级领导，直至积劳成疾，英年早逝。

　　卜白留下遗嘱：丧事一切从简，请把我安葬在普通百姓的墓地之侧，为逝者补白。

　　他还对悲悲切切的夫人说，记住！再找个好男人，补我的白。

原发《小小说家》2017年4月号，选载于《小小说选刊》

2017年第13期、《小说选刊》2017年第9期

最后一只苍鹰

○ 袁良才

　　弋江像一条猛力的鞭子，从千山万壑间抽打出一条百转千回的水道，一路奔泻，一路狂呼，势不可当，直扑扬子江口。

　　如今，江面上只剩下零零落落的打鱼的两头尖小船，货船、客轮几乎绝迹了，木筏、竹筏更是不见影踪了。当年那般喧嚣热闹的弋江似乎一下子衰迈了，风光不再，一如岩爷看到的江天岩峰间的最后一只苍鹰的孤独寂寥身影，亦如风烛残年的日日浸在岁月记忆里的岩爷。

　　岩爷从小就在弋江的风浪里摸爬滚打，江水卷挟走了他的青春和荣耀，弋江无情地把他抛弃了。可岩爷的一生和梦境都须臾离不开弋江啊！如同那只苍鹰的飞翔怎么也离不开江天与岩峰。

　　那一年，爸妈饿死了，岩爷第一次感到从未有过的绝望和人生的悲凉。他又一次跳进了弋江的波涛里，这一次他不是戏水，也不是逮鱼捉虾，他只想借江水淹没自己所有的痛苦和不幸……但少年的岩爷未能如愿，他被弋江上的筏客救起了。

　　筏客是当地人对在弋江上放排从事水上运输的一个独特族群的称呼。老筏客让岩爷吃了一顿饱饭，饕餮般的岩爷差点被噎死。打这天起，为了吃饭活命，十六岁的他当上了弋江筏客，而且成为三百里弋江上最负盛名和传奇色彩的筏客。

弋江奔突于群山峡谷间，多急流、险滩，浪高沫飞，逆流时不时还得上岸背纤，穿衣也是白搭，所以弋江上的筏客都是赤条条一丝不挂，到了终点站才着衣登岸。岩爷刚当筏客时害羞，不听老筏客劝告，非要穿衣着裳，不一会儿就被水浪打得透湿。如此再三，岩爷只好裸着身子了，时间长了，竟也习以为常，不觉得有什么难为情了。以至于几十年后，弋江上建了电站大坝，水运渐为陆路运输所取代，岩爷被迫上岸营生，穿戴齐整倒感觉束手束脚、浑身不适了。

岩爷初当筏客那会，正值青春勃发时，不仅英俊无比，而且力大无穷，激流掌舵是他，逆流背纤是他，一路水程，不断有苍鹰在他头顶盘旋，与他为伴，为他喝彩。他在风浪中岿然屹立，游刃有余，如同一座黢黑坚硬的岩峰，散发着夺人心魄的阳刚原始之美，惹得弋江两岸的男人对他吹胡子瞪眼，惹得弋江两岸的大姑娘小媳妇为他如痴如狂。筏队拢岸歇乏炊爨时，总有年轻女人低头红脸偷偷来送米送菜，偶尔上岸到酒家吃饭，但凡是女老板，只要岩爷在，一概免费。——岩爷活赛弋江上的一只人人仰视嫉羡的雄鹰！

岩爷到底栽在了一个女人身上！

女人叫翠翠，是老筏客的独生女儿。一次来看父亲，一下子就被岩爷英俊的模样和青春的气息迷得神魂颠倒了，岩爷走到哪儿翠翠就跟到哪儿，撵都撵不走她。一天，翠翠鼓起勇气向他告了白，岩爷毫无思想准备，一口回绝了她，不想痴情的翠翠竟跳江自尽，被筏客们救起。

这事不知怎么传到了翠翠未婚夫耳朵里，告了岩爷一个"破坏军婚"，连老筏客也救不了他，生生坐了三年牢狱。命中一劫，无妄之灾啊！

出狱后，弋江毫不犹豫地用宽广的胸怀接纳了他。老筏客为这事竟抑郁作古，翠翠也出阁随军了。从此岩爷就觉得女人是洪水猛兽，断了念想，一生不娶。他把他充沛漫溢的激情自虐般挥洒在同样赤裸狂野的弋江云水间！

因无子嗣，倔强的岩爷到底吃上了五保。到弋江边走一走，站一站，看那奔腾不羁的江水，望那孤独盘旋的苍鹰，是岩爷暮年每天必修的功课。谁也不知道他心里想些什么，都说岩爷怕是得了老年痴呆症哩！

一天，村里来了几个时髦的年轻人，背着画板，说是美术学院的大学生，见到岩爷竟欢呼起来，说岩爷的形象、气质太有沧桑感了，软磨硬缠请岩爷当人体模特，而且最好画裸体。

村人大怒，骂年轻人太放肆，太不尊重长者，挥拳要替岩爷教训他们，却被岩爷制止住。幽幽道，画就画吧。

年轻人喜极。

村人横眉瞪眼道，别欺负老人，画裸体得给钱！一千块不多吧？

年轻人傻眼，可我们是穷学生……

分文不取！只听岩爷一声雷吼，谁也不敢再说什么了。众目睽睽之下，岩爷脱得精赤条条，神情从容坚毅，一如弋江边高高耸立的岩峰……美院学生们屏息凝神画着，眼里噙着泪花。

画毕，岩爷冷不防问，这画拿去展览，翠翠能看到吗？

所有人都呆了，不知如何作答。

又过了些时日，弋江风景区管委会的头头在江边找到岩爷，赔着笑说，我们计划推出一个弋江裸体背纤的观赏项目，特请岩老当顾问和技术指导，待遇嘛，好说！

岩爷并不正视来人，冷冷地答，当年我背纤，是为了活命。你们，这是吃饱了，撑的！

岩爷撒开目光又去追逐那只翱翔在江天上的孤傲的苍鹰……

原载《小小说家》2017 年 8 月号

走 渣

○ 王孝谦

　　作家老谦说，人体某个部位冒出小小红点，也表明身体内部或多或少有问题。心里有问题，表情和情绪也会透露些微信息。

　　杨毅近段时间有点坐立不安，觉得身体哪儿都不舒服，肠胃蠕动厉害，下部有"走渣"迹象，一检查又无异样。走渣是乡下俗语，应该是城里人所说的"便秘"的对立面"腹泻"的余兴，说人乱吃东西坏了肚子，在拉肚子的间歇不自觉地会在一个湿润的哑屁的助推下从排泄口溢出少许异物，像稀稠状的豆渣一样，又不是正常排泄，所以称为"走渣"。

　　杨毅常常想起自己六七岁时第一次有记忆的走渣经历。他到二姑家去玩，二姑家比他家日子好过，吃的东西更得，他在桌子上不好意思吃太多，见没人注意便悄悄溜进灶房打开橱柜，直接用手抓着腊肉就吃，还放了几块腊肉到衣服小口袋里，然后跑到竹林坝慢慢享用。腊肉吃多了口渴，他便灌了几碗冷水下肚。到了晚上肚子开始叫唤，下半夜开始拉肚子。第二天，二姑让他爬上门前的核桃树摘核桃，他身子有些软，还是爬上了树，坐在较大的枝丫口，肚子还有些痛，不经意间下面一蠕动，就有异物挤出，有种温温润润黏黏稠稠的感觉依附在内裤里。其实他刚去茅厕排泄过，已经拉不出东西了，这会儿却偷偷溜出些东西来。杨毅忍着不露声色，继续打核桃，但感觉很不舒服……

如今坐在城管局长位置上的杨毅就有当年走渣的感觉，他起身去卫生间查看内裤，里面什么也没有，其实没有走渣，但感觉身体就像走渣时一样，浑身不自在。

上周末办公室来了个在城管下面干工程的光头熟人，偷偷塞了个大信封给他，他推了几下，光头又硬硬地推回来。因是熟人，他便不好再推。

杨毅容光焕发坐在主席台正中，声若洪钟正给全局党员干部宣讲《中国共产党廉洁自律准则》和《中国共产党纪律处分条例》，在读到"条例第三章第二十一条第四款主动退出违纪违法所得的，可以依照规定从轻或者减轻处分"一段时，他脑子里闪过那个熟悉的光头，于是声音慢慢小了下来，脸色也有些异样。坐在旁边的纪检组长偏过头小声问："局长是不是哪儿不舒服？"他侧目瞪了纪检组长一眼，摇摇头，然后继续着讲话。

杨毅回到家里或者一个人在办公室的时候都显得坐立不安，虽然别人不知道他收了红包，他也可以装出什么也没发生的样子，但就像身体走渣一样，别人看不出来，但自己很痛苦。

他想起那次从二姑家回来，父亲了解情况后对他说了一句农村土语："香香雀吃胡豆要先给屁眼儿商量哈"。后来他慢慢理解了这句话的字面意思，很小的雀儿吃了相对较大的胡豆，一是消化不了，二是排泄不出去；隐含的意思是在吃这个东西之前要先想想吃下去之后能否消化能否排泄；深层的意思是说做事要先想想后果。父亲虽然穷，但从不占生产队和别人的便宜，不该拿的东西丝毫不取。他受到父亲的言传身教，要求自己都很严，所以一路顺利坐到了局长的位置上，可是这次他收了光头的红包，就像小时候偷吃了腊肉造成走渣的后果一样，感觉浑身不自在。

又一个周末下班之前，杨毅悄悄走进市纪委，说明他退了几次红包给当事人都退不掉，只好退给纪委。然后放下那个红包，走出纪委的一刹那就浑身清爽，一下子就没了走渣的感觉。

杨毅到外地开了几天会再回到办公楼时，身后便有人指指点点，身边也叽叽哄哄的，他便找纪检组长问发生了什么事，他得到的解释是，市纪委来单位调查，说局长上交了一个两万块钱的红包，又不肯说出送红包的人，领导要求来了解一下还没有其他问题。所以搞得全局议论纷纷，以前大家都认为局长很清廉，这下反而说不清了。

杨毅又想起了父亲那句土语，"香香雀吃胡豆要先给屁眼儿商量哈"，没想到自己的大胆之举却带来这个结果，面对纪检组长，一时如鲠在喉，想说什么却又说不出来，比只有自己才清楚的走渣时的感觉还难受。

难受之后，杨毅还是觉得自己的举动没有错，只要依法办事，任何情况下都说得起硬话。

作家老谦最后说，身体有毒只能从内部排除，病痛才能除根。内心有凹凸也只有坦荡面对才能抹平，放下是最好的药物。

原载《自贡日报》2017年3月7日

代 价

○ 万 芊

邢梅师范毕业那年，选择去樵公岛援教。

樵公岛在一个僻远的大海湾里。那海湾，群岛参差、依稀相见，有时淡淡的雾气里会凸显海市蜃楼。樵公岛上有座樵公山。樵公山是一座有故事的小山。其实，也只是个老掉牙的爱情故事，说一位姓李的樵公上山砍柴时，救了海上漂来的一位年轻女子。后来，两人在山村里恩爱厮守了一辈子，生养了好多儿女。这也许便是樵公村的由来。樵公村民大多姓李，除了出海打鱼，很少有人走出樵公岛。

这天，邢老师带学生们去樵公山上去看海。

樵公小学在樵公山下。

邢老师教的是高年级语文，她为让学生们写一篇《看海》的作文，决计把作文课堂移到山上，一边看海，一边指导学生观察、运用写作素材。

山上，师生们坐在临海的山坡上，靠得很紧。邢老师讲得挺专注，学生们第一次在山上上课，挺新鲜，也挺开心。

邢老师读了几篇前堂课上学生写的好作文。被老师读到作文的同学，心里暖暖的。然邢老师还是不点名地批评了几个学生。说尤其有一名学生，上篇作文只写了三句话。邢老师说，你这样写作文，学习态度有问题。况且，你其他功课也很差，该做些努力了。虽说没点名，李小牛知道是说他，头低着。

邢老师正说着，突然"哎哟"一声叫了起来，转身一瞧，一条花蛇正在她支在石面上的手背边游动，手背上蛇牙咬痕清晰可见。邢老师顿时脸色煞白，人瘫了下来。围坐在邢老师身边的学生一个个吓得目瞪口呆、惊慌失措。

坐在离邢老师最远的李小牛随手抄起一根树枝起身与蛇对峙。那蛇，两尺多长，身子斑驳，有怪怪的色彩，蛇头有点像菱形，嘴尖尖的，吐着舌头。不大的山头上，那么多学生围坐着，根本没法逃生。李小牛胆子却出奇地大，手脚又出奇地灵敏，所有的同学还没有反应过来时，李小牛已经用树枝顶端顶住了蛇头，直至那毒蛇断了气，无法再向同学们发起进攻。

李大牛这才跟邢老师说，那是五步蛇，你千万别乱动。一边说，一边让同学们一一解下自己的裤带，把邢老师受伤的手臂结结实实地捆绑起来，又让同学们齐声大声呼救。

李小牛又跟邢老师说，我去山下叫人。李小牛清楚，时间就是老师的性命。他马不停蹄沿着下山的小路一路狂奔。他知道离山上最近的电话机在小学校的办公室。然待他奔到办公室，拿起电话，气却喘得无法讲话。李大牛断断续续地跟校长说，邢老师在山上被五步蛇咬了，快呼我叔。李小牛的大叔是村里出了名的蛇郎中。为了救人，李大叔身边配有中文 BB 机和小电驴。

人命关天，校长不停地呼。待李小牛喘过气来，不远处响起了小电驴发动机的响声，李小牛知道大叔已经接到呼，飞车上山，这才舒了一口气，返身朝山上跑。

等李小牛带着校长跑到山上时，大叔已给邢老师清洗了伤口，排了毒，上了一遍自己特制的蛇药。初步急救后，大叔这才和校长一起轮流把邢老师背下山。邢老师人软软的，身不由己。李小牛和几个同学帮大叔推小电驴下山。好些解了裤带的男女同学提着裤子跌跌撞撞跟在后面。

当天，邢老师被送到乡卫生院。卫生所医生也没啥好法子，然送县医院得过海湾再走两百来里山路，路上没人敢保准不出人命，只能仍由李小牛的大叔用土制的蛇药敷治。那药是祖传的，方圆几十里内都知道。治了几天，邢老师的命保住了，手却一天天仍在溃烂。卫生院医生这才让李大牛的大叔陪着，送县医院。县医院医生看了，说，被五步蛇咬了，能救下来，已是奇迹了，只是那手臂留着，会危及性命。邢老师那条溃烂的手臂只能齐肩关节处锯了。邢老师伤心了好久，然她最终还是想通了，她清楚人生的道路上免不了有得有失。要不是李小牛的机敏，她可能早丢命了。她同样对自己志愿来海岛援教，没有后悔。假如，再次选择，她同样会坚定自己最初的选择。

半年后，只有一条手臂的邢老师再次回到樵公岛。她回岛的第一件事，便是找李小牛娘商量，要把李小牛带出海岛，安排在自己新的学校借读，这样带在身边可以辅导他读书。李小牛，没有爹，他娘跟几个叔叔商量了一下，同意了。

本来，进城借读是件难事。这年，李小牛被省里评为见义勇为好少年，他借读的事，一路绿灯，很顺利。李小牛功课很差，邢老师几乎从头开始给他补起。

几年后，李小牛考取了省农业大学，竟成了樵公山出来的第一名本科生。毕业后，李小牛回村搞生态种养殖，建起了海岛渔家乐，还在网络上进行营销，生意一天天红火起来。赚了钱后，李小牛承包了整个樵公山，又扩大了海岛渔家乐的规模，还把村小学同时改建了，成了全县最好的海岛小学。

邢老师也常常去樵公山看海，就住在李小牛的渔家乐里。

李小牛管邢老师叫邢妈妈。初次接触的人，有点不解，李小牛总是笑呵呵地说，我有一个妈妈、一个娘。

原载《微型小说月报》2017年第4期

一手花

○ 万　芊

　　李泉从小就写一手花字。谁都知道，汉字讲究横平竖直点撇捺错落有致，而李泉的字却站没站相坐没坐相、横不平竖不直点撇捺杂乱无章。李泉读小学时少不了老师的埋怨。到了中学，课程紧了，整日是打钩打叉选 ABC 做试卷练习，李泉根本没有时间也没有意识去琢磨自己的字。老师还有些埋怨，然老师更多关注的是他试卷练习上钩叉打得对不对、ABC 选项对不对。李泉也不是弱智的人，那些钩叉、ABC 往往让他一路凯歌前行。

　　李泉文才很好，大学毕业后一度痴迷文学，没日没夜写了好些小说，立志当一名巴尔扎克一样的作家，写尽小城社会百态，然一大沓手稿几经周折送到市群艺馆名声很响的作家李迪手里。李迪皱着眉头翻了翻，工工整整写一句："对不起，字太花了，犹如天书，凡人无法释读，请先写好字再写小说。"

　　李迪的批语，让李泉一下子悬崖勒马，弃笔从"嘴"，凭自己特别出色的口才，进军演讲领域，在多次全市重量级的演讲比赛中一路过关斩将，屡获大奖，赢得好些机关部门的青睐。李泉最终被一家大机关看中。然演讲毕竟不是每天能当饭吃的营生，到了机关，李泉还得实实在在做文字工作。

局长知道李泉口才不错，有意再试了几次他的文才，果然也不错，便让他在秘书科写文稿。当然，大机关里有专职打字员，李泉只须把手稿交打字员即可。局长看到的成稿全部是干净整齐的打印稿，自然很满意。

谁都知道，打字员孟萍是市里孟市长的千金。孟千金虽说很少耍官二代千金小姐的脾气，然打字时对一些书写潦草的手稿还是有不少埋怨。李泉从小一手花字，秉性难改，手稿朝孟千金那里一丢，管她埋怨不埋怨。然很奇怪，孟千金接了李泉的手稿，打得特别有耐心，遇到看不懂的字，便打李泉办公室的内部电话询问，有时李泉不在办公室，那打字室的电话便常常追逐着李泉的手机。李泉也是特别有耐心，不管身在何处，总随时随地接孟千金的电话，回答所有的提问。因为是工作上的事，旁人总觉得李泉很敬业，也感到李泉在机关里的特殊地位。然更多时候，李泉接了电话会放下手上的事，来到打字室，坐在孟千金身边，一边读，一边让孟千金打。机关里，谁都知道，李泉泡在打字室，是在忙碌，局长看重李泉，李泉特忙。

机关里，打文稿有时是很难揣准时间，休息日、晚上加班打文稿是常有的事。每每这时，李泉总是主动陪着孟千金，一直陪到文稿校对干净。有时误了用餐，孟千金会变着法子拿出好吃的，李泉很自然享用了。

时间一长，局长私下里跟李泉说，小李，好好待小孟，她是你写稿的左膀右臂呀。局长的话，多少有点潜台词。机关谁都在说，李泉的一手花字迷住了孟千金。

李泉在机关里的发展也蛮快，第一年被提为副科长，第二年被提为科长。第三年，李泉和孟千金也有了好事，局长牵线，成了一段佳话，李泉成了孟市长的乘龙快婿。

多才多艺写一手花字的李泉，不久便作为年轻后备干部被安排到乡镇锻炼，几年后又被提拔到市里一家实力最强的金融单位当老总。

李泉当了老总，每天除了签名，需要写的字并不多。为了签名，李泉倒也琢磨了一番。问孟千金，我签名咋样？孟千金终于说了实话，像蚯蚓爬一样。李泉有一回专门请教了一位据说很有能耐的拆字先生。拆字先生说，字如其人，你的字龙飞凤舞，足见你胸有大志，必前程似锦。

然李泉的好景并不长，市里几件连环经济案件，牵连到了李泉所在的单位。李泉手下几名部下，被人供出涉嫌其间。过了几天，李泉也被上级纪检部门请进去问话。李泉办公室和家里的一些笔记资料，也被纪检部门带走了。

先是核对一些重要文件、合约、票据的签字。纪检干部让李泉一一确认，李泉看了说，这是人家伪造的，我从来不是这样签名的。纪检部门请权威部门做笔迹鉴定。结果果真有人伪造了他的签名。鉴定分析结论，李泉的签名，随意性大，行笔速度快，行笔之间没有迟疑停顿。伪造的签名，往往刻意模仿李泉的某次签名，行笔速度快慢不均，行笔之间左盼右顾。纪检干部又专门翻阅了李泉的笔记资料。说实在的，一本本笔记恰如天书，纵有再大的本事，也破译不了这些天书。对李泉的调查一时陷入僵局。

李泉很镇定，跟纪检干部说，能否转告我妻子，送些常用药给我。纪检干部做事很人性化，不多时一大包药品送到了李泉的手里。

突然看到这一大包药，李泉一下子蒙了。这可是大半年的药量。妻子送进这么多药，传递的信息，李泉自然心知肚明，十天八天的，自己根本出不了这大门。内心煎熬好久，李泉终于对身边的纪检干部说，我主动向组织说明问题。其实，有些重要的问题，就在李泉的笔记资料中。因为李泉写得像天书，谁也看不懂。

不几天，李泉所在单位的经济大案一一水落石出。

原载《微型小说月报》2017年第6期

猎 凤

○ 吴万夫

　　老丁拐和小丁拐搬着个马扎坐在天井上纳凉嗑牙。

　　小丁拐说："大（爹），你见过凤凰吗？"

　　老丁拐说："见过啦。"

　　小丁拐说："凤凰是甚模样哇？"

　　老丁拐说："凤凰是一般人都看不见摸不着的！没有大富大贵命，甭说瞅见，就连做梦都梦不见咧！"

　　小丁拐说："大说的不充假。"

　　老丁拐说："呔，大人说话如钉钉嘛！俺这腿，就是为逮凤凰时落下的残根哩！"

　　老丁拐自豪地拍拍自己的瘸腿说："俺十岁那年，你爷爷告诉俺，说凤凰往往都是选在更深夜阑的时候，躲在石头缝里下蛋孵儿。夜晚俺就瞄你老爷子熟睡成一摊烂泥，一个人偷偷摸到凤凰山上……"

　　小丁拐说："逮住了吗？"

　　老丁拐说："咳！命中没注福禄命，'王'字总是少一横呗！都怪俺忒性急，没等凤凰栖巢，俺就扑上去了！结果俺一脚蹬空，摔断了腿……"

　　"哦……"小丁拐不无惋惜地点点头。怪不得村里人都说守财二叔的儿子是凤凰蛋哩！还有麻脸三婆子，总是奚落大大说："落架的凤凰比鸡强！"此时的小丁拐虽不知道凤凰为何物，但村里人都这样说着凤凰，看来凤凰就是一个很了不起的东西了。当下小丁拐对老丁拐说："大，我能得到那只凤凰吗？"

老丁拐摇着蒲扇狡黠地笑笑却默不作声。

那个夜晚，小丁拐躺在床上翻来覆去怎么也睡不着。他老想着那只凤凰。后来好不容易合上眼皮，却又梦见那只凤凰。梦中，他见那只凤凰蹲在自己的床头，引颈高歌，身边还下着一兜蛋。那蛋，硕大无比，圆的，扁的，长的，方的，闪着金光。

小丁拐醒来后就把这个梦告诉老丁拐。

老丁拐说："今天我带你去打猎。"

老丁拐和小丁拐就一前一后狗獾一样钻进林深叶茂的凤凰山。村民们已十几年没进山打猎了。进山狩猎在现今已是禁止的事了。

小丁拐说："大，离凤凰下蛋的地方还有多远呀？"

"就在前面不远的地方！"老丁拐不耐烦地抢断小丁拐的话，七拐八弯择一个枝叶荫翳遮天蔽日的地方，和小丁拐掩藏在那里一动不动，"呶，卧着甭出声，那东西灵性得很！"

小丁拐就屏声敛气死死地盯住前方。果然，就有一只红冠子、长尾巴的火红大鸟，火焰样金光闪闪地从枝头上蹦跳到地下，东张西望，悠闲地四处觅食。

老丁拐说："这就是凤凰！"

小丁拐说："这就是凤凰？"

就在小丁拐的话尾还未落音的当儿，老丁拐已把中指扣进了扳机。小丁拐的脑际一瞬间一片空白。当他下意识闪出身扑向那只火红大鸟时，老丁拐的枪口已"当"地迸出一缕蓝烟，满枪膛的火药片全部嵌进小丁拐的屁股上。那只漂亮的火红大鸟惊走了。小丁拐却倒在了血泊中。老丁拐抛了钢枪呼喊着奔向儿子。儿子的屁股已成了"血染的风采"。

老丁拐踉踉跄跄背回小丁拐。小丁拐终因失血过多以致昏迷。小丁拐的枪伤发作了。老丁拐号啕大哭，翻过一座山，请来郎中。那郎中研碎草药，通过外敷和内服，两天之后小丁拐才算从昏迷中脱险。守候在小丁拐身旁的老丁拐，泪痕斑斑。

"大，没有打着那只凤凰吧?"小丁拐苏醒后关心地问。

"没有。都怪大不好，骗你哩! 其实那是只野鸡，世上哪有什么凤凰呀!"

"那你咋说你的腿，是逮凤凰落下的呢?"

"大逗你玩咧，大那时看见的也是只野鸡……"

"既然没凤凰，那你干吗还津津有味地讲凤凰啊!"

"伢子，反正人们都这么说，等你长大了，慢慢也就会懂的!"

小丁拐再没吱声，默默中似乎明白了个中的道理。

若干年后，小丁拐长大成人了。小丁拐也成了一个拐子腿。小丁拐又有了儿子。

小丁拐总是娓娓向儿子讲述自己那次猎凤的英雄事迹。

原载《人民西藏》2017年第3期

尤可可的爱情

○ 吴万夫

　　世间的有些事，有时巧合得真叫你无法说清，巧合得让你怀疑它的真实性，就连高明的小说家，有时也难以虚构出这种巧合的事情来。

　　那天，尤可可的姐姐尤静静开车到街上办事，突然发现妹夫朱军，也驾车与她并排行驶在同一主干道上。巧合的是，突遇红灯，两个人都"嘎"的一声踩住了刹车，两辆小车，并排紧紧挨在一起。如果不是红灯，如果不是两个人同时踩住了刹车，这件事情，说过去也就过去了。问题的关键是，巧合的事情让他们都摊上了。还有一个更为关键的因素是，尤静静的那辆小车，车窗上贴有太阳膜，车里的人对外界看得清清楚楚，车外的人却看不清车里的情况。

　　尤静静踩住刹车时，无意中左右一瞅，竟然发现并排停在她左手的那辆红色富康车，是妹夫朱军开的！更让她惊奇的是，紧靠朱军的副驾驶座上，坐着一位时尚女性！那个女人，皮肤白皙，盘着头发，气质高雅，不断与朱军有说有笑的，显得甚为亲密，自然也就无暇（或无法）顾及另一辆车里，尤静静正密切地注视着他们的一举一动。

　　尤静静看到这个情景的第一反应是，妹夫朱军有外遇了！这让尤静静很不爽，既为妹夫朱军的花心感到愤慨不已，又为妹妹的遭遇感到愤愤不平。尤可可是一个多么优秀、多么专注、多么重情的女人啊。她温柔、漂亮、贤淑，可以说是一个魅力十足的女性，是男人心仪而又很难找到的标准女人。尤可可与任何人说话从没有高声大气过，总是柔柔的，嘴角永远挂着一丝浅浅的笑，充满蜜意。开口闭口，都能让人感到她对你的真诚与体贴。尤可可的美，有时都让人怀疑生活的真实性，没有人相信，现实生活中，还会有这样十全十美的女人。但尤可可，确实以一种真实存在着，这是谁也无法否认的事实。

很多人都说，朱军与尤可可的结合，真是天造地设的一对。朱军也认为娶了姿态可人、善解人意的尤可可，是上天对他的造化。然而，两个人的婚姻还没有进入三年之痒，朱军居然瞒着尤可可在外搞起了"第三者"，这让尤静静怎么也无法接受！尤静静不知道妹妹知道这件事情后，心里能否承受得起？但无论事实如何残忍，尤静静都不想让妹妹的心灵受到伤害。

尤静静当下掏出手机，拨通了朱军的手机。

正在对面车窗里谈兴正浓的朱军，见来电是尤静静的，赶忙摁下绿色按键，接通了她的手机："姐，我是朱军。"

尤静静不动声色地问："朱军，你现在在哪儿？"

朱军脱口而出："我在办公室呀！姐，你找我有事？"

尤静静这时再也沉不住气了，摇下车窗玻璃，对着手机大声命令道："朱军，你不要给我演戏了！回过头，向右看！"

朱军下意识地回过头，向右看，一下子与尤静静的目光撞在一起！

恰在此时，绿灯亮了，尤静静用不屑的眼神，狠狠地剜了朱军一眼，一脚踩下油门，小车犹如离弦的箭，带着怒气向前冲去，甩下了愣怔中的朱军。

朱军后来在单位打电话向尤可可汇报了路上发生的喜剧性一幕，一再解释他不是有意那样说的。他坦承自己确实是和一位女人在一起，但那女人是他们公司的一个客户，上午就是专门拉她到公司签署一单业务。

尤可可在电话里咯咯地笑了："亲爱的猪猪，你说的情况我知道，你说的那个女人我也知道——你不就是想消除姐姐对你的看法吗？呵呵，做贼心虚了吧？！"朱军的朱姓与"猪"同音，生活中，尤可可经常亲昵地称呼他为

"猪猪"。

朱军在电话那端，听出尤可可在开玩笑，有些急了："可可，我是很在乎你的呀！解铃还须系铃人，只有你帮我说话，姐姐才会听啊！"

朱军下班回来后，见了尤静静，尤静静将头扭过去，也不理他。朱军吭吭哧哧憋了半天，无话找话说，尤静静就是不给他解释的机会。

朱军后来又拉上尤可可。尤可可的眼圈有些通红，揉了揉，对尤静静说："姐，你误会朱军了！朱军车载的那个女人，我认识。她确实是到朱军的单位谈生意的，上班之前，朱军就对我说了……"

尤静静的脸上，这才多云转晴，有了好颜色。

后来，朱军和尤可可，一直很恩爱。

朱军一直念念不忘尤可可当初对他的圆场："可可，你真是一个善良的女人！你的宽容，让我迷途知返，避免了一场尴尬，要不，我和那个女人，都会陷进去不可自拔……"

尤可可只是抿着嘴笑，不说话。

原载《春风文艺》2017年第2期

负 责

○ 刘正权

我会对你负责的！女人惺忪的睡眼刚睁开，耳朵里就被塞进这句话。

对我负责？女人冷哼，负得起吗？你。

男人脖子梗了一下，负不起也得负。

女人不冷哼了，转为嘲讽，对多少女人说过这句话。

男人扎下脑袋，就两个！

明明是一夜风流，女人心里还是有了小小的醋意，还有一个女人是谁？

我女儿，放在外婆家带！男人从手机调出一张照片，小丫头才三岁，这醋吃得有点不值当，女人还是要挑刺，你应该对女儿的妈妈负责。

想负责也没机会，她妈妈，死了，男人脑袋扎到了胯下，难产！

女人点着男人额头作巧笑嫣然状，你们这些臭男人啊，只顾自己一晚上快活，却让女人搭上一辈子。

女人这么说时，无名之火在心里腾腾地燃烧。

眼里却涌动水一般的柔情，手臂蛇一般缠上男人脖子，回笼觉，二房妻，傻哥哥，来，别辜负了这人生不可多得的美事。

男人自然把持不住，美美地扑进女人怀里。

男人三年没碰女人了，不是不想，是没女人愿意给他碰，一个开电三轮载货的，还带一个拖油瓶，哪个女人瞎了眼才会跟他上床。

女人眼不瞎，心也不瞎，女人假装醉酒，歪在大街上的路灯柱下，等着男人来捡自己。

大街上捡醉酒女人的男人，多半不是善类。

男人捡女人时，是犹豫再三了的。

虽说仲春时节了，可夜风还是杀人。男人在路灯下等了好久，没见一个好心人来帮扶女人一把，男人就把衣服扯周正了，把头发用手指梳顺溜了，上去摇着女人肩膀说，妹子你住哪儿，我送你。

女人手勾上男人脖子，声音里带着挑逗，住哪儿？我，住、住你家，行不？

男人身子膨胀了几许，邪念却没膨胀。

看女人穿扮，应该是穷家小户出来的。

送去住酒店再好不过，问题是，这笔开销谁出？

只得捡了回去，孤男寡女，前半夜相安无事。后半夜，女人懒得跟男人打持久战了，男人不是要装好人吗，好人就得有好报不是。

女人就以报答为名，钻进男人被窝。

干柴烈火之下，男人除了就范，别无选择。

于是有了我会对你负责一说。

男人认为自己在清醒中占了女人便宜，必须给女人一个说法。

女人在男人这个说法下，居功自傲了。

白吃白住，当然，每晚给男人白睡。

就一周，一周后，女人决定再去扮演醉酒女人，等不是善类的男人捡自己。

第四天，男人出了事，连续三晚过度的纵欲，让男人第四天神情有点恍惚，过马路时看错了红绿灯，三轮车被一辆飞驰的轿车给撞得支离破碎的，人，同样支离破碎地，面对交警和赶过去的女人，他留下一句遗言，赔偿金，分两份……

面对数额不小的赔偿金，女人有那么一瞬的不知所措。

我会对你负责的！男人闭上眼睛前，嘴唇翕动着，女人从男人蠕动的嘴巴读出这么一句话。

女人没再醉酒，自然也就没到大街上让男人捡回去。

她重新捡拾起自己的生活，定期去医院，定期吃药，当然，也定期去偷看男人的女儿，给她的卡上打钱。

十几年光阴，竟被她悄不经意走了过来，其间，男人的女儿走过小学、初中、高中，上了医科大学。

男人的女儿大学毕业时，女人醉了一次酒，对着手机里男人支离破碎的照片，女人醉眼惺忪说，我会对你负责的。

话音未落，一口血喷了出来。

女人被送进艾滋病疾控中心当天，来了一群志愿者。

其中有个女孩成为女人的特护。

在药物作用下，女人惺忪的睡眠刚睁开，耳朵里就被塞进这句话。

我会对你负责的！

女人不说话，一任泪水顺着脸颊蜿蜒而下，当年的她，被强奸后感染艾滋，酒后发誓要让所有男人对自己的不检点行为负责。

原载《百花园》2017年第9期

贼知道防贼

○ 刘正权

龙吴东退休后第一件事，是把警服收起来，全部锁进衣柜里。

刘米秀说有那必要吗，玩坚壁清野。

龙吴东眼一瞪，怎么没必要，你不是说家里客人都被这身衣服吓跑了吗？

刘米秀说吓跑客人的不单这身衣服，还有你这贼一般的眼神。

我眼神贼？龙吴东不服气，那叫一身正气。

岂止一身正气，我洗那些警服时都洗出两袖清风了！刘米秀嘴巴高高噘起，说你贼是抬举你，只有贼才知道怎么防贼的！这话有出处，一个外地流窜犯到龙吴东辖区踩点，还没下手，就被龙吴东抓了。

局长问龙吴东，你怎么晓得他是贼的？

龙吴东说，他眼神贼啊。

局长看这龙吴东，照这么推理，你眼神更贼，只打个照面就晓得人家吃哪碗饭。

政委在一边补充，应了那句老话，贼知道怎么防贼。

贼知道防贼这典故就这么传开的。

龙吴东不好意思地搓搓手，难为你了，跟我一同防这么多年贼，连个说知心话的人都没有。

女人之间能有什么知心话，嚼舌头而已。张家长李家短的，家里有个警察，还是所长，谁家婆娘还敢上门说是生非，闹不好，就成了犯罪嫌疑人。

眼下，龙吴东不在其位自然不谋其政，逐渐有了客人来串门。

这点跟别人下台后恰好相反，别的干部是门庭冷落车马稀，龙吴东家，反倒车如流水马如龙。那些婆娘来来去去的，坐流水席一样，都是问龙吴东抓坏人那些事。

小镇坏人不多，扳着指头可以数得清，龙吴东当所长这么多年，能提得上台面的壮举也寥寥无几。

最值得小镇人口口相传的，是抓疤棍那次。疤棍的好勇斗狠人所共知，他亮出了随身携带的弹簧刀，龙吴东亮出的不是手铐，也不是警棍，更不是手枪，而是自己的胸脯。

疤棍眼里明显闪过一丝怯意，脸上却凶相毕露，信不信我一刀给你戳出个大窟窿。

信！龙吴东眼光逼视着疤棍。

信，你还挡老子的财路？

财路？龙吴东冷笑，财路有时也是死路，人为财死你不会没听说过。

疤棍手颤抖了一下，就一下，足够了，龙吴东的手迅速抢上前，一招空手夺白刃，疤棍的弹簧刀掉自己脚尖上，搬石头砸脚，打那以后，疤棍走路就有点踩短。

脚踩短不要紧，路走正了就行。

路走得正没正，没人知晓，从所里拘留出来，疤棍去了省城讨生活，很少在镇里露面。

人在省城，名气还留在镇里，吃江湖饭的，哪个不是雁过留名。

龙吴东在退休第十天在街头碰见疤棍的，龙吴东说，回来了？

疤棍脚颠了一下，不欢迎？

龙吴东笑，叶落归根，怎么不欢迎。

欢迎就请家里坐啊？疤棍这话带着挑衅，咱们之间还有一笔账没了呢。

当了一辈子警察，龙吴东可不想落个有账没了的名声。再次亮出胸脯，龙吴东头前带路，疤棍一瘸一瘸跟在后面。

看热闹的人缀了不少在身后，疤棍眼神横扫了大家一眼，咋的，想跟我添一笔新账？一句话，所有人噤了声。

两人的账是怎么了的，没人知道。

小镇人只知道，疤棍家里重新开了烟火，第一天，有不三不四的人上门，然后灰溜溜贴着墙根走了。第二天，有贼眉鼠眼的人在门口张望，跟着悄无声息绕道而行。

第三天，人是晚上来的，月黑风高夜，很应景，偏偏，三长两短暗号刚刚响起，疤棍的屋门大开，满院子灯光泻了出来，亮如白昼，杀人放火显然不适宜，屋外人仓皇而逃。

这就算金盆洗手了。还洗得那么彻底。

小镇的一帮长舌婆娘再一次聚在龙吴东家，希望得到答案。

龙吴东的嘴巴，能掏得出答案才怪。

倒是刘米秀在六月六龙晒衣这天发现，龙吴东的警服少了一套。

有那细心的婆娘就想起来，每次她从门缝看进去，疤棍家的院子里，都挂着一套警服。

疤棍逼走你一套警服才算跟你了完账？刘米秀不服气地问龙吴东，虎落平阳被犬欺呢，你这是。

什么叫虎落平阳，咱这是虎死不倒威！龙吴东得意地一笑，疤棍不是改邪归正吗，他借我警服震慑那些狐朋狗友呢。

这个疤棍，省城混了几年，居然水深不见底了！刘米秀感慨。

啥水深不见底，不就是贼知道怎么防贼吗？龙吴东胸脯再次一挺。

原载《啄木鸟》2017年第2期；《小小说选刊》2017年7月转载

这个名字好熟悉

○ 刘 公

浏览报纸，一个熟悉的名字突然闯入眼帘，醒目的大标题中，"闫局"这两个字，似八磅重锤，砸得我心慌。这个闫局，曾经与我同吃同住了六天，可以说是相当熟稔了。

那是20年前的事。我从部队回家探亲，因与妻子在《中国储蓄》杂志发表《飞机跑道之联想》文章，被妻子单位领导诚邀写篇通讯，本来想婉拒的，但顾及多方面的因素，还是应诺了。妻子单位在宾馆订了房间，派闫局陪同我，管吃管住。

这个闫局，乍一听，还以为是一位局座，其实不然，这个"局"字，是其父亲望子成龙，希望他能做官，做到局长。我写那篇通讯时，闫局是那家银行金库的看管员，中等个，貌不惊人，普通得如森林里一株不起眼的小草。那个年代，电子监控还没有问世，重要场所都是靠人工监管。闫局向我讲述了他值夜班的突发事件："10点多的时候，我肚子叽里咕噜喊叫饿，我就离开金库，匆匆出来到附近买了碗炒面，回到库内没发现有啥异样，就从容地关了两扇防盗门，慢慢地吃起来，吃完，我就躺下睡觉了。睡梦中，隐隐约约听到有人在撬第三道门，也就是金库最后一道门，从那道门进去，就可以轻松拿到整箱的金条和成捆的人民币。起初，我以为是做梦，没当回事，随着撬门声越来越剧烈，我惊得坐了起来，抄起枕边的橡皮警棍，就朝第三道门奔了过去，盗贼发现我，抡起撬杠就向我砸了过来，我往后一闪，撬杠砸到墙上，火星子乱溅，我随即扑上去，就跟他扭打在一起，我个子小，那家伙高马大，我的脸上、胳膊上多处被抓伤，后来实在没劲了，那家伙抓住我的头发，狠劲往墙上磕我的头，我头晕眼花，很快就失去了知觉，待我醒过来，那家伙早就没踪没影了。"闫局说着，比画着，仿佛搏斗的场面就在眼前。

闫局舍命保护金库，这场壮举很快在银行内外传开，当地报纸、电台、电视台纷纷报道了此事，闫局也因此戴上了大红花，得到了银行精神和物质上的奖励。

按常态，这件事也就告一段落，画上了句号，可搞过宣传的银行郑行长不这么认为，他敏感地觉得还可以进一步挖掘，于是，请了我这个所谓的"笔杆子"。下笔之前，我跟郑行长进行了沟通，认为闫局虽有善举，但也有失误，出去买饭，两道防盗门不锁，吃了饭不坐着值班，而是睡大觉，郑行长说："刘老师，节外的枝丫不去管它，请你主要从正面写，把银行职员的正面形象立起来，把闫局写成一个英雄人物。这对我们银行，对闫局个人，都有很好的示范、引领作用。"

有郑行长的点拨，我的思路像长了翅膀，在天空随意翱翔。一周后，一篇6000多字的长篇通讯上了《中国金融报》的头版，郑行长有了彩头，闫局也有了奔头。

半年后，郑行长晋升为省行副行长，闫局在市行当上了副科长。后来，银行的事务慢慢淡出了我的视野，闫局这个人，在我的印象中也模糊起来。可今天的报纸，一下子拉近了我和闫局的距离，这家伙，担任市行行长的六年间，受贿、贪污、挪用公款一个多亿，真是胆大妄为。更让我意外的是，20年前的那场金库搏斗，曾经被我写得惊心动魄，竟然是闫局自导自演的一场假象。闫局的表演真是到位，不仅迷惑了我，还迷惑了很多媒体，迷惑了很多善良的人。

我把报纸狠狠拍在茶几上，骂了句"浑蛋"，愤然站起了身，一口吸下去半截烟，望着不远处的那栋银行高楼，想到闫局曾在那座高楼里傲慢了六年，心里真有点杂味纷呈，对那篇 6000 多字的通讯，有些是添枝加叶，有些是鼓腮吹气球，为闫局的升迁创造了条件，不禁深深懊悔起来。

透过眼前不规则的袅袅烟雾，我仿佛看到阳光下有蔓延的雾霾，有势不可当之势，不过，再一细看，有除霾的卡车正在喷雾而来……

原载《百花园》2017 年第 11 期

树

○ 刘　公

———

晚饭后的朱家湾，悄悄地进入了梦乡。

父亲和先生湾的大哥带着我，在轮廓模糊的山坳里，深一脚浅一脚地走向卧云寨。没有月亮，没有星星，一切被黑乎乎的夜色所笼罩。五六岁的我，第一次在没有手电的夜幕里摸着黑，心里惶然不安。

卧云寨是朱家湾方圆几十里最高的山，清朝、民国时期常有土匪盘踞，现在是否还有坏人？此外，山上葳蕤的树林里是不是有狼，山下茂盛的草丛里是不是有蛇？这些，我都心有余悸。

一路上，除了我们簌簌的脚步声，原野死一般地沉寂。父亲肩挎一把锯，大哥腰里别着砍刀，我在后面循着他俩的脚步，高一脚低一脚，不知走了多长时间，终于到达卧云寨山下的一个水库堤坝下，爸爸指着一棵楝树，小声对大哥说："我瞅了它两年多了，才长成现在这样子。"

"二爹的眼光真好，它可以做四条扁担。"大哥应声，随即对我说，"全顺看着点，发现灯光，赶紧跟我们说。"

"嗯。"我说。

爸爸和大哥坐在地上，摆开架势一推一拉地锯树，声音在田冲里一起一伏。

可能不太顺手，爸爸和大哥锯一会儿歇一会儿，大概是第三回歇息时，大哥喘着气说："二爹呀，你解放初当县公安局副局长，后面跟一个警卫，多风光啊！后来你又当万福乡乡长、历山派出所所长，你要是一直干下去，我们哪来偷偷摸摸，吃这苦？"

"唉……好汉不提当年勇啊！"爸爸叹了口气，没有叙说他辉煌的过去。

爸爸向来不给我们讲他从政的往事，只是偶尔从别人的口中听那么一两句：有说是爷爷担心他的安全，让他辞职回乡下；有说是母亲被划为地主成分，担心他政治上不可靠；有说是他不听规劝，对入党持消极态度，等等，但在我心目中，那一直是个谜。

楝树好不容易才被迫倒下。爸爸和大哥选择下面直直的一段，又锯了好一会儿，才抬起往回走。他们走得很快，走一会儿换一下肩膀。

我扛着锯子，上气不接下气地一路小跑着，刚开始还能勉强跟上，后来实在跑不动了，落下二十多步远。

听不到我的动静，爸爸和大哥在一个平坦点的地方，把树木摔下肩膀，停了下来。爸爸等我走近了，问道："全顺，是不是累了？"

我小胸脯一挺一挺地喘着气，稍候才说："我不累，主要是太饿了。"

"你没吃夜饭吗？"大哥问。

"吃了，花生壳面馍馍太苦了，我吃了几口，实在吃不下去。"我说。

爸爸撩起衣襟给我擦了擦汗："唉……"叹了口长气，然后从胸前衣兜里摸出一个柿子，对我说，"全顺，这个柿子我暖了四五天了，已经软了，你尝尝，看麻不麻？"

我接过来咬了一口："嗯，不麻。"我吸溜地吃着，生怕汁液流出来，没吃进我嘴里浪费了。这个柿子太好吃了，是我有生以来吃到的最好的柿子。

"爸爸，要是再有一个就好了。"三下五除二干掉那个柿子，我的肚子还是有些饿。

"你以为弄个柿子容易，虽说生产队里柿子树很多，但那是公家的。我是在落果里挑了个最大的，揣在身上暖，想着你正是长身体的时候，说不定能给你充个饥。没想到，这就用上了。"

"谢谢爸爸为我着想。"我终于知道，柿子还可以当饭吃。

那天夜里之后，我几次爬到后山柿子树上挑大个儿的摘，每次都是扎紧裤腰带，把柿子塞满前胸后背，不敢走正门，悄无声息地在院墙外的小洞里，一个一个地把柿子推进院内，然后沤进院子水池的泥巴里，一般五到七天，就可以刨出来吃了。不过，柿子是硬的。

这件事藏在我心里多年，一直到父亲去世，我都没有胆量告诉他。

那截楝树做成的扁担，后来果真派上了用场。在我十二三岁的时候，生产队里把柿子分到各家各户，大家都舍不得吃。我半夜起床跟着大人们步行二十多里，挑到唐镇去卖，尽管一个柿子才一分钱，肩膀磨得流血，但几角钱能换来火柴和食盐，结余的还能给我和妹妹们攒点学费。

唉……那些饥饿的年月，树是我们真正的依靠。

原载《小说月刊》2016 年第 2 期

骨灰盒为什么响动

○ 戴　希

（一）

夕阳西下，炊烟袅袅。肖开愚牵了水牛，肩扛犁铧，匆匆走上回家的小路。

"辛茹，饭做好了吗？"踏进家门，肖开愚高声问妻。"快了，你放好犁铧，收拾收拾饭桌吧！"辛茹在厨房里应答。

肖开愚就勾下头，径直向杂物间走去。刚把肩上的犁铧卸下，轻轻放在墙旯旮里，他便听到了异样的响动。

"扑棱棱、扑棱棱！"响声阴沉。肖开愚循声张望，发现杂物间那张灰头土脸的长方形旧桌上，父亲的骨灰盒正在晃动。

"怪呀！骨灰盒怎么？难道——父亲显灵了？"肖开愚两腿一软，不由自主地跪下去。

"开愚，饭菜都做好了，你还愣着干啥？"辛茹在厨房里问。

"父亲显灵啦！"肖开愚几乎在哭。

辛茹三步并作两步，向杂物间走去。可刚进杂物间，辛茹就毛骨悚然。冷不防地，她也目睹了骨灰盒里发出的异样的响动。

"还愣着干吗？快给父亲下跪磕头哇！"肖开愚扬手拽了

辛茹的衣角一把，让辛茹也跪在父亲的骨灰盒前。

"父亲，我对不住您呀！我三岁时，母亲早逝。母亲走后，您一直不娶。含辛茹苦把我拉扯大，还东拼西凑让我成了家。可从此，我不顾您年老体衰，仍叫您牛马一般地劳作。您病了，我还不给您医，让您总拖着、扛着……父亲，我不是人啊！"肖开愚不停地磕着头。

"父亲，我也愧对您呀！您像拉扯您的儿子开愚一样，把您的孙儿肖熊拉扯大。肖熊大了，我却一直让您穿得像破破烂烂的乞丐。也一直让您龟缩在墙边，吞咽每餐的剩饭剩菜。您稍有不慎，我就训斥您；您病恹恹的不能再操劳了，我便怂恿开愚把您赶出家门……父亲，我猪狗不如啊！"辛茹同样鸡啄米似的在骨灰盒前叩头。

骨灰盒里安静下来。

"父亲终于被感动了！"肖开愚一骨碌从地上爬起，拉了辛茹准备去堂屋和厨房。

"扑棱棱、扑棱棱！"可怕的声响再次传来，骨灰盒又在地震一样晃动。

肖开愚额上冷汗直冒。一把拉过辛茹，两人扑通一声又跪下去。

"父亲，您千万别吓我了！您再吓，我就魂飞魄散了。您听我说，您在风雨中不幸惨死于异乡，在外地把您火化，装进骨灰盒。又千方百计找到我们，通知我们去接。接了，我们却不按乡下的习俗下葬您。我们吝啬、不孝，我们遭天打雷劈！您大人不计小人过，您就饶了我们吧！我向您保证，这几天一定把您移出杂物间，按乡下的习俗下葬您。父亲，您听到了吗？"肖开愚惊恐地哭求。

"父亲，您怎么还不罢休呢？您担心开愚说话不算数吗？那么，儿媳向您保证，开愚的话也是我的承诺。如若食言，您尽可挖了我们的心肝喂狗！再说，父亲，您的孙儿肖熊还小，看在要抚养他的分儿上，不论我们做了多么对不起您的事，您都宽恕我们吧。"辛茹也一把鼻涕一把眼泪地哀号。

(二)

不知何时，肖熊已悄无声息地来到家门口。

"爸、妈，我回来了！"一进家门，肖熊就兴高采烈地直嚷嚷。忽然发现爸妈正齐刷刷地跪在爷爷的骨灰盒前，两人都已头破血流。便惊问："爸、妈，你们这是怎么了？"

"小子，快给你爷爷下跪！磕头！"肖开愚急忙招手。"为啥？"肖熊一头雾水。"你爷爷显灵啦！"辛茹压低嗓门规劝。"显什么灵呀？"肖熊眉头紧锁。

"扑棱棱、扑棱棱！"骨灰盒又开始可怕地响动。肖开愚心惊肉跳，赶紧指指骨灰盒。

（三）

肖熊"大惊失色"，立马扑通一声跪下去。磕了一会响头，肖熊明眸一转："爸、妈，你们的诚心会让爷爷感动的。爷爷生前喜欢我，就让我单独给爷爷再磕几个头，你们去准备吃晚饭的事吧！"

肖开愚和辛茹交流一下目光，才缓缓地起身。等他们把饭菜都摆上餐桌来喊肖熊时，骨灰盒真的静如止水了。

"好啦，爷爷宽恕我们啦！"肖熊轻轻拍拍身上的灰尘，下意识地安慰肖开愚和辛茹。

原来就在肖开愚和辛茹去厨房和堂屋的当儿，肖熊已飞快地打开骨灰盒，捉出小雀儿，把它从杂物间的窗口放飞了。这只小雀儿是他下午的时候放进去的。

原载《山东文学》2017 年 5 月刊（上）；转载于《微型小说选刊》2017 年第 16 期

一个男人和他的两个女人

○ 戴　希

儿子要把母亲接到家里来过年。如果母亲乐意，妻子又能接受，儿子想让母亲长期住下。

儿子没有料到，只住上一周，母亲和妻子就两天一小吵，三天一大吵。母亲要打道回府，妻子也要打发母亲出门。

之所以发生争吵，是因为母亲想主持儿子的家政。儿子的家事，不论大小，她都要管。而妻子认为，客随主便，母亲不应干涉他们的家务。退一步而言，母亲也不能当家长。而此时，儿子是老鼠钻到风箱里，两头受气。

有天，母亲和妻子大吵过后，妻子气愤之下喝下一瓶白酒，倒在客厅里又闹又嚷："你妈要再住这里，我就死给你看！有她没我，有我没她！"嚷完便脸色苍白，不省人事。

幸亏送医院抢救及时，要不，还真不知道会不会酿出人命。

事情发展至此，儿子只好向妻子妥协，答应妻子把母亲送回老家。可真要送走母亲，儿子又于心不忍。儿子知道，母亲吃的苦多，这辈子太不容易。

母亲年轻的时候被大家族妯娌间欺负，天天吃不饱穿不暖，常常遭骂挨打。实在没法儿过了，才带着未满月的儿子逃走。改嫁后，母亲又生下六个孩子，他是其中之一，在兄妹七人里排行老三。等儿女们长大成人，大儿子被前面那家人领走，四个女儿远嫁他乡，他做了上门女婿，父母便把财产留给二儿，跟着二儿过日子。可好景不长，因婆媳不和，父母又从二儿家搬出，老两口仍住自己的土坯房。父亲过世后，母亲每天上山挖野菜充饥，一不小心还摔伤了脚。母亲孤苦伶仃的，可……

儿子不怪妻子，妻子也不是蛮不讲理。按当地农村的习俗，既然父母的财产由哥哥继承，哥嫂就应该赡养父母。但计较这些又有什么用？生我养我者父母，现在父亲不在了，我能自己过着小日子，却对老母亲不闻不问？可既不冷落老母亲，又不惹恼妻子，能找到这样的好法子吗？

一番苦思苦索，考虑到妻子有孕在身，儿子终于有了大胆的设想：在自己打工的小城，先为母亲租一间房子，然后……

"老婆，我把母亲送回老家了。"返家后，儿子气喘吁吁地对妻子说，"以后，我们可以好好地过自己的小日子啦！"

他们家又开始恢复往日的宁静。妻子不知道，老公根本没把母亲送回老家。她给母亲租好房子后，每天除了上班，还要抽空为母亲做饭做事，把母亲照料得妥妥帖帖。好在他上班的地方离母亲的租住房不远，去母亲那儿还算方便。

因为母亲租住下来，儿子负担加重。以前只须维持一个家的，现在不行，有两个了。

为了增加收入，确保两家正常开支，儿子咬紧牙关，又应聘了两份工作：每天日夜兼程，儿子几乎没有一刻闲着。由于经常熬夜，长期加班，儿子的眼圈黑了，身体瘦得皮包骨似的。尽管很累，但儿子心里很甜。

当然，儿子也深深地愧疚：自己以前从不欺骗妻子，现在为了母亲，竟把假戏演得像真的一样。这个倒不是大问题，麻烦在于，儿子工作之余，有事没事要往母亲那儿跑，以前的生活节奏便乱了。

常常，妻子发现他迟迟未归，或者，在家吃饭的时间少了许多，总要打电话询问。儿子绞尽脑汁，几年下来，对妻子撒谎的次数上千，能想到的借口全想遍了。说谎成了家常便饭，他都觉得十分滑稽。也怪，这样的表演居然没让妻子看出破绽。

不觉三年过去。儿子照旧不知疲倦地打工，照旧把母亲藏在出租屋里小心赡养；妻子呢，照旧被他千方百计地哄骗，照旧相信母亲仍在老家待着。

可终究没有不透风的墙。有天，母亲闷得难受，外出透透气，走出出租屋不远，竟在街上和儿媳不期而遇。妻子正好上街，是买日用品去的。

"妈，你不是回老家了吗？怎么……"妻子惊问。

母亲也愣了。

"哪儿的话？为了不影响你们的生活，我一直租住在这里呀！儿子孝心好，这些年他供我吃穿用，照料我细致入微。对你们，我心存感激哩！难道……你不知道？"母亲脱口而出。

"我怎么知道？"妻子反问。

"这……"母亲有点儿尴尬。

"算了吧，"妻子察言观色，"事已至此，就带我去看看你的出租屋？"

母亲点头。

"难怪老公总是有事，经常不回家吃饭的。原来……"妻子这才恍然大悟。买好日用品，她不动声色地打道回府。

等老公回到家中，妻子劈头就说："老公，索性把母亲接来住吧？"

老公惊喜："怎么，老婆你想通了？那我明天就……"

"你看你，还要骗我？今天在街上，我都遇到母亲啦！母亲带我去了她的出租屋！"妻子盯着老公的眼睛说。

起初，他有点儿心慌，但很快镇静下来。

"老婆，这事是我错了，我不该骗你，还骗了你这么久。说吧，你想咋样？我已经做好最坏的打算了。"他咬咬牙说。

"最坏的打算？"妻子一惊，"你倒说来听听！"

"老婆，咱俩离婚吧？"他试探。

"离婚？"妻子问，"为什么？"

"我对不起你！"他嗫嚅道。

"不行！"妻子斩钉截铁。

"那你说怎么办？"他又问。

"还能怎么办？"妻子上下打量老公，"算了，我斗不过你，就把妈接到咱家来住吧！"

"真的吗？"他有点儿不相信自己的耳朵。

"真的！"妻子点头。

他仍然皱眉："老婆，你怎么想通了？"

"不想通行吗？"妻子戳了一下他的鼻梁骨，"说实话，在街上偶遇母亲时，我是又气又恼。你这样骗我，我恨不得跟你离婚。可后来冷静下来，觉得这些年你也很不容易。你含辛茹苦，任劳任怨，还不是为了孝敬母亲，还不是为了这个家。可孝敬母亲错了吗？没有啊！现在，我也是母亲，也在慢慢变老。俗话说，树老怕枯，人老怕孤。我也有变老的一天，也希望儿女孝敬啊！再说，一个男人，如果对生他养他的妈都不好，你还能指望他对老婆真好吗？"

这时，他颤抖着，猛地张开双臂，紧紧地抱住妻子。

原载《啄木鸟》2017 年第 9 期

穿寿衣

○ 高　军

　　"交给你一个任务，"韦国清和村里的妇女干部老麻说，"你要保证张大娘去世的时候给她及时穿上寿衣。"

　　老麻郑重地点点头："韦校长放心，我保证做到这一点。"

　　韦国清又嘱咐道："只要我在家的话，也要及时告诉我，我也要亲自送大娘一程。"

　　来到东高庄后，作为副校长兼教育长的韦国清在抓好抗大一分校日常工作的同时，会经常到乡亲们家里坐一坐，和群众说说家常话。前不久，他走进了已经患重病躺到床上的烈属张大娘家。张大娘和他说自己最不放心的就是怕去世的时候不能及时穿上寿衣。张大娘生有两个儿子，老伴去世早，日本鬼子来了后，她把两个儿子先后送到队伍上，结果不久就都牺牲在战场上了。韦国清安慰了张大娘一番，并让卫生员去给大娘治病。但卫生员回来告诉他说，大娘的情况很不好，身体在逐渐衰竭。在第二次去看望张大娘的时候，张大娘再次说起了身边无儿无女，就担心自己的寿衣能否及时穿上。

　　韦国清握着她粗糙干瘪的手，轻轻拍了拍："大娘啊，如果真有那一天，负责伺候你生活的村干部会做好的，我也要亲自来帮忙。我回去就安排好这件事，大娘你就放心吧。"

　　看到张大娘如此重视这件事，韦国清开始对当地民俗关注起来。原来，沂蒙山区的风俗是，在老年人弥留之际，要及时给穿上寿衣。当地有一种说法，在人还没有咽气时穿上衣服，标志着到阴间也穿着衣服，气绝之后再穿衣服，说明是光着身子到阴间的。因此，老人上灵床子后，家人都应在两侧守着，好好观察病情，以便适时穿好寿衣。韦国清研究一番后发现，原来及时穿上寿衣这不仅是一种民俗，还有一定的科学道理，因为人死之后尸体会逐渐僵硬，误时穿衣不仅费力费时，也显示着对死者的不敬。

　　尽管卫生员时常去给张大娘治疗，韦国清发现她的身体还是越来越虚弱了。他已经知道，张大娘自己早就提前准备好了寿衣。那么，最需要做的就是圆满完成大娘的心愿。所以他郑重地把这件事又向照顾张大娘生活的老麻安排了一番。

　　这天，韦国清正在栗林村给抗大一分校的一个班讲课，突然东高庄来人了，说是老麻安排的，让来告诉一声，张大娘眼看就要不行了，问韦校长能不能回去一趟。韦国清一直记着自己的承诺，所以下课以后急匆匆就向东高庄奔去。

　　经过一个多小时的急赶路，韦国清满头大汗走进了张大娘那低矮的草房。他看到，张大娘已经出现死亡征兆，老麻已经把大娘的寿衣拿出来放在一边准备着，村里的干部大多都在这里守候着了。他才放下心来，开始擦擦自己的汗水，坐在了张大娘的灵床前，仔细观察着大娘的情况。

　　又过了半天，只见张大娘满脸的皱纹开始有些舒展了，呼吸也越来越弱。韦国清知道，张大娘很快就会咽气了。村干部们也都观察到了这种接近死亡的重要标志，所以老麻赶紧拿寿衣过来。老麻是妇女干部，为张大娘穿衣她更方便一些，所以主要以她为主，别人在一边帮忙。

　　当老麻把大娘上半身轻轻扶起来的时候，韦国清赶紧先把上衣拿起来，小心地抬起大娘的右胳膊，将袖子慢慢套进去。老麻接过去，再轻轻绕过大娘的背部，韦国清快步来到大娘的左边，帮着老麻给大娘把左胳膊也套了进去。

　　在给大娘穿裤子的时候，韦国清嘱咐老麻临时还不能把下衣提至腰部，应该先给大娘穿上鞋子等。大家有些疑惑，但还是照着韦国清的话有序地一件件做着。

一切做好后，老麻又想将大娘的下衣提上去，韦国清再次制止了，小声说道："人在这个时候，还会排泄一次大小便，要等最后一次大小便后再全部穿上，好让大娘干干净净、清清爽爽上路啊。"

韦国清转过头来，交代卫生员："你要好好观察，等大娘排便后，要马上处理好，让大娘干净及时地穿好衣服。"

事实果真像韦国清说的那样，大娘咽气之际再次排泄了大小便，卫生员认真进行了清理，大娘的寿衣才最终穿好。

韦国清随后和村干部一起参加了烧纸、泼汤、入殓、下葬等过程，大娘入土为安以后，他才回到校部又开始了繁忙的学校工作。

从此以后，沂蒙山区为老人穿寿衣的时候，开始流行等最后一次大小便后才给把下衣提至腰部，这种新习俗到今天流传越广了。

但很多人并不知道，这种做法是从韦国清给张大娘穿寿衣开始的。

原载《小小说大世界》2017 年第 4 期

风 光

○ 高 军

———————————————

"怎么回事儿，怎么回事儿？"二老太爷抬头挺胸地晃了过来。

伙计们一下子放松了，赶紧和店主人说："这不，我们二老太爷来了，让二老太爷说怎么办吧。"

二老太爷转向店家，一副主持公道的样子："怎么回事儿？"

事情其实也不大，二老太爷受东家之托率领伙计们到东口推盐，路经这家旅店就住了下来，由于把盐车子没放稳歪倒砸死了店主人家一只鸭子，伙计们七嘴八舌说什么的都有，就是和店家没一丝道歉之意，惹得主人生气地要求赔偿一只和这只死鸭子一模一样的鸭子，这明显是出难题了，这时歪倒推车的车把式也才感到问题的严重性了。

店主人一听是二老太爷来了，态度开始有所好转，停下嘴来不说话了。

其实，二老太爷只是东家的一个长工，由于年纪略微大一些，受命经常带领伙计们干活，但他有一个特点就是东家不在眼前时好拿个架步摆出一副主人的样子，所以得到了这么一个绰号，时间长了人们就当面也这么叫他，显得很风光，他也很乐意地接受。

店主人不说话，二老太爷带来的伙计简单地说了说这件事的经过，一听说是自己带的人的责任，他马上再挺了挺胸脯，颜色威严起来。

"店家说得对！"他转过脸对着歪了车的伙计，声音猛然高了上去，"你这是怎么搞的？全怨你没有撑好车子，完全该你赔！"他又转向大伙，"店家说得太对了，我们就得照原样赔。店家把我们照顾得这么好，我们还做出了这么对不住店家的事儿，让我怎么有脸再来这里住店啊，我们又到哪里才能找到这么好的店家啊，你说说你说说！"他一边捶着自己的脑袋，一边追悔莫及地再次指着歪车的伙计说道，"这完全怨我没有管教好你们。不但你要赔，我也要赔。店家说怎么赔，咱们就得怎么赔！"

这一番说道后，店家脸色逐渐放平，随即慢慢泛起红色："二老太爷，二老太爷，这么一件小事儿都惊动您出面了，再说咱们都是老朋友了，您也是敝小店的老顾客了，有什么大不了的事儿啊，不就是一只鸭子吗，算了算了。"

"不行不行！"二老太爷更加正气起来，"说什么也不行，坚决按照店家您的要求一毫不少地赔上。"

店家本来也是说了一些气话，这时想的更多的是以后还得留住这批往返推盐的客人，就转身吩咐下人道："二老太爷光临本店让我们蓬荜生辉，赶紧炒几个小菜，我要和二老太爷喝一盅，好好拉拉呱儿。"

二老太爷的这番说道，不但化解了针尖对麦芒的形势，还为自己迎来了一顿酒席，在东家似真似假的称赞声里，在伙计们的吹捧声里，他那二老太爷的派头摆得更大起来。

后来，东家成了剥削阶级，不断被批斗。他心里感到别扭，他糊涂地觉得这些年自己多亏了东家，是东家让自己有了安身立命之地，让自己成了有地位有尊严的二东家，所以在一次诉苦大会上，他看到东家一次次受皮肉之苦，他又准备用正话反说来救东家一下，于是他跑上台去声泪俱下地控诉起来：

"这是一个欺男霸女的大恶人啊，这些年来他自己吃香的喝辣的，让我们整天吃糠咽菜，他吃的是我们的肉，喝的是我们的血啊！砸死他一万次我都不解恨，咱们不能让他再活着欺负我们了，我看咱们把他凌刀剐了吧……"

台下人们高喊："二老太爷说得对！坚决支持二老太爷的提议！镇压恶霸地主！"

当时由于政策出现偏差，一切由贫农团说了算，原则性本来把握得就不好，这次控诉大会由于他的提议，方向越走越偏最后竟真的把没有血债的东家镇压了。

看到和自己期望完全相反的结局后，二老太爷肠子都悔青了，第二天头发就白了一半。

很多人见了他还和他开玩笑："二老太爷，死鬼东家不就是吃猪牛羊鸡狗鸭肉吗？你怎么说他吃的是你的肉喝的是你的血？"

他翻翻眼皮，眼中经已不见了往日的光亮，胸膛也慢慢塌陷了下去。

秩序恢复正常后，干部们感到他具有很强的调解能力，就做他的工作想让他出任村里的治保调解主任："你出身雇农，有很强的革命性，多年来处理了很多矛盾纠纷，组织上觉得你完全胜任这一工作。虽说是在诉苦会上你的提议有些偏颇，造成的后果也很严重，但这并不能由你负完全责任，当时的大形势嘛。所以我们希望你尽快振作起来，担负起这一重要工作来。我们需要尽快丢掉包袱，轻装前进，干好我们以后的工作。"

他听了后感到很有道理，就答应了下来。可是他却再也没有了过去的能说会道的样子，做起工作来笨嘴拙舌，完全变了一个人一样。

不久后，村里另外配备新的治保调解主任，让他靠边去了。

虽然风光不再了，但他那"二老太爷"的绰号却被人们叫了一辈子。

原载《小说月刊》2017年第11期

清　沟

○ 邴继福

　　周末，酷爱摄影的组织部王部长带着那台德国徕卡相机，开着单位的小车，满怀喜悦，去郊外库尔滨河畔拍摄雾凇。

　　他四十岁出头，大学毕业后分到省委组织部，一心扑在工作上，才奋斗十几年，就官至正处。两年前，被下派到林海市当组织部长。

　　他心知肚明，之所以派他下基层，主要是让他镀镀金，补上没有基层工作经验这一课，干好了，将来肯定有进步。

　　见媒体上常有贪官落马的消息，他暗暗告诫自己，一定要严于律己，决不能犯贪腐错误。他给自己定下"四不"规矩：不收礼，不吃请，不交朋友，不给人办私事。

　　他最大的业余爱好就是摄影。几年前，他曾因一幅摄影作品获全国大奖，加入了中国摄影家协会。这次下基层后，他把多半业余时间都投入摄影当中，很少和人交往。

　　一段时间之后，人们对他的评价是，架子挺大，没有人情味，不会用权。有人甚至说，这组织部长让他当白瞎啦！

　　他的最大传闻，就是把送礼者轰出家门，将十万元从楼上扔下来。对此人们反映不一，有的叫好，有的说孬。他省城的一位朋友针对这件事，曾这样对他说，你这个人啊，太死板了。有句话叫"入乡随俗"，你即使不想随俗，也不能太走极端啊！你想过没有，你这样做，得罪的不仅仅是行贿者一个人啊！

起初，他觉得这话挺刺耳。当他仔细分析了自己的人际关系之后，才意识到：自己成了孤家寡人。

意识到这一点之后，他吸取了教训，凡有人再求他时，只要不出大格，能给办的他都尽量给办！

他办的第一件事，是省城那位朋友求他的，涉及他分管范围一个干部的提拔。那人基本合乎提拔条件，只是叫他不给设卡，送个顺水人情而已。

那个干部挺懂规矩，事前没有对他有任何表示。只是事成之后，才很自然地表达了谢意，要送给他一台德国徕卡相机。

他对此十分敏感：收这么贵重的相机，不就是受贿吗？他马上拒绝了。那个干部却说，相机只是借你玩玩，玩够了再还给我。一句话，解除了他的思想警惕。

说实话，他对这种徕卡相机爱慕已久。可那玩意儿六七万元，自己没舍得买。那个干部一走，他就迫不及待把玩起相机，爱不释手。他打算第一时间用它拍摄库尔滨河畔的雾凇。

下了一夜清雪，库尔滨河对岸树林里的雾凇像春天的梨花，洁白晶莹，十分漂亮。想拍雾凇美景，必须走过冰河。冰河里有一道清沟，挡住了去路。

所谓清沟，就是北方冬天冰冻的河面上，有一段河水没有封冻，仍旧淙淙流淌。

这条清沟长一百多米，宽五六米。他半天才绕到清沟尽头，想从清沟旁走过去。刚走几步，就听不远处有人高叫，别在那儿走，太危险！

他想，这有啥危险的？便继续走。那人嗓门更大，站住，那儿的冰太薄！

北国的寒冬腊月，气温都零下三四十度，河水都冻半米多厚，这怕啥？他继续往前走。

突然，"咔嚓"一声，脚下冰层被踩碎，变成冰窟窿，他一下沉入水中。在这一刹那，他把相机扔到冰面……

河水很快湿了棉袄棉裤，刺骨的凉。他拼命挣扎着，刚刚爬上冰面，冰层又被压碎，他又沉入水中……

当他醒来的时候，已经躺在热乎乎的炕头上了。是刚才喊他的老人救了他。

老人以责怪的口吻说，你们这些年轻人啊，只看到清沟附近的河面也结冰了，其实那儿的冰非常薄，顶多一寸多厚。每年冬天，都有一些拍摄雾凇的人踩碎冰层，掉进河里！我反正退休没事干，就在河边盖个土房，日夜守护在这里，专门提醒过河的人。

说着，老人把相机扔给他。他看到相机，想起刚在水中挣扎的情形，体味着老人这一番话，不由得倒吸一口气，吓出了一身冷汗……

原载《小说月刊》2017年第2期

当过母亲

○ 邴继福

那件悲惨的事情已过去一年，秀花一闭上眼，儿子被日本鬼子折磨的惨叫声就在耳边响起。当时，她心都碎了，不住向鬼子大喊，放过我孩子吧，他还不懂事儿呢！

鬼子挥动着烧红的烙铁，狞笑着逼问，你男人抗联的密营在哪里？他们有多少人马枪支？

不知道！秀花话音一落，烙铁又烙在儿子身上，刺拉一声，冒起一股刺鼻的蓝烟。孩子一声惨叫，便没了声息。母子连心，秀花也昏了过去。

当秀花醒来时，鬼子不见了，儿子已经断气。她抱起死去的孩子，把牙咬得咯咯响，小日本啊，冤有头，债有主，中国人翻身那天，一定扒你们的皮，抽你们的筋！

秀花几乎疯了，每天站在村头，逢人便问，看见我家小宝了吗？大伙都为她伤心落泪⋯⋯

天上黑云遮日，人间凄风苦雨，从1931年9月18日开始，日本鬼子就在我国东北为非作歹。但东北人民从未屈服，他们坚信，别看你今天闹得欢，将来肯定拉清单。天，总有一天会亮的！

真是老天有眼！时光来到1945年8月15日，中国大地终于迎来了曙光。

这天中午，大孤山脚下鬼子据点里，突然传来阵阵枪声。村里的百姓后来才知道，小日本投降了，鬼子正在集体开枪自杀。日本开拓团团员（种地的日本人）及其家眷，大多都被逼跳了井，只有少数人侥幸活着。他们为了逃命，顺着大道往十几里外的镇火车站逃窜……

一开始，不知内情的百姓在村头看热闹。村里张屠夫到镇上卖肉回来，老远就喊，都还愣着干什么，小日本倒台了，快抄家伙报仇啊！

人们这才醒过腔来，抄起钩杆铁齿边撵边喊，别让小日本跑了，快追呀……

逃跑的日本人吓坏了，男人顾不上女人，女人顾不得孩子，有的甚至把孩子从高高的铁路桥上扔到河里，孩子在半空中还哇哇大哭呢！

秀花拿着镰刀，夹杂在人群中拼命追赶。此刻，她想到惨死的儿子，怒火中烧，在心里骂道，小日本，你们也有今天啊！

突然，前面围了一群人，一个日本妇女坐在地上，怀里的孩子哇哇直哭。她在不停作揖，大伙心里明白，她是向中国人求救——别伤害我的孩子！

张屠夫大喝一声，妈的，小日本残害咱多少中国老百姓，决不能放过他们！说着，夺过孩子就要摔，把日本妇女吓得大哭大叫……

见此情景，秀花立刻想到死去的儿子。当时，小鬼子折磨自己儿子时，出于母亲的本能，她不也是这样哭得死去活来吗！想到这儿，她顿时动了恻隐之心，一把拽住屠夫的胳膊说，不能摔死孩子啊，他是无辜的！

张屠夫胳膊僵住了，立刻责问她，你忘了自己孩子是怎么死的啦？对于日本人，得千刀万剐才能解恨！

于是，从腰间掏出杀猪刀，往小孩身上乱扎。每扎一下，孩子便哇哇大哭。

此刻，孩子妈妈几乎疯了，像母狮一样扑过来，狠狠咬了张屠夫胳膊一口，然后跪下给大伙不住磕头。张屠夫胳膊被咬出了血，狠狠打她一耳光：妈的，你都死到临头了，还他妈咬人。我非把你这鬼崽子整死不可！说着，举刀就向小孩捅去……

说时迟那时快，在这关键时刻，秀花一步冲上去，边抢尖刀边喊，住手，你这样祸害小孩算啥能耐？

张屠夫一惊，立即反问，你忘了自己孩子是怎么死的啦？

我一点也没有忘！就是因为这，我才不允许你在一个母亲面前折磨她的孩子！

为什么？

因为，我也当过母亲！

原载《小小说大世界》2017 年第 5 期

请说你爱我

○ 蓝 月

女人在等男人回家。

女人做了男人爱吃的菜，她想这是她最后一次为男人做饭了。

本来就不善言辞的男人在结婚后更加木讷。女人烧了拿手的菜问男人好吃吗？男人说挺好的。女人买了一套漂亮的衣服，女人说好看吗？男人说挺好的。女人做了个新发型，女人说好看吗？男人说挺好的。女人跳起来，咬牙切齿把一个抱枕砸向男人，难道你不会说别的话了吗？你这人真没劲！没劲透了！男人宽容地笑笑，又耍小孩子脾气，吃饭吧。

一个人的时候，女人开始梳理自己的爱情。从恋爱到结婚，好像一直是女人在主动，男人只是心安理得地被爱。细想起来，男人连一句"我爱你"都没有对女人说过，女人感到沮丧。这不是女人想要的生活，长痛不如短痛。

等待总是缓慢的。她窝在沙发里，抱一个小熊抱枕看电视。看不下去，女人站起来走到窗前往下看，女人住八楼。下面的各种颜色的小车在快速地穿梭。女人有点眼晕，身体轻轻晃了一下。

门"呼啦"开了，是男人。

眉眉快跑！男人不由分说拉着女人就跑。说话间整幢大楼开始了晃动。女人脚上穿着拖鞋，跑不快，男人背起女人。一切都在摇晃，女人听到男人粗重的喘息就像一头负重的牛。男人说，眉眉别怕，我们快出去了。是的，已经到了出口。可是这时候男人摔倒了。"轰隆"天仿佛塌了，一片漆黑。女人被卡住了不能动弹，女人害怕极了，不停呼喊着男人的名字，男人也在焦急地呼唤她。他们近在咫尺，却无法触及对方。

眉眉别怕，我就在你身边……眉眉你还好吗？回答我……眉眉挺住啊，救援的人一会儿就到了……男人大声喊着，而女人却不停地哭着。

十分钟过去了……半个小时过去了……一个小时过去了……三个小时过去了……女人安静下来，因为男人不停地说话，让她有了安全感。女人从来不知道男人这么会说话。男人说，打第一眼我就喜欢你了，你是那样美，那样善良，虽然有点任性……

女人说，可是从一开始都是我在主动，你这个吝啬的家伙，你从来没有说过一句爱我。

傻丫头，爱是要放在心里的。眉眉……谢谢你的爱……今生我是最幸福的男人……

男人的声音越来越弱，失去了男人的声音，世界安静得可怕，巨大的恐惧再次抓住女人的心。

你说话啊，你要挺住啊………呜呜……你为什么不说话？

眉眉，别怕，我在呢……可是我好困……男人的声音再一次飘起。

你不能睡，我要听你说"我爱你"，天天说。现在就说。你说啊……没有男人的声音，只有女人的哭泣。

就在女人已经绝望的时候，出现了亮光，他们终于获救了。

女人再次看见男人的时候，男人昏迷不醒，浑身缠满了纱布，插满了管子。

医生说，你要有心理准备。

不，他会醒的，他一定会醒的，他只是累了，他会醒的！

女人说着扑到男人身边，却不敢碰到他，她怕他一碰就碎了。女人跪下来，轻轻握住男人的手。

你累就再睡一会儿，睡一会儿你就醒好吗？你说你是最幸福的男人，我也要做最幸福的女人。你不能这样自私，以前都是我在爱你，以后要你来爱我。还要天天说"我爱你"，爱需要表白的，你知道吗？

女人不停地和男人说话，一天，两天，三天……嗓子哑了，女人就贴着男人的耳朵说。

忽然，女人仿佛听到了一个微弱的声音……女人揉揉眼睛，看着男人的嘴巴，你是在和我说吗？

男人的嘴巴动了，男人说：我爱你！

我听到了，我听到了，谢谢你，亲爱的。女人摇着男人的手，眼泪像欢快的小溪不停地流淌。

原载《小小说大世界》2017年第8期

最后的帮助

○ 蓝 月

喀喀喀……病房里又传来父亲猛烈的咳嗽。

他慌忙快步走进病房。

爸，你怎么样了？

你干吗去了？半天不见人？父亲喘着气，气呼呼地问。

爸……我……

好了，我也不要听你了……喀喀……父亲不耐烦地打断了他，咳喘着，沉重的肺叶就像老旧的风箱。

他赶紧俯下身子，将父亲支起来，在后背上轻轻捶，轻声说，爸，你别生气，生气对你身体不好。

父亲咳得更厉害了，扭曲的脸憋得像一弯紫色的茄子。他手足无措地看着父亲，哀求道，爸，你别生气，别生气啊。

好不容易，父亲将一口痰吐了出来，呼吸顺畅了许多。

我不生气？我看见你就来气。父亲说这话，言语中多了一份恨铁不成钢的悲凉。

"是，都是我不好，来，我扶你起来坐坐吧？"他小心翼翼地征询父亲的意见。

哼……父亲闭着眼不理他。他知道父亲是默许了，便使劲将父亲扶起来，靠在自己的胸口。有着宽厚脊背的父亲，现在只剩下皮和骨头了，后背的嶙峋瘦骨像锉刀锉痛了他的眼睛，他垂下眼睑，泪就涌了出来。

房门一转，她手里抱着一个不锈钢保暖桶走了进来，目光在他脸上一转又迅速落到了父亲脸上。

爸，你感觉好些没？她走到父亲面前，关切地问。

娟子，你来啦。我好多了。父亲睁开眼睛，脸上露出微笑，眼睛闪烁着慈爱的光芒。

爸，我给你煲了排骨粥，趁热喝点，好不好？她目光柔柔地看着父亲。

好。父亲开心地说："你炖的一定好喝。"

她拿过一只小碗，将粥小心地倒进去，用调羹轻轻搅拌，舀起一勺，放在唇边轻轻吹，眼神一挑，却见父亲像一个恋母的孩子般，目光始终黏着她。她笑了，将调羹送过去，父亲乖顺地张开嘴。

好喝吗？

好喝。

那，把这一小碗都吃完，好吗？

好。

他轻搂着父亲，脸上也露出了笑意。

爸，吃饱没？

饱了。父亲伸出舌头舔了下嘴唇，露出满足的笑容。

吃饱了，睡一会儿好不好？她放下碗，拿面巾替父亲擦了擦嘴，又伸手披了披父亲的衣襟，微笑着问。

好。父亲点点头。他赶紧把父亲放下来，替父亲盖好被子。

闭上眼睛，睡一觉。睡醒了，我再拿好吃的来。她甜甜地笑着，目光柔柔的，看父亲顺从地闭上眼睛睡了，眼神冲他一甩，轻轻走了出去。

他悄悄跟了出来。

爸的病？……她看着窗外高耸逼仄的楼层问。

不太好……他嗫嚅着。

爸现在经常像刚才那样训斥你吗？她依然没有回头。

你，你都听到啦？他也走到窗前，抽出一支烟，"啪"地点燃，烟雾顿时弥漫开来。

是我伤了父亲的心……他的声音有些喑哑，我只希望最后的日子，他能开心一点……

他蹲下了身子，把脸埋在双膝间，烟蒂在颤抖的指间燃烧。

她转过身，深深地看了他一眼，他比先前明显憔悴了许多，她动了动嘴，却什么也没说，随着鞋跟的笃笃声，她没入了电梯。

日子在医院的消毒药水味道中缓慢又急促地过去。

他依然衣不解带伺候着父亲，虽然父亲还是时不时地呵斥他，很多时候还当着她的面，他始终赔着小心，替父亲端屎端尿，擦身、翻身、按摩，毫无怨言。她依然微笑着送来父亲爱吃的食物，虽然父亲的食量正一天天减少，可父亲的表情是满足的，至少在她面前。

最后，父亲连水也喝不下去，带着不舍离去了。

料理完父亲的后事，一切突然变得空洞起来，他看着她瘦削的肩膀说，谢谢你一直瞒着父亲，现在，可以去民政局了。

她用软布轻轻擦拭着父亲的遗像，黑相框里，父亲依然慈爱地看着她，她忍不住再次落下了眼泪。她将遗像摆正，退后一步，跪下，说：爸，你放心吧，我们会好好过下去的。

他愣住了，霎时泪流满面。

父亲弥留之际，对他说：其实我骂你，是我能为你做的最后一件事情……如果她被你的孝心感动……你一定不能再游手好闲，担负起做丈夫的责任……不要让她受委屈，两个人好好过日子。这样，我和你妈在九泉之下……也瞑目了。

他在父亲遗像前跪下，重重地磕了三个头。

原载《小小说家》2017年第2期

蛙人木多

○ 赵峰旻

　　天空下着细雨，地上脆裂着枯叶，缕缕寒气袅袅地冲进院子，在窗棂上颤抖了几下，悄无声息地漫到床畔，尖锐的湿冷，刺激着肌肤，将木多冻醒。他打了个寒战，揉了揉惺忪的睡眼，抬头看了看床头柜上的老式机械座钟，整五点，该起床了。

　　自打出了娘胎，木多就没见到自己的母亲，相面的说，他命里缺木，易克父母，因此他父亲给他取名木多。木多给钟表店当了六个月的修理学徒，终于出师了。今天是他独立工作的第一天，因此，他比以往任何一天都起得早，他要赶在上班高峰期前赶往店里。

　　他像往常一样，拿起床头的晾衣架，取出大衣柜中的棉袄，左胳膊一直，右胳膊一抻，并娴熟地套上衣袖，再往腰间束上一根皮带。又从床侧的一张椅背上，取下扎上两只裤管的裤子，吃力地穿上，然后从床下取出一对轮胎做的护膝，分别绑在两个膝盖上，忙完这些后，他俯下身子，整个人像只青蛙一样，"啪"的一声，趴在了四个轴承做成的代步车上，然后向左向右，朝前往后，试了试后，匍匐向前。

　　风裹挟着雨，撞击在脸上，有些痛。腰板硬实，身材瘦弱的木多，目光像两把燃烧的火炬，头拼命地向上昂起，整个身体向前倾，精瘦黧黑的双手，裸露在风中，拿着两块砖，一张一合，像一叶小船上的一对棹，搏击在波浪中，一前一后，撑着地面，聚集所有力气向前滑行，动作敏捷而灵活，与地面摩擦，发出"嘟嘟"的声响，有些内敛，又有些刺耳。远去的身影，渐渐渺小，越来越模糊，直至淹没在人群中。

从家里到店里大概一公里的路程，虽说不太远，但要经过三个红绿灯。过这么多红绿灯，父亲其实是不放心的，以往都是踏三轮车的父亲送。木多觉得总不能让父亲跟着自己一辈子吧。今天他和父亲说好了，从今往后，他要自己独自去店里。父亲说还是我送你吧，等蹬三轮车挣够了钱，帮着买个轮椅，再独自去上班。木多执意不肯，他说，他要凭自己的双手挣钱买轮椅。

梨木街菜场门前，提篮的，推车的，人来人往，熙熙攘攘。有人向木多投来同情的目光，他装着什么也没看见。几个晨练的大妈嘴里发出"啧啧"的叹息声，木多像个聋子似的，一面想着曾经的自己，一样的四肢健全，一样的阳光俊朗，不比别人少一样。但就在那日放学途中，绿灯亮了，一个小女孩突然挣脱奶奶的手，越过斑马线，仰着头，追着空中飘着的彩球，欢快地跑，刚巧一辆车朝着小女孩飞奔而来。他一步跨上前，推开女孩，车轮碾过双腿，造成截去双脚，成了今天这样子。

穿过流水似的人群，木多越过第二个红绿灯。他划动着的双手，像鼓涨的风帆，一刻不停，迤逦蛙行。直到一张百元大钞，像彩旗一样在他面前飘动，才把他从专心致志的神态中惊醒。

"小伙子，拿着，天冷，别再要了，回家吧，啊。"木多仰起脸，一张满月似的脸，正笑意盈盈地看着他。

"阿姨，您误会了，我不是要钱的，我这是去上班呢。"木多感激地说。

"哦，小伙子，好样的，路上注意安全啊。"

看着这些并无恶意，充满关爱的眼神，木多心头一热，脸上润开了红晕，身上多了些许暖意，刚刚的羞怯也少去不少，人也自在了许多，两块砖头在他手里划成两朵盛开的花。

没走几步，又有人走过来问。

"小伙子，你要到哪里去，要我帮你吗？"

"不要了大爷！"

一个推着自行车的中年男子朝他走来。

又一位扎着羊角辫的小姑娘向他走来。

木多一次次客气地道谢。神情淡定自若，依然如故。

天空阴沉着一张脸，细密的寒雨不紧不慢地下着，西北风一阵紧似一阵地吹，将街头的行人都刮跑了。

第三个红绿灯口终于出现在木多面前，他怔了怔，有些提心吊胆，他咬咬牙，鼓起勇气，拼尽全力划动双手，耳边有风呼呼吹过，头上有湿湿的液体往下流，像无数条虫子在脸上爬，他知道一定不是泪水，而是汗水，因为他知道，此刻流再多的泪水也无济于事。

马路很宽，泰山大道与宁树路是两条景观大道，成十字形交叉，面前这条宽50米的路让他很纠结。过马路的只有木多一个，等到他走到三分之一处时，绿灯突然亮了，木多心中有些发慌，但立时镇定下来。因为偌大的马路上平时车水马龙，此刻却没有一辆车在行驶，四面静悄悄的，仿佛时光凝固了一般。木多仰起头，环顾四周，东西南北，四个方向，所有的车辆都停在原地，一动不动，仿佛一个仪仗队，列队等他这样一个独特的贵宾。木多突然觉得自己多么像一个威仪非凡的国王，在接受所有人的注目礼。

木多蛙行过斑马线后，绿灯再度亮了，车辆走成了一条河，木多面前的路，一下子变得更加明朗。

原载《淮安文艺》2017年第3期

七阿太

○ 岑燮钧

　　七阿太死了，九十三岁。可是她不是寿终正寝的。

　　小的时候，我讨厌七阿太。有年夏天，七阿太在周塘桥的柳树下摆棒冰摊，正好我经过，她叫住我，说能不能替她管一下。她双手递给我一根棒冰，我嘴馋，就很乐意地答应了。

　　第二天，母亲回来，骂道，你怎么还欠着七阿太钱呢？我丈二和尚摸不着头脑，说没呀。

　　"你胆子真是越来越大了，竟敢赊钱买棒冰吃，看你爹不收拾你！"

　　我一听就急了。我说，你去问七阿太，是她自己给我吃的，棒冰都滴水了，吃一口就断掉了。母亲说，你骗谁啊，就是七阿太向我要的钱。我真是冤死了，急得都要哭了，母亲才和缓了口气。

　　此后，遇到七阿太，就是她给我打招呼，我都自管自走开。

　　可是，她还是好事。夏天游泳时，大家都从周塘桥上往下跳。她喊住我，说危险。当晚，母亲就声色俱厉地警告我，如果再从桥上往下跳，就不用再进这个门了！

　　好在，不久，她与我家反目成仇，就不用再多管闲事了。

我家的出水，自有这老房子以来，便是打从她家后门过的。阴沟水嘛，杂七杂八，不免是有点气味的。七阿太时不时要叫骂几句，而她小儿子做得更绝，干脆把沟填了。我父亲气不过，就和他理论。七阿太竟然破口大骂，她的五个儿子一起到场——这架势是显然的。

我家还是照样泼水，出水，后面积了水，就成了烂泥路。

从此，两家成了冤家。

七阿太与我家缓和关系，是从她与媳妇吵架开始的——那已经是十多年后了吧。

七阿太住在小儿子家的那一头。这间房说定了是归小儿子的，但须等七阿太百年之后。但是，小儿子也要讨儿媳妇了，房子紧，他们打算把自己的卧室让给儿子做新房，让七阿太让出前半间，他们搬进来。七阿太不肯，一则这是五兄弟分家时当着族里长辈说定的；二则打从她嫁过来就住在这间房，从来就没有动过，即使老头儿过世多年了，依旧摆着他的床；而更打紧的是，向阳的地方温暖，老年人怕冷，让了前半间，从此见不到阳光了。

这事最终没有成，媳妇见她像仇人，孙子从此也不再叫她一声"奶奶"。

本来，七阿太与小儿子一家同进一个门，同吃一锅饭。烧饭，汰菜，洗碗，扫地，都是七阿太的事。现在，那间房通向中间堂屋的门隔断了。

七阿太朝南开了一扇板门，另立门户，自个儿烧着吃了。

有一回下大雨，家里人都不在。等到母亲赶回来时，发现晒着的衣服都不见了。七阿太正坐在檐下念佛，她向我母亲招招手，原来她帮我们收进去了。

谢谢，谢谢！

勿用个，自己族里人嘛！

第二天，家里烧了毛芋艿，母亲让我端一碗给七阿太。

儿子媳妇都不在时，七阿太拄着拐杖到我家门前来唠嗑，我母亲掇出一把椅子让她坐。她已没了当年的凌厉，梳着"绕绕头"的发髻，插着一支木钗，白发多，黑发少，俨然是一个老太太了。

有一天，七阿太不知怎的，跌倒在那个烂泥路边的水潭里，正好我母亲看见了，软扶硬拽才把她拖起来。

此后，七阿太似乎衰了不少，时不时会有几天躺在床上，终于没法一个人过日子了。

族里的舆论很汹涌，几个长辈跟老大、老二说，你娘总得有人照顾啊。老大、老二的意思是一致的，当初说定了，房子归谁谁照顾，其他几个只须每月拿出一些饭钱就好。既然房子归阿小，就该阿小照顾。五兄弟一碰头，阿小媳妇不肯放弃房子，说我照顾了这么多年，临到头了，你们要来分房子！

于是，一切照旧。其他几个儿子媳妇偶然也有来看望的，但也就是看望一下。大儿子老得很厉害，佝偻着背，自顾不暇；老二媳妇最好，可是老二媳妇生癌了。

没人知道七阿太是怎样一天天过下去的。她在檐下晒太阳的日子越发少见。有时会听到儿子媳妇大声呵斥她什么，但她已老得说不了什么。我母亲有时会去看一看，七阿太总是说，为什么我不死呢？

小媳妇越发忙了。她要带孙子，管作坊，遇人总是叹息，上有老下有小，人家的婆婆都走了，可我没福气……

孙子又要造房，小儿子夫妇忙得脚底翻天，老房子的门总是关着。

"你孙子造大房子了，三楼三底，你高兴吗？"我母亲跟七阿太说。

"高兴高兴！"可是，她在擦眼泪。

这一天清早，有人在周塘桥上看到一双黑色的河蚌口布鞋，摆得齐齐整整的，上面还端端正正放着一件斜襟衣裳，几个经过的人都觉得奇怪——谁忘在这里的啊？

这时，猛听得一阵炮仗声，好生热闹——七阿太孙子的楼房上梁啦！

中午时分，不远处的埠头边，有人惊呼，一具死尸！撩上来一看，是个老太太——七阿太！

村里顿时炸开了锅。

小儿子事后回忆，清早三四点钟，他曾听得隔壁有轻微的响动。当时，他还看了一眼窗外：月亮晃晃的，像下雪了一样。

小儿子喃喃曰，娘，你这是要我好看啊！

原载《四川文学》2016 年第 9 期；《微型小说选刊》2017 年第 10 期选载

六公公

○ 岑燮钧

　　六公公在世的时候，六婆婆天天骂他"吭结煞人"。

　　六婆婆说，做人要有收成结果，可是，六公公呢——她十六岁从南山嫁过来。那时，公爹还在世，有十几亩地，稻桶、晒簟、箩筐、水车、风车、水桶、水磨……样样齐全。可是，到他手里，败得一干二净。

　　六公公说，我不败光又怎样？土改一来，还不照样割光。这份家当，留着也是个祸根。

　　六婆婆说，你强盗说强理，我还没见过像你这么不要脸的，那你去做独卵光棍，别来害大害小……

　　六公公嘴巴一撅，走人。都一把年纪了，还有什么好争的。

　　可是，六婆婆是个记恨的人，她是桩桩件件记在心。尽管，她与六公公分开过，但毕竟同在一个屋檐下。可以不同房，不同床，你还能不同锅吗？若是烧两次饭，那不更败家吗？所以，只得凑合着过。但六公公买来的菜，她是不吃的，她争一口气。

　　记得那一年，他在赌场上输急了，回家要钱。她正抱着孩子喂奶，一边烧饭，柴火有一捧没一捧的。他红着两个眼珠子，要她的戒指，她的耳环。她不给，他狗急跳墙，一把菜刀就飞过来，若不是她躲得快，就劈中孩子的头了。

这样的事情能忘吗？

六公公也不强辩，回头道，我是吭结煞人，你这么大本事，堆起了金山银山？

到年终，结算工分，六公公尚有结余；他们母子，还倒挂呢。

谁说我吭结煞人？六公公不说话，把钱藏好。

不久，生产队解散了。队里的家当，随便作个价，半卖半送。有人要了风车，有人要了箩筐，有人要了一把犁……出乎六婆婆的意料，六公公竟要了一只半新不旧的水泥船。六婆婆骂他，要这么个笨家伙有什么用？六公公说，说你女人家头发长见识短吧，你还嘴犟。没船，这麦子谷子怎么收到家里来？家家户户都要用船，儿子们也要用船。爹有船，我还问他们要船钱？别人用船，我是买来的，当然要租钱，三块也是，五块也是。若是木船，我还不买了呢，漏了，我修不起。可是这水泥船，五年十年也不会漏啊……

六婆婆第一次觉得男人做对了一件事。

六公公说，这是一本万利的事。

"阿六，你的一只船，我借两天可好？"一支香烟先递过来。来还船时，六公公说句"那我实受了"，就把钱放进裤裤里。

"六公公，你的一只船可有空，我地头还堆着三亩地的棉花秆呢。"

"啊哟，真是对不起，别人家已经说定了，过两天可好？"

以前，没人求着六公公；现在，时不时有人请他一支烟，来还船时，不但要付租钱，还要说几句好话呢。

六公公七十三岁那年，把船卖了。船很破了，都修了路，少有人租船了，正好公家征用，说是去筑坝，就索性卖掉了。六婆婆看着六公公数钱，揶揄道，现在，麻将可以搓得爽快点了！六公公哼了一声，妇道人家！

六婆婆见六公公忙进忙出，以为他真是忙着搓麻将，说，你还有工夫吃饭啊？六公公道，我是在忙做坟的事。老话讲，人生七十古来稀，我还能活几年？趁有几个闲钱，把坟做了，死了就有去处，也安生了。六婆婆道，你要做，自己做，我不跟你做一起。活着，我吃了你一辈子的苦；死了，我们各过各的吧。六公公道，你不要脸，我还要脸呢，传出去，多难听，给孩子们丢脸。坟由我去做，又不要你钱！

六公公兴兴头头忙做坟的事。他不用孩子们插手，知道他们忙。他自己联系石匠，联系泥水匠，还亲自跑了十多里路，上山监工，看着工匠平坟基，盘坟洞。等石匠把坟碑送上山时，他看了看坟碑上的字。自己的大名，刻在正中；右首是年份，左首是子孙。碑是小了点，可是穷人要大碑干什么，入土为安，也就够了。"破四旧"时，那些好人家的大碑，不都拆了，做埠头的做埠头，架涵洞的架涵洞，填路基的填路基，何尝有好下场？这样一想，也就释然。他又看了一遍，看有没有写错字，突然发现"德配何氏"的"德"字漏了。咋漏了呢？"配何氏"，也不算错，可是，人家的坟碑上，都写着"德配"，难道我的女人就不配"德"？好歹，她也拉扯大了一群孩子。六公公决定去找石匠理论。

石匠说，坟碑都已上山，晚了。六公公硬是让他上山去刻上"德"字。

六公公每年都要去看一趟自己的"寿域"，自己出钱造的，他挺满意。他被老太婆骂了一辈子"败家子"，临到头了，谁说自己没有收成结果？小队分散时，自己买了船；卖了船后，又自己造了坟。有了坟，就有了结果嘛！

终于，六公公走不动路了。村里，就数他男人堆里年纪最大。他摔了一跤，过了几个月，也走了，没什么大痛苦，也算得寿终正寝。走的时候，子孙都在身边，老太婆也在身边。

他对六婆婆说，你骂我吭结煞人，我好歹也自己做了坟。你再多活几年，旁边的坟洞，给你留着……

六婆婆不响，只是揩眼泪。

原载《小小说大世界》2017年第7期；《小说选刊》2017年第9期选载

胎　记

○ 梅凤艳

说到筑路队的彭大成，谁都认为他是个怪人，老板当得好好的，却突然不干了，来当民工，修马路。

刚来时彭大成三十岁不到，身材瘦小。到底是当过老板的，肤色挺白净，可就是成天黑着脸，皱着眉，闷头干活，默默吃饭，不招人喜欢。

休息天，工友们三五成群地打牌喝酒吹牛的时候，他人影早就不见了。

有人在背后议论，做老板一天要进账几千块，来修路一个月才进账几千元，这能比吗？这人肯定是神经出了问题！

也有人说，做生意就是压力大些，可总比日晒雨淋修马路强啊！咱这活儿可不是一般人吃得消的！我打包票，他做不了几天就要卷铺盖回家！到底当老板的，哪儿能吃得了这种苦？

还有人说，他估计是受了什么刺激了，要么，他老婆跟他离婚了？我有好几晚都听到他偷偷地捂着被子哭！怪可怜的！

更有人说，你担个什么心？一到休息天就野出去，肯定是去找女朋友了！这人，估计是闷骚型！

大家就哈哈乐一通，期待着看好戏，总有一天，彭大成会吃不消，从工地上逃跑。

有好奇的工友偷偷跟在彭大成后面，看他究竟出去干什么。结果，发现彭大成穿街走巷，只要一看见长得好看的小女孩，就去拉人家的手，捋人家的袖子，害得小女孩惊叫着躲到大人怀里。为此，他差点被人揍。幸好，他也就是捋袖子而已，没有更出格的举动。

难怪一个当老板的要来筑路，原来是个花痴，神经病！工友一宣扬，大伙儿耸肩，摇头，把他当成了危险人物，都不去搭理他。

筑路队倒是有吃不消当逃兵的，可彭大成没有。他像个机器人，哪里有活干就往哪里跑，人家在树底下乘凉，他穿着背心在大太阳下用石碾子滚路，汗水滴滴答答滴落在地上。晚上回到工棚，他用力揉着酸疼的肩膀，哎哟哎哟直叫唤。工友们暗笑他，小老板，你就逞能吧，看你逞能到什么时候！

让大家没有想到的是，彭大成这样整整干了十一年。他跟着筑路队，走南闯北，修了无数条路。他学会了以前不会干的活儿，扛大包，碾石子，搅黄沙，拌水泥，铺沥青，常年的风吹日晒，重体力劳动，让他小白脸变成了黑包公，满脸沧桑，树枝般细长的胳膊长出了小老鼠样的栗子肉。

有一天，工友们正在工棚里喝酒打牌，有个工友冲进来说，不好了不好了，彭大成被人打了！

工友们一窝蜂地冲出工棚，往出事地点跑去。

不远处，几个村民正抓住彭大成往死里揍，口里喊着，揍死你，老色鬼！彭大成一面抬高手臂护着脸，闪躲着人们的拳头，一面死死拉着一个女孩的手臂不放。那女孩大约十六七岁，长相秀丽，被他抓得摇摇晃晃，神情紧张。

工友们冲过去，喊着，赶紧放人！村民们怒吼，老色鬼！打死他！

工友们赶紧跟人家打招呼，说他有病，人是好人，放过他吧！又劝彭大成，放手，你还要不要命了？

彭大成还是发疯般抓住小姑娘不放，哈哈哈哈笑个不停！

工友们惊呆了。彭大成狂笑着抱住小姑娘，我……的……我的……村民的拳脚像雨点一样砸在他身上。

工友们看不下去了，护着彭大成，和村民推搡起来。眼看一场冲突就要爆发。

一个清脆的声音响起，别吵了！叔叔没伤害我！你们没听那几个叔叔说他有病吗？双方停了手，看向说话的小姑娘。

彭大成跪在地上，呜呜哭得像个泪人，一只手还是死拽着小姑娘的手臂不放。小姑娘秀美的脸上满是同情，边说边俯下身去给他擦眼泪。

警察来了，可彭大成还是不放开小姑娘。警察用力掰他抓小姑娘的手，掰也掰不开。

警察从他身上搜出一叠皱巴巴的寻人启事，大家看着寻人启事上的照片，感觉似曾相识。再看彭大成和小姑娘，眉眼有些相似。

寻人启事上说，找女儿，左上臂有一红色胎记。

几个村民证实，这小姑娘的确是十几年前她养父母抱养的。

小姑娘一脸惊讶地撩起了自己的左边衣袖，一块红色胎记赫然在目。

原载《芒种》2017年第3期；《小说选刊》2017年第2期转载

要是李白在就好了

○ 梅凤艳

李白回来了！李白回来了！人们奔走相告。

这是时光穿梭机发明后，现代人第一个想到请回来的古代名人。

气宇轩昂的李白踏出时光穿梭机的舱门，看着灰蒙蒙的天空，有点奇怪。怎么回事？今天是阴天？

来接他的人回答，不，我们这里一年四季，不管晴天雨天都这样，今天算好的了。

李白感慨道，没想到，一千多年过去了，气候变化如此之大！

他拿出随身带的酒壶，抿了一口酒。来接他的人忙道，别忙别忙，我们给您备好了酒宴，给您接风洗尘。

李白暗自欣喜。现代的人还真懂礼貌，不亚于大唐时啊！他高兴地捋着胡子，随着接他的人大步前进。

走着走着，前面来了个黑乎乎的会爬的家伙，吱的一声停在了李白面前，吓得他往后跳开。喂喂喂，什么鬼东西？

轿车，坐人的。

哦，李白的心还在剧烈地跳着，用手抚着胸口，脸色煞白。吓死老夫了！这该是轿子演变来的！

李白拎着衣服下摆，好不容易钻进了轿车。车猛地前进，又把他吓得不轻。哇，这东西比轿子和马车快多了！

到地方，他钻出轿车，一座灯火辉煌的豪华的宫殿矗立在他面前。

李白看得瞠目结舌。这是皇宫吗？比以前的皇宫还要豪华！

进去之后，有一排穿着旗袍的年轻女子朝他问好。他看着那些女子，心里要多别扭有多别扭。我们那时候，穿的衣服可不是这样的。这布紧紧地裹在身上，难受不难受啊！算了，时代不同了，要适应，入乡随俗！

灯火辉煌的大厅里，有上百张桌子，桌上摆了无数美味佳肴，把李白惊呆了。好家伙，这简直比以前皇帝的御宴还丰盛！李白有点飘飘然了。这些人，对我真的没说的！想当初，我让那几个家伙磨墨脱靴，被他们在皇帝面前说了坏话，惨遭流放，哪有这么多好东西吃啊！此刻，李白的心情颇有"轻舟已过万重山"的心境了。

在人们的簇拥下，李白落座。高脚杯里倒满了美酒，酒香扑鼻。李白肚里的馋虫咕咕叫了起来。

热烈欢迎唐朝伟大的诗人李白先生回来！李白起身，朝着四座拱手后落座。

有人开始介绍李白的伟大功绩，包括他的生平故事，有多少诗作，听得李白乐开了怀。没想到，我在后世还这么有名！李白品着美酒，飘飘欲仙。

人们争着给李白敬酒。李白先生，这是我们酒厂生产的酒，请您尝尝！我们酒厂有多少年的悠久历史，酒都是用纯正山泉水酿造出来的！李白抿了口酒，还没开口说话，另外一位端着酒杯又挤了过来。李白先生，来尝尝我们酒厂生产的酒。我们的酒，有独特的生产工艺，酒味香醇，出口美洲欧洲拉丁美洲非洲。李白一口喝了半杯，还没来得及说话，又来了一个人，端来了酒杯，李白先生，来尝尝我们厂的……

就这样，李白应付不暇，"金樽清酒斗十千，玉盘珍馐直万钱"，号称千杯不醉、万杯不倒的李白，根本都没来得及说自己品酒的感受，就醉了，被送到了宾馆。

等他醒过来，发现自己吐了一床一地。服务员给他换过新衣服，给他端来一杯蜂蜜水。他喝完，头还是昏昏沉沉的。

有人敲门。一群人闹哄哄地进来，手里拿着各种书本，递上一个小小的黑东西，李白先生，诚邀您当我们酒厂的代理，帮我们打广告。请您在合同书上签字。李白先生，我们酒厂也需要您打广告！我们也要！

李白有些晕了。他手一摊说，我不会用你们这种笔写字。于是，马上有工作人员拿出毛笔墨汁。李白摇头，这种是什么墨汁？臭烘烘的，我要现场磨出来的墨。立刻有酒厂老总亲自出马为他磨墨。李白龙飞凤舞地签上大名。签上一个，又签一个。到后来，他也不知道自己签的是什么了。有人抬着黑乎乎的机器对着他们，还咔嚓咔嚓按着，李白也不知那些人在干什么。酒厂老总要和穿着古装的李白握手，李白也不知那是什么礼节，推开那人，朝着大家拱了拱手。

从此，李白成了真正的明星，除了代理名酒广告，还有文具用品厂家来找他代理广告，李白牌墨汁诞生了。还有鞋厂找他来做广告，李白牌靴子开始生产。唐朝服装开始大行其道，李白又开始接服装广告。还有各种饭局排队等着他，那些当官的，做生意的，都要找个能挡酒的，李白又成了最佳人选。

各种网站要找写手，知道李白才华横溢，出口成章，也来找到李白，让他当什么枪手，供人写毕业论文评职称用。

李白忙得脚不点地，连睡觉工夫都没有，人日渐消瘦。李白很希望自己成为千手观音，把这些事情一下子搞定。

突然有一天，李白失踪了。有人说，他遁入山林，去当野人了。亲眼看到有人穿着古装，踩着谢公屐，唱着"安能摧眉折腰事权贵，使我不得开心颜"，那肯定是李白。

也有人说，现代人太过忙碌，压力太大，李白不喜欢这样的生活，四处旅游去了。有人曾看见他在某处山崖上新题的诗句。

还有人说，李白不喜欢现在的空气和饮食，总拉肚子，回唐朝去了。唐朝人的粗茶淡饭更配他胃口。

总之，众说纷纭。广告商们跌脚叹息，我们的后续广告都设计好了，这可怎么办呢？各种网站少了李白这个超级写手，点击率急剧下降。各种饭局上，当官的喝酒喝得趴在桌上，一脸可惜地说，要是李白在就好了！

发表于《吴江日报》2017年1月3日

癌 变

○ 盛利民

———————————————————————

两年前，丹江市环保局副局长王林被诊断为肺癌骨转移晚期。没有人想到，这个体型魁梧，性格爽朗，干什么都冲在一线的硬汉子，会在不惑之年突然病倒。大家为他感到痛心与惋惜。此后，王林做了肺部和左股骨两次大手术、六次化疗，受尽折磨和痛苦。

术后休息、化疗半年多，王林的病情有了些稳定，他便坐不住了，跑到局里要求上班。局长知道王林的脾气和酷爱工作的一贯作风，也知道癌症病人太清闲会胡思乱想不利于康复，就勉强同意了，并叮嘱王林，以恢复身体为主，弹性工作，千万别硬撑。

在20多年的工作经历中，王林工作勤奋，热爱事业，曾多次放弃工作调动和职务升迁，始终坚持在平凡而又责任重大的岗位上。特别是在罹癌的日子里，以顽强的意志与死神抗争，同时间赛跑，坚守岗位不离不弃，谱写了一曲环保人守护绿色生态的动人赞歌。

王林的事迹很快被重视，省、市新闻媒体纷纷作了报道，省里的环保部门决定把王林树为典型，并下发了向王林同志学习的通知。

王林的病情也很快得到上级有关领导和部门的关心，要求医院精心治疗，创造奇迹，争取让王林早日康复。

于是，省城几个最好的医院组成了临时专家组，对王林的病情进行会诊，研究进一步治疗的方案。在看了王林病情的有关资料后，专家组发现王林被误诊了。专家认为王林在市、省医院诊断为左肺部肺泡癌，而这两家医院出具的检验报告癌胚抗原正常，肺部两次病灶组织活检都没有发现癌细胞；全身骨扫描发现左股骨阴影，经左股骨病灶组织化验确诊为骨纤维异常增殖症。主治大夫没有认真察看病人检查的详细资料，就断定为"肺癌骨转移"晚期，是极其不负责任的医疗误诊事故，应当对有关责任人进行处理，对王林进行赔偿并告知真实情况。

专家组的报告很快呈上级领导和有关部门，但一直没有批复。

由于这个原因，王林的先进事迹报告表彰会也被担搁了下来。后来过了4个多月，上级班子有了调整，新来的领导作出了批示，要求对这起医疗事故做进一步的调查。同时强调，王林的精神是一以贯之的，树立这个典型不因为是他患了癌症，即便不是，也应该树，不能回避冷处理。

王林得知自己被误诊，大喜。但他没吭声，更加全身心投入工作。

新的专家调查组很快成立，并很快有了调查结果，认为王林确实患了肺癌。

王林又得知自己没有被误诊，伤心。但他没有消沉，坚持上班，继续积极配合精心治疗。

王林的事迹报告表彰会隆重召开。同时，对挖掘宣传他事迹的有功人员，也给予了表彰。

后来，王林感觉身体好得差不多了，又经过几次检查无大碍，便不再去医院。大家都说王林真幸运，专家组的水平到底不一样啊。

王林又恢复了正常的工作和生活。关于他的典型事迹，随着时间的消逝，也很快被人们淡化了。

原载《微型小说月报》2017年第8期

"疯"了的黄二妮

○ 盛利民

矿大毕业的黄虎，工作才一年多，就在井下的事故中遇难了。

尽管在矿车放大滑的一瞬间，和黄虎一起走在下山口的采煤队长本能地拿出全力，用肩膀使劲顶了一下这个年轻的技术员，想让他躲开死亡，但黄虎还是没能逃过一劫。

噩耗传来，如晴天霹雳，黄虎的母亲黄二妮想哭得死去活来，可怎么也号啕不起来。她不吃不喝不睡，沙哑的嗓门里老是念叨着，这是做噩梦吧，这是噩梦吧，然后用牙咬手，哭泣着说，快醒醒，快醒醒啊。感觉不到有多疼，可看到手上全是血，黄二妮的眼睛里滚出了大颗大颗的泪珠，眼神绝望痴呆。看她这肝肠寸断的模样，亲属们拽着她的手，抱着她的头，二妮啊二妮，这不是梦啊不是啊。于是，家里哭声连天，传得很远，全村家家户户都没有了声响，笼罩在悲哀之中。

没几天工夫，黄二妮的头发全白了，人一下子苍老了十五六岁。而且在黄虎火化的这一天，她还疯了。医生说，受刺激太大，痛苦释放不出来，以后可能时好时坏。

落葬的时候，黄二妮把黄虎的骨灰盒紧紧抱在怀里，死活不肯放手。到了墓地，她二话没说，抱着骨灰盒跳进已挖好的坑里，她说，把俺也埋了，一起埋了。任凭强壮的男人怎么拽，任凭你说什么入土为安，就是不上来。

亲属们心疼又心软，就说那暂时就放家里吧，等到了冬至再入土。

大约过了几个月，黄二妮背着两个包袱，出现在矿上了。大家叫她"疯二妮"。门卫想拦，可经不住"疯二妮"昼夜的纠缠，疲惫不堪，只好打退堂鼓。保卫科的人想撵，可"疯二妮"用手和腿盘着树，拽不动她，现场的矿工纷纷同情，保卫科也只好撤兵。让她转悠吧，没啥新鲜事，她还不回家？

"疯二妮"上过中学，因读不起大学，毕业后回家务农。她聪明好学，一边干农活，一边看书学习，后来被乡里的小学聘为代课老师。在教书期间，她利用业余时间，自学成才，最终拿到大学文凭，进了教师编制。在学校她与一位教师结婚生子，没多久又离了婚，一个人把儿子黄虎拉扯大。

"疯二妮"在矿上疯疯癫癫转悠，喜欢在安全宣传栏前停留。在此，她东看看，西瞧瞧，还用手指在手心里比画着什么。看累了，她就在宣传栏后面的树荫底下休息，从包袱里拿出水和馍馍。食堂炊事员看"疯二妮"可怜，经常把热乎乎的饭菜打给她吃，临走时还用塑料袋装些馍馍咸菜和矿泉水，让她在不着顿时有吃的，不饿肚子。到了寒冬腊月，管女澡堂的大姐，也会引导"疯二妮"到澡堂的某一个角落避寒或过夜。没人时，还让她去洗淋浴。看到"疯二妮"脱去衣服，露出洁白的皮肤和娇好身材，与苍老面容、满头白发形成强烈反差时，管澡堂的大姐眼圈立马就红了起来，扭过头，再也不忍心去看她。唉，还不到四十五岁，看上去像个老太婆，作孽啊。洗完了，大姐还会用电吹风给"疯二妮"吹干白发，梳理整齐。边梳妆，边在她身后暗暗落泪，"疯二妮"并不知道，还发出阵阵的傻笑。

井口和矿灯房过道，也是"疯二妮"最乐意转悠的地方。看到矿工把镐头、风钻之类的工具提在手上，她就会摇摇晃晃走上前，做一个把东西扛在肩上的动作。看到下井的矿工不按规程要求佩戴矿灯和小五金工具，她也会嚷嚷着，反复做系皮带的动作。"疯二妮"的这些举动，常常会引来矿工们的哄堂大笑，说这"疯二妮"还有点明白。笑完了，就按"疯二妮"的指点去做，对安全也陡然增添了一份警示。要是有人不搭理，"疯二妮"就会拿一个盒子模样的包袱，在你面前高高举起，意思是不听话就砸你。有人说那个包袱里装的是黄虎的骨灰盒，也有的说是一个木盒子，里边装着黄虎的照片和部分遗物。到底装的是什么，其实谁也没有见过，只是猜测而已。不过，只要"疯二妮"做这个要砸的动作，不搭理她的矿工，就会乖乖地按照安全规程去做。只要"疯二妮"在井口转悠，井口上中夜班的工人就不敢找地方打瞌睡了，怕万一没看牢，"疯二妮"掉井里担责任，也怕她扔煤块过来，砸疼自己。

一天，省里安全检查团到矿上检查安全生产工作，矿长关照，看着点"疯二妮"，别让她有碍观瞻。可当检查团十几号人到达井口准备下井的时候，"疯二妮"不知从哪里突然冒了出来，把矿长气得脸色发青，话也说不上来。他恼怒地把手一扬，井口工人一哄而上，架着"疯二妮"就往外拖。可"疯二妮"的脚顶着轨道枕木，有点拖不动，现场嘈杂。检查团里一位领导问矿长这是咋回事，矿长把"疯二妮"的大概情况作了简短汇报。领导问，她扰乱生产生活秩序伤及无辜吗？矿长回答，那倒没有，她还在矿上转悠纠正职工违规行为呢。领导听了后说，那你们还撵人家干吗？她可是安全生产活生生的教材，矿上应该给她管吃管住管看病，让她尽快痊愈，恢复正常。

工人们松开了手。"疯二妮"也仿佛听懂了领导的话，向他伸出大拇指。

矿上给"疯二妮"解决了吃住看病，并让"疯二妮"的姊妹到矿上陪她。可"疯二妮"似乎不领情，还是整天在矿上东看看，西转转，把转悠的范围扩大到了各采掘队的班前班后会。晚上不太乐意睡宿舍，还经常睡在露天"值夜班"。

矿上越来越重视安全生产，出巨资购买安全生产设备，各生产作业点全部装上安全智能监控系统，人身事故明显减少。而"疯二妮"在矿上转悠的频率也与事故减少的数量成正比。

渐渐地，在矿上看不到"疯二妮"的身影了，矿工们戏谑地说"疯二妮""下岗了"。

大概过了近三年，"疯二妮"嫁了一个心疼她的男人，并且得了一个儿子，取名黄二虎。

原载《江苏安全生产》2017年第12期

老片子

○ 熊荟蓉

老婆凤霞又在看《射雕英雄传》。

龙腾劈手夺过遥控器："看头知道尾，看了千百遍了，还没看厌吗？换台换台！"

"哎，别换别换，我正看到兴头上，你看这包惜弱……"凤霞又将遥控器抢过去。

"包惜弱最后不是自尽了吗？有啥好看的！换个新片看吧！"

龙腾又要来夺遥控器，被凤霞连声驱赶："去去去，你玩你的去，别跟我抢电视！"

龙腾就等这句话，一道烟出了门。

龙腾直奔紫怡所住的西江月小区。这小区的名字诗意，单身的紫怡把自己的居室也收拾得诗意。龙腾喜欢紫怡家里那缕淡淡的香味，这是自家那些老旧的家具发不出来的。

紫怡喜欢制造惊喜。但今天龙腾一打开门，还是吓得倒退了几步。满屋子的树，竖着紫色头发戴着棕色面具的紫怡，下半身就围了几片树叶。

"龙哥龙哥！"紫怡一把将龙腾拽进屋子，将门关上，"龙哥，喜欢吗？森林小屋，鸟语花香！你看，我还买了画眉和鹦鹉……"

"不错不错。你先把这面具取了吧！怪吓人的！"龙腾说。

"哈哈哈！"紫怡笑得树叶乱颤，"这哪是面具？是海藻面

141

膜!"紫怡揭下面膜,露出鸡蛋清般光洁的面颜。

龙腾忍不住就扑上去啃这鸡蛋清,啃着啃着,就啃到床上了。云雨正浓处,紫怡说:"龙哥,你不是说女儿一上大学就跟她拜拜吗?我还等着你的准信儿呢!你看我把这居室环境都弄成碱性的了,就是为了给你生儿子!"

"放心!下个月,一定把这事办妥!"龙腾嘴上应着,心里早打定主意了。玉霞已是一部老片子,看头知道尾。而小十岁的紫怡,就是一部新剧,每一章都精彩刺激。哪个男人不想再年轻一遍呢?龙腾在少妻、幼子、鸟语花香的憧憬中沉沉睡去。

一觉醒来,紫怡还在一边玩手机一边看电视,是新剧《花千骨》。为了跟上紫怡的节奏,龙腾抽空在网上看过几集,就问:"紫怡,你说花千骨为啥偏偏爱上白子画呢?"

"白子画最帅嘛!一袭白衣,飘飘欲仙。他是长留上仙,位高权重。还有,他最大方!断念剑和流光琴这样的宝贝,也舍得给花千骨……"紫怡拨弄着手机,随口说,"龙哥你太小儿科了,连密码都不会设复杂点。我刚才尝试登你的支付宝玩,一下子就进去了。你的支付宝,咋只有那么点钱?刚好够付这些树款……"

"啊,我卡里的钱,是准备给女儿买钢琴的,你都买树了?"龙腾惊得坐起来。

紫怡用陌生的眼神打量着他:"龙哥,你不会连这点小钱也舍不得给我吧?嫁人嫁人,穿金戴银。我还等着您给我买结婚大钻戒呢!"

龙腾看到床头镜里自己华发初现、鱼尾拖拽的形象,彻底醒了。一个老科长!一不帅,二无权,三没钱。自己也不过是部老片子,很快就会被紫怡看穿的。龙腾匆匆穿了衣服回家。

"回来了。正好,郭靖终于逃出来了,与黄蓉也和好了!"玉霞说。

龙腾突然问玉霞:"你说黄蓉为啥偏偏爱上二愣子郭靖呢?"

玉霞说:"郭靖傻呗!傻人实心,忠贞不渝,能共患难……"

龙腾明知道玉霞会这么说,但今晚真听她这么说,竟觉得无限温暖。老片子了,看头知道尾,又有啥不好呢?

原载《天池小小说》2017年第3期

钓鱼王

○ 熊荟蓉

门吱呀一声轻响，老黑就一个鲤鱼打挺从床上弹起来："哎哟，大天亮了，你咋不叫醒我？"黑嫂说："看你睡得香，周末嘛，多睡会儿！"老黑胡乱套了几件衣服，打开手机，铃声水泡般一个个咕噜咕噜冒出来。老黑喃喃道："糟了，都在等我！"抓起地上的渔具包就向楼下冲。黑嫂跟着赶出去："馒头！水！"

老黑这一出去，日薄西山才回来。只要他的摩托车在校门口一响，零零星星的人就鱼一样游过来。"哇，又是大半桶！""哟，这翘嘴，有六七两啊！""这黑胡子鲇鱼不错呀！"老黑憨憨笑着："喜欢就拿走吧！钓的，没顶本！"往往回到家，大半桶就变成小半桶了。

老黑其实姓白，原本白面书生一枚，自从迷上钓鱼，风吹日晒，就成了老黑。老黑有鱼福。不管活水死水，他把竿子一抛，那大小鱼儿就像听到召唤一般都来了。

跟着老黑出去野钓的人越来越多，但是，跟老黑用同样的鱼竿，下同样的鱼饵，钓同一片水域，别人的鱼漂纹丝不动，而老黑闹着玩儿似的，一甩一个小白条，一拉一尾红鲤鱼。有人开玩笑说，老黑是数学老师，肯定甩的抛物线不同。又有人说，老黑身上有腥味，鱼是冲着他的气味来的。不管怎样，老黑成了远近闻名的钓鱼王。

人怕出名猪怕壮，这一出名，麻烦就来了。

先是教导主任的夫人找到他："黑哥啊，听说你钓了不少黑壳子鲫鱼，我弟妹刚落月，能不能卖给我几斤？"老黑憨憨一笑："瞧您客气的，尽管拿走吧！都是钓的，又没顶本！"

接着是副校长大人对他说："黑哥啊，我们家老爷子最爱吃豆瓣干鱼，能不能卖给我几斤？"老黑憨憨一笑："瞧您客气的，我们家晒的干鱼多着呢，尽管挑！又没顶本！"

副校长夫人挑了几斤翘嘴走了。老黑寻思，该给正校长家送几斤。就将比较成型的鲢鱼块、边鱼块挑出来。黑嫂见了，将那些小刁子鱼拢到一堆，说："给我们厂长也送点吧，他平时蛮照顾我的。"攒了几个月的鱼，就剩一些小鲫鱼了。黑嫂突然一拍脑门："我还答应过我干姊妹的。这些给她算了。"

此后，老黑不断地想起一些该送鱼的人。比如，省城的姐夫，过去帮了自己不少忙，却一直没啥回报的。寄几斤干鱼过去，对方特高兴："这是环保鱼啊，香！"再比如，儿子的领导，那可真是个好官！儿子拜年送去的名烟名酒，他都退了。但儿子将老爸钓的鱼送过去，领导就笑眯眯地接受了，还说："绿色鱼，好！"

很多人，尤其是领导，送了第一次，就会有第二次。渐渐地，老黑周末钓鱼的压力倍增。他现在出去，都是买不同的鱼饵，同时放三四根鱼竿，此起彼伏，一天到晚，拉得胳膊发麻。回到家，剖鱼、腌制，还得忙半夜。接着是晒鱼，碰到天气好，一批鱼晒两个太阳。若是连绵阴雨，满屋子都是鱼腥气。为了把鱼积攒下来送人，老黑家已经很长时间没吃鱼了。就算这样，仍然是钓不敷出。

这天出师不利，日到中天还只钓了几条小鲫鱼，想到许诺给某领导的几斤干鱼，老黑心里发慌。突然，他灵机一动，开上摩托车朝邻镇的集贸市场奔去。一张金百元甩出去，十来斤大小品种不等的鱼提回来，跟钓的一样。这以后，每个周末，他都是半钓半买。

然而，老黑还是出事了。上个周末晌午，黑嫂突然接到老黑钓友老陈的电话，等她火急火燎地赶到那个毛林草深的野滩边，拨开一层层人墙，看见老黑还趴在地上，从左肩到左手再到左脚全部被烧煳了。法医鉴定，老黑是因鱼竿甩到高压线上触电身亡的。

老黑的灵柩边摆放着十来根他生前用过的鱼竿，还有各种线、钩、轮、坠、漂……据内行人说，这一套工具，值两万多元。

老黑的领导、黑嫂的领导、儿子的领导眼里都泛起了泪花，他们现在才知道，原来钓鱼要下这么大的本。

原载《检察日报》2017年2月16日

连心诀

○ 荒 城

胡铁匠四仰八叉地卧在床上，见铁牛带着陈秀才推门走了进来，便指了指自己的胸口。秀才轻轻揭开他胸口的布衫，一个黑色的掌印赫然入眼。陈秀才又让胡铁匠翻身，查看后背，只见那个掌印穿胸而过，在后背留下了一个红色的印痕。

不待陈秀才发问，胡铁匠抢先说道："陈先生，我是让你来画画的，喀喀，我是活不过今夜了……"

陈秀才点了点头，长长叹了一口气。转瞬又问道："这是黑砂掌，还是朱砂掌？"

胡铁匠说："不是黑砂掌，也不是朱砂掌。这两路掌法虽然阴毒，但最多只能打断筋骨，不像这路掌法，力能透胸，却不碎胸，掌劲使五脏六腑悉数移位，如果用药，反而可诱使伤情加剧，故此伤者少有生还。"

"那究竟是何种掌法？"

"先生真不知道这路掌法？这是湘西凤凰城钟菱的风雷掌。掌势动静如风，无影无形，中者体内若奔雷滚动，待风隐雷遁之时，也就是伤者大限之时。"

陈秀才脸上掠过一丝不安："寻仇？"

"爱恨情仇，谁说得明白！"

这时，风四娘提着陈秀才的家什盒子走进来，鞋上沾满泥水，而那只蝴蝶补丁却干干净净，寸尘不染。四娘站在屋子中央，也不走近，看看胡铁匠微闭双眼，微微蹙了蹙眉。

陈秀才叹息了一阵，转身接过风四娘手中的盒子，把文房四宝铺开，再吩咐风四娘研墨。

"陈先生，我并不是找你来为我画遗像，请先生来，是希望先生破例一次。我这些年在打铁之余潜心研创了一套刀法，名曰'连心决'想请先生记录下来。"

胡铁匠微微一笑，奋力起身，走到熄灭的火炉前，伸出手在炉灰中一探，提起一只刀柄，再一拉，拉出一口黑色的大刀来。

陈秀才上前一看，脱口赞道："好一口玄铁陌刀！"

胡铁匠一边运气一边说道："此刀乃昔日唐将李嗣业征大食所用，辗转间传到我胡家，至今已数百年，可惜如此神兵利器只能埋没于胡某之手。"

胡铁匠调息完毕，一伸手，已抄刀在手。陈秀才也叫一声好，手中画笔没入墨水之中。胡铁匠的刀稳稳向前推出，慢慢一招一招使出，身体似乎摇摇晃晃，但都在欲倒未倒之际突换步法，将劲力化去："陈先生，这第一式，叫心灰意懒。"

"第二式，心烦意乱。"只见胡铁匠的刀法越使越快，小屋之中，烛影摇曳，沉重的大刀被铁匠舞得呼呼风起，杀招源源不断地递出，陈秀才却是眼如闪电，笔走龙蛇，看得旁观三人目瞪口呆……

"第三十六式，心如止水。"约莫一盏茶的工夫，胡铁匠已经一边把三十六式刀法演练了三遍，一边背诵心法口诀，让陈秀才详尽地记录下来。

须臾后，刀停笔落，二人相视哈哈大笑。

陈秀才说："快哉！数十年来一直给人画遗像，忒无情趣，还是这笔下的武功让人痛快。"说完，一笔一画地在封面上写上"连心决"三字。

大功告成，胡铁匠脸上的红光渐渐退去，呼吸变得沉重起来，风四娘连忙拉出一把椅子，扶他坐下。

夜风挟着雨滴从窗口吹进来，颇有一阵寒意。胡铁匠有气无力地歪在椅子里面，摩挲着那套刀谱，他看着陈秀才，突然说道："陈先生，可借尊夫人说句话吗？"秀才似早有预料，闻言看了风四娘一眼，轻笑一下："胡将军，自从你搬到大风镇来不久我就知道你的底细了，只是不便贸然提起。今日既然事已至此，不如把该了的都了了吧。"话音一顿，又对风四娘说，"生在乱世之中，大家都有不得已的苦衷，该放的，就放下吧。"说完掩门而去。

胡铁匠的眼睛已经有一点迷离，他努力抬头看着伫立不动的风四娘，喃喃地说着："我得知你嫁给了陈秀才，自知你我今生缘分已尽，不便相认，只好搬到大风镇来，与你家比邻而居，已经十年了……"

风四娘深深地叹一口气，望着窗沿上的雨滴："想当年你追随杨公，在洞庭湖起事，本已约定待事成之后再回来接我，没想到战事失利，从此便没有了你的音信，我四处寻你不得，若非陈秀才收留，我早命丧黄泉了。也早知道你已寻到大风镇来了，只是陈秀才待我不薄，当年若不是他收留我，我早命丧黄泉了……"

胡铁匠试图从椅子上站起身来，挣扎了一下，无能为力，只好放弃努力，跌回椅子里，重重地喘了几口气，继续说道："洞庭湖战事失利，我重伤被擒，即将斩首之时，是钟菱将我救出，留我隐藏在凤凰城，我四处托人打听你的下落而不得，以为你已经……唉，后来老城主把钟菱许配给我，没想到两年后，我竟探听到了你的下落……"

话音未落，一个黑衣女子从窗口飘然而至，头戴斗篷，身披大氅，腰间挂着两把弯刀，以黑巾遮面。来得太快，带进一股劲风，屋内的三支蜡烛瞬时被吹灭两支。来人上前一步，看着椅子里的胡铁匠已经三魂幽幽，七魄荡荡，冷笑了一声，又转身向风四娘，"哼哼，你竟然也在这里，很好，省去我再费周折了。"

风四娘见她眼神中透出一股凌厉的杀机，知道这就是钟菱不假了，心知今日这关是过不去了，反倒放宽了心，朗声说道："胡铁匠是得到了我的消息才离开凤凰城的，此事因我而起，你杀了我便是，不必记恨于他。"

"说得轻巧！"钟菱怒不可遏，逼上一步，"我们成亲刚两年，他得到消息，知道你还活着，便带着铁牛不声不响地离开，江湖上无人不知我堂堂凤凰城大小姐被丈夫抛弃，这口气叫我如何能忍？我找了他十年，为的就是一掌打死他，今天你们两个不是相见了吗？好，我就成全你们……"说着，忽地举起了右掌。

"住手！"胡铁匠见她要朝凤四娘下毒手，也不知道哪来的力气，猛地站了起来，厉声喝道，"钟菱，你不要为难四娘。当年带着铁牛不告而别，导致老城主吐血身亡，引来仇家落井下石，围攻凤凰城，使得钟家基业一旦尽废，此事不要记在四娘身上……昨夜你来偷袭，我就知道是你，故此没有还手，既然你还不肯甘休，罢，罢，罢……"话音未落，胡铁匠身子往前一扑，顺势一滚，双手已经抓起了靠在床边的那口陌刀，忽地掉过头来，猛地一拉，大刀就如一支黑色的羽箭，倏地没入了胸膛之中。

……

三天后，大风镇外的官道上，铁牛和钟菱相伴而行。

"娘，你要带我去哪里？"

"去你该去的地方。"

"爹的陌刀和'连心决'呢？"

"交给陈秀才和凤四娘了，想必，这也是你爹的意愿吧。"

"凤四娘？你杀了她吗？"

"没有。我羡慕她，也讨厌她，你记住，你讨厌一个人，就让她一直活下去。"

……

获2017年"温瑞安杯"世界华文武侠微型小说征文一等奖

证 人

○ 津子围

　　华子正在吃早饭，母亲拎着熨好的衣服过来，看见桌子上的"吉利粥"原封未动，不满地数落起来，监督他吃下去。

　　堂屋大门敞开着，外面小雨淅淅沥沥，一只公鸡和五只母鸡躲进屋子里避雨，空气中弥漫着腥气。母亲嘟囔着，你爹都烧了七期了，法庭总算有了消息，如果法庭没动静，外人还不知道怎么看熊咱家呢！杀父之仇，换了西塘吴家老二，早拎着斧头去砍人了……妈不是鼓弄你胡来，可你也太软脚了，当了几年小学教师，一年比一年文弱。

　　华子说：妈，您尽管放心吧，爹说过，宁愿站着死也不跪着生！母亲眼里汪出泪来，她说魏强那个天杀的，头顶生疮，脚下流脓，十里八乡谁不晓得他是个赖头，政府都拿他没办法儿，咱小百姓还不任由他欺负？这回你爹冤死在他手里，只能你出头给他讨个公道了！

　　华子说，我知道。

　　华子出门时，两只公鸡在院子里斗了起来，鸡冠子耷拉着，一头血红，可它们脖子上的羽毛还支棱着，哪个都不肯认输罢休。

　　在县法院门口，郝律师从轿车里移出了胖墩墩的身子，主动和华子打招呼。郝律师说，不瞒你说，魏强那边托人找过我，他们的意思，刑期短点，钱可以多赔。华子瞪大眼睛说，想用钱来买刑期啊？郝律师说，你放心，他们是买通不了我的，你也知道，我对魏强也恨之入骨，这十来年，我参与他不少官司，窝心上火十来年了……

华子思忖着问，刑事能判多少呢？我看法律规定最高三年。郝律师说，不、不，魏强是全部责任，法律规定是3—7年。

华子叹了口气说，如果我爹有过错，会怎样呢？郝律师愣了一下，说，你爹没过错，一个老人大雨天过马路，被一个醉鬼撞飞了……

华子说假设，假设他也有过错呢？郝律师看了看华子，低下头说，那就要大打折扣了。

刑期吗？华子问。郝律师说不光刑期，全部打折扣了。

华子沉默了。郝律师搌了搌华子单薄的肩膀，说，一会儿你要庭上做证，万万不可意志松懈……华子，你是受害人，不要怕他，不要好人怕坏人！我们要用法律的武器惩罚罪犯，讨回公道。

法庭开庭时出乎郝律师和华子的预料，人不多，并没有魏强那头壮声势和闹事儿的人。天阴着，尽管大厅里的灯全开着，法庭里还是显得晦暗。双方律师开始陈述，华子瞥了一眼窗外，精神开始溜号。

出事那天下午父亲出现在小学教室窗前，他穿着修补过的黑色雨衣。华子从教室里出来，问，爹，有事吗？父亲说没事儿，就是想来看看你。华子愣了一下，说我天天回家，又不是不见面……父亲没说话，只是死死地盯着华子看，仿佛一眼没看住华子就消失了一样。华子说爹，没什么事我还要回去上课，还有，你回去时小心一点，下雨路滑。爹点了点头，见华子转身，又补充说，华子，爹跟你说句话，你爹没本事，你没借爹的光，你娘也没跟我享福，你知道，爹剩下的日子不多了，如果爹走了，你要照顾好你娘！

华子下班回家，爹还没回来，他打伞外出去找爹，找到十点半也没找到，再后来听到的就是噩耗。……那个雨夜，魏强从经常出没的酒店出来，快速拐过有监控的路口时，迎面撞到一个黑色的物体，车冲上人行道才停住。魏强冒雨下车，大概发现人已经死了，他见四下无人，慌乱中驾车逃逸了。

除了事实，华子的脑子里还进出了另一个画面，癌症晚期确诊之后，爹就开始精心谋划这起事故了。这个事故成立是有前提条件的：一是物质补偿。他之所以选择车祸的方式，离世之后他还可以给家人留下一笔财富。二是明确的嫁祸对象。父亲是个老实人，他不会有意去害人的，魏强不同，魏强是他的仇人，当年老房子动迁，乡政府动迁补偿协议是9万元，魏强找上门来，要给12万元，强行让父亲签字画押转给他，他耍赖打横，从政府那里赖了20万元，而答应给父亲的12万元却迟迟不兑现，拖了两年才给8万元。父亲窝囊了一辈子，一口气憋在心里出不来。三是魏强天天在酒店歌厅里厮混，时常酒后驾车，横冲直撞。于是，一起致人死亡的交通事故在雨夜里发生了，华子家将获得几十万元的补偿，魏强也将受到法律审判，还得蹲监狱。问题是，这个案子也有瑕疵，比如父亲的主观意图，被撞和故意被撞的性质是不同的，父亲那天下午去学校看他，说了什么只有他自己知道，这样看来，案子的关键在华子这个证人手里。

轮到华子做证了，他凝视了国徽好一会儿。

华子说，在此我要向法庭陈述另外一些事实，事故当天下午，我父亲去学校找过我……法庭哗然。郝律师焦急地站起来，不顾程序地向华子提醒道：华子，你要维护法律的公正啊！华子冷静地说，我就是在维护法律的公正！……华子眼睛里噙满了泪水，他说，我是一名教师啊！

获2017年"光辉奖"世界华文法治微小说征文大奖赛特等奖

重修家规

○ 杨安民

小车在山路上奔驰，县环保局包局长思绪万千。

本来，陆老板的表弟何从省城回来，陆老板已经约好自己，说何要见见自己一面。这何同志可不是一般的人物，在省里一重要部门任职，虽然位不高，却掌握着地方要员升迁的生杀大权。估计，如果不是为了陆老板那件事，恐怕自己打着灯笼去排队，一年半载也没有办法见到何。唉！整治九州江流域指挥部总指挥这个主角，谁也不喜欢当呀。那天，为了陆老板那距离九州江边不到两百米远的化工厂是拆还是留一事，包局长不敢擅自做主，亲自去请示了县分管环保工作的头头。头头冷冷地瞟了一眼包局长，将手中的那半截雪茄香烟捏灭。包局长眼尖，这可是陆老板最喜欢烧的天价香烟。老半天过去，头头才模棱两可道："这些鸡毛蒜皮的小事还用得着请示吗？大胆办嘛——"

在这关键的时候，陆老板的表弟从省城里杀回来，并主动要见见自己，这可不是……

偏偏在这时刻，父亲来电话，说有重大的事情要和自己商量，让他务必于今天上午赶回老家一趟。

父亲的犟是出了名的。那一年，三叔摊上了大事吃了子弹后，三婶要将三叔的骨灰放在包氏祖坟里面埋葬。谁知道，父亲捧出一本族谱头头是道："凡有作奸犯科的不肖子孙，均不得埋葬于祖坟内。老祖宗留下来的家规不能坏。"为此，三叔只能远远地待在包氏祖坟对面的荒山孤冢里。二十年来，三婶每每从县城回来上坟，从来没有和父亲说过话。

快要回到老家的村庄，包局长老远就看见父亲佝偻着腰在村头徘徊，当来到父亲的面前，他急忙停车下来。父亲指着前面的九州江说："还有记忆吗？小时候你可是经常在江中冲浪呀，老豆我千方百计想阻挡也拦不住你。"包局长不禁微笑着点了点头。父亲缓了一口气，蛮关切地说："现在的天气也是十分炎热的，扳起手指算算，大学毕业后你在机关里蹲的日子也不短啦，想必也患下腰痛颈痛之类的毛病了吧？经常游泳可是最好的治疗办法。"话锋一转，父亲严厉地说，"不过，现在你还敢到江中再游一回吗？"望着那黑色混浊的九州江水，包局长的脑袋如同拨浪鼓一般摇晃着。父亲沉着脸大声说："上车——"

回到家，大厅里包氏远祖包拯的画像下，几个德高望重的叔公已经相聚在那里品茶烧烟。包局长一一和他们打招呼。父亲涨红着眼睛说："老大，到了你这一代，你也是一个响当当的人物了，可不能步你三叔的后尘……"包局长点了点头。父亲接着往下说："作为父辈，我们不求你官拜封疆大吏，但是拿国家薪水，起码要对得住天地良心，对得起衣食老百姓，刚才你都看到啦，九州江……"说到这里，父亲捂住心头说不下去了，他停了好一会后方才继续说，"国有国法，家有家规。所以，我们几个决定在有生之年，重新修订包氏家规，不过也仅仅是作一些小小的增加，大部分我已经抄好了，还有一句你帮我抄上去。"包局长手握毛笔，跃入眼睑的文字是"凡有作奸犯科不肖子孙，均不得埋葬于祖坟内"。父亲一字一顿地口授道："凡当官不为民做主者，均视为不肖子孙，与作奸犯科者等而视之。"

包局长公公正正地书写着，不敢有半点马虎。

当放下手中的毛笔时，包局长顿时感到浑身浩然正气，与此同时，他看到茶几上的烟灰缸居然有几个雪茄牌子的香烟烟蒂。父亲嗜好香烟不假，但是他一贯以来只是烧两三块钱一包的香烟，怎么会有……他一脸狐疑地盯着父亲。父亲不无有意地说："太阳快要从西边出来啦，竟然有人提着十万八万来为我这个乡下老头庆祝生日呢。"顿时，包局长大吃一惊，父亲笑眯眯道："我不是你三叔那个软骨头，也不敢把老鼠药当黄豆吃，天上怎么会白白掉下大肉饼呢？我这里没有后门可走，不过我倒是担心你……"说到这里，父亲提高八度的声音，"明后年九州江的水如果再不渐渐地变清起来，你就不要认我这个父亲。"

此时，陆老板有电话打进来，包局长接过电话片刻，他底气十足地大声说："陆老板请理解支持，你的化工厂一定要关闭。"

此文获 2017 "光辉奖" 世界华文法治微型小说大奖赛一等奖

一把转椅

○ 张华亭

　　省委一纸调令，将我从塞外调到廊坊。当我提着简单的行囊走进办公室时，我突然觉得环境有些陌生。在当时，市委常委一般全部集中在市委大院内的平房办公。市委书记的办公室和我在地委工作时大体也差不多，无非是一桌、一椅，一个暖水瓶，一部电话机，一套简易沙发，一组书柜而已。唯一和我在地委不一样的，是在我办公桌的对面，放着一把木架皮面转椅。

　　看着有些碍眼的木转椅，我皱起了眉头。我想这把破转椅放置在此似乎不太正常，同僚或下属来办公室谈工作，难道坐这样的破椅子？当然，这样也好，可以面对面，可以推心置腹，还可以唠唠家常，回忆过去的年代。与此同时，也少了一种令人讨厌的居高临下的感觉。不过时间长了，我对这把转椅便有了几分警惕。显然，它是针对我的，不然为什么不换一把好一点的椅子呢？

　　我仔细端详过木转椅：它面目沧桑，似有一些年月了。其木制的框架虽还算牢靠，但漆皮已斑驳脱落；座面的牛皮已龟裂，开口处已露出包裹棕榈的粗粗麻布。我坐上去，稍一转动，连接椅脚和椅面的转轴处便发出不堪重负的吱吱呀呀的呻吟，听起来颇让人觉得有几分痛苦心烦。我生气地想，就算是发扬革命光荣传统，勤俭节约，艰苦朴素，也不在这一把转椅上。况且这把转椅也不是为我自己坐而准备的，我下决心把它换掉。

这天早晨，我抓紧时间处理完几件紧急公文后，叫来了秘书长和管后勤的同志，我说："能不能将这把转椅换掉？"

秘书长明白了我的意图。他看看我，又看看管后勤的同志，双手一摊，面露难色。

"怎么，有什么难言之隐？"我莫名其妙。

秘书长摇摇头。然后，坐在破转椅上面。我听到了破转椅发出的声音。

"是这样，张同志，"秘书长开口道。廊坊这儿有一个非常好的传统，就是党内一律称同志，一般场合当面不称职务官衔，而是称同志，反倒使人感到亲切了许多。

"在你到任之前，我们实际上早已想过是不是把它换掉。但考虑再三，还是把它留了下来。我们先说一说这把转椅的来历。至于换与不换，就听你一句话了……"

原来这把转椅是有来历和来头的。我侧耳细听，想了解一下它的来历。

秘书长说："您知道的，廊坊地区行政公署的前身是天津地区行政公署。后来，天津成了直辖市，同时撤销了天津地区行署，设廊坊行署。再后来，您是知道的，廊坊地区行署撤销，改设廊坊市……"我点点头。不过，这与转椅有什么关联呢？

秘书长又说："当年的天津地委和行署共有两把一模一样的转椅，其中就有这把转椅。"

哦，我若有所思。原来，这把转椅真的是大有来历。

"可是，你知道这把转椅是谁坐过的吗？"秘书长问我。

我当然不知道是谁坐过的。或许，是我的前任？不可能。或许，是我前任的前任。

不管怎么说，我是不可能坐这把转椅的。

我在无意识当中问了一句："我前任的前任可能坐过这把转椅？"

秘书长摇摇头，又说："你猜猜看？"

我猜不出来，因为顶多对前两任领导有印象。也就是知道名字，但人没有见过。

当年天津地委和行署共有两把一模一样的这种转椅。不知为什么，我对秘书长的话特别敏感。当年，是啊，当年……

当年，天津地委书记是谁？行署专员又是谁？难道是……

我的大脑快速运转。在我模糊的记忆里，也就是说，在我刚刚出生那年，就有了这把转椅。一位共产党的官员，坐在这把转椅上面。

他是谁？我几乎是脱口而出："难道是罪犯刘青山坐过的？"

秘书长不露声色地点点头："是的，这把转椅，当年就是刘青山坐过的……"

我不禁大吃一惊！原来如此！这实在出乎预料，在我的潜意识里，我还没有完全把这把转椅同刘青山联系在一起。

秘书长说，当年的两把转椅，一把是刘青山坐过的，而另一把则是张子善坐过的。当初廊坊行署搬离天津时，只拿回来一把，另一把则被天津市留下了。

刘青山和张子善，是中华人民共和国第一大案。我立即意识到，这把破旧不堪的转椅已具备相当的文物价值。把它摆在我办公桌对面，看似有碍观瞻，但它犹如一座警示碑，天天直面，催人自省，可收警钟长鸣之效。

我连忙摆手，示意这把看似有碍室容的旧转椅无论如何是不能换掉的了。

这把漆面斑驳脱落、皮座皲裂的转椅，立刻把我带进了那段具有特殊意义的岁月……

在当年的万人大会上，刘青山、张子善被推上了断头台。两声清脆的枪声，结束了两位高官的政治生命和性命。

当年的红小鬼，中华人民共和国成立后的高官。可富有戏剧性变化的是，三年后，成为共产党的败类。

我又一次坐在这把转椅上面，听见转椅发出的不堪重负的呻吟声，思索良久，良久……

此文获2017"光辉奖"世界华文法治微型小说大奖赛二等奖

我喜欢

○ 汪培君

　　经过几十年的打拼，周永胜终于有了自己的企业，有了法人、董事长等头衔，让他欣喜自豪。

　　另外让他欣喜自豪的是独生儿子周长胜，二十五岁，一表人才，音乐学院毕业后，跟着一位教授继续学习唱歌。

　　这天，周永胜与妻子商量，企业是自己的，儿子也是自己的，企业早晚是儿子的，与其晚给，倒不如现在就给他，也好教教带带，让他尽快适应，尽快施展自己的才华！

　　当把这个决定告诉儿子时，本以为儿子会欣喜若狂，充满感激，却不料儿子的反应相当冷淡，只说了三个字："我不要。"

　　"什么？"周永胜简直不相信自己的耳朵，加重了语气问。

　　周长胜肯定地作了回答。

　　完全没想到会是这样，周永胜准备了一肚子的话，一句也说不出来，只好顺着儿子的话问："这么大的企业你不要，那你要什么？"周长胜回答："我要唱歌！"

　　"为什么？"

　　"因为我喜欢。"

　　"喜欢也不行！你不要我给谁？"

　　"那是你自己的事，与我无关。"

"你是我养的,这么多年,吃喝拉撒,学杂费用……"

"养育之恩我必报,但不是用无条件服从的方式!"

毕竟闯荡多年,周永胜冷静下来,告诉儿子:"一旦成为法人、董事长,连市长见了面都会微笑着与你握手。"

"那又怎样?"周长胜依然冷淡地回答。

"不费吹灰之力就能理所当然地获得荣华富贵,这是人人求之不得的!"

周长胜冷笑:"我就除外。"

"在商场上驰骋,在高档会所里消费,让你的征服感满足感自豪感爆棚,让你的生活多姿多彩,让无数人垂涎三尺!"

不料儿子仍然是那句话:"那又怎样?"

"你为什么就认准了唱歌?"

周长胜坚定地回答:"我喜欢!"

谈不拢,周永胜决定生米做成熟饭。于是他跑工商跑税务,请律师找公证,凭着多年的人脉关系,很快就完成了一份《企业转让协议书》。

他的这个行为,每一个部门都觉得合情合理,都没有质疑应该到场的周长胜为什么没到场,"周长胜"三个字的签名,是不是亲笔。

是啊,我们每一个家庭都是这样:父母所有的打拼,都是为了儿女,父母所有的财产,早晚都归属于儿女,这是理所当然的!只有傻子才不愿意接受父母的财产,而且是巨额财产!

所有的手续办妥之后,周永胜全部交给了儿子,说:"木已成舟,你必须放弃音乐,走马上任,把爸妈的事业继承、发展下去!"

不料周长胜眼皮也没有翻,直接就怒火冲天:"爸,没想到您当了这么多年的董事长,法律观念还这么淡薄,您这是侵犯我的选择权!"

周永胜也变了脸,说:"我这是把事业给你,把巨额家产给你,我这是爱你!这么天大的好事,你应该求之不得,没有理由拒绝!"

周长胜回答,不是他喜欢的,金山银山也不接受;他喜欢音乐,已决定为之奋斗终生。他希望爸妈理解他,把协议撤销。

周永胜当然不听,威胁儿子,如果不接受,就断绝父子关系!

正僵持着,企业的销售经理来了,有一张订单,需要董事长签字。周长胜不签，销售经理急了，说这张订单你不签，1000多名员工就会失业，1000多个家庭的生活就会陷入困境，不知道有多少孩子上不起学，有多少病人看不起病……

万般无奈，周长胜只好签上了自己的名字。

周永胜偷偷笑了，但没有笑到最后，因为周长胜把他告上了法庭，要求解除转让协议。

法庭很快作出判决，解除转让协议，周长胜的工作与事业，由他自己选择。

选择权是个人的，任何人没有权利剥夺，哪怕是父母，哪怕是以爱的名义，哪怕是送上巨额财产！

后来，周永胜把企业捐献给了红十字会，好多人遗憾地对周长胜说："那么一大笔财产，接受了，你就是一步登天！"

周长胜淡然一笑，说："那又怎样？"

"唱歌还遥遥无期，且需要付出艰辛和努力。"

周长胜又是淡然一笑，说："我喜欢！"

此文获 2017 "光辉奖" 世界华文法治微型小说大奖赛二等奖

说书先生

○ 凯　歌

　　小镇响起叮叮铮铮的三弦琴声的时候，正是朔风呛人的季节。说书先生刘铁嘴从省城带回了大伙儿熟悉的《张七姐下凡》《乞丐娶妻》，还带回来一个花眉俏眼细皮嫩肉的女人。

　　女人头挽红帕，笑靥如花，一件棉衣虽然穿得厚实，但那肥圆的屁股还是让不少后生想入非非。

　　刘铁嘴在窑洞前的歪脖儿柳树下说书，女人在人窝子里穿来穿去招呼着沏茶。大伙儿说："刘先生真能耐，有一张走南闯北的铁嘴不说，还挣回个俊格生生的媳妇儿！"

　　黑蛋说："刘哥人好，命也忒好！"黑蛋说这话的时候，一双贼溜溜的眼睛直往女人的怀里戳，不时地咽下一口涎水。

　　晚上，一只黑影从歪脖儿柳树上摔了下来，发出"扑通"一声响。"咋个？"屋里传来刘铁嘴的声音。

　　"吱呀"一声，窗户开了又合上，一双丹凤眼向下勾了勾。女人回："又是一只赖猫！"

　　东风来了，第一枝杏花刚刚向墙外探出了头，刘铁嘴塞给邻居黑蛋几块银圆："兄弟，兵荒马乱的，说不定哪天骨头就丢在外边了，要是真回不来了，"刘铁嘴看着黑蛋说，"家，就交给兄弟喽！"

　　一走就是半年。

刘铁嘴在外头说书的故事不得而知，但黑蛋与女人的故事渐渐地可以被小镇人说上一段子精彩的书。

这一年，土匪杨洪包围了小镇。土匪大肆抢掠之后，将女人掳上了马背。

女人发出声嘶力竭的哀求声。女人冲虎背熊腰的黑蛋喊："救我！"

黑蛋在人群中瑟瑟发抖，听到女人的声音，悄悄地低下了头。

女人绝望的眼神来不及掠过一个男人的影子，就随一群快马绝尘而去。

仅过了个把月，刘铁嘴回到了小镇。

刘铁嘴只身上了豹头山。

土匪头子杨洪将匣子枪"啪"地往桌子上一扔，说："信不信我一枪打烂你的头！"

刘铁嘴掸了掸身上的灰土，缓缓地说："媳妇儿，早就是人家的了，兄弟此来，只求在山上混口饭吃！"

杨洪乜斜着刘铁嘴瘦骨嶙峋的身子，又看看刘铁嘴怀里的三弦琴，说："这就对喽，先让爷儿们听上一阵子肥水段子！"群匪大笑。

刘铁嘴也笑。

刘铁嘴在山上给土匪们说书，说《张七姐下凡》，说《乞丐娶妻》，想听什么来什么，荤的素的张嘴就是，一年下来，竟然与一伙儿土匪打得热火黏糊，称兄道弟。

这日，杨洪下令土匪们下山劫货。先是一对孤苦母子，放过；又是一对赶路脚夫，再放过。如此半日，毫无所获。

杨洪大怒。

刘铁嘴被绑得个结实。杨洪用枪一指刘铁嘴："说！这一年你给兄弟们都说了些甚书，做下些甚事？"

刘铁嘴仍然是一副不愠不火的模样，说："自然是兄弟们想听啥就说啥，说《逼上梁山》，说《杨家将》，说天下穷人皆一家，掠人妻女如掠我妻女，伤人父兄如伤我父兄……"

杨洪虎眼圆睁。枪，却始终没放。

喝退众人。杨洪紧盯刘铁嘴："既为土匪，不抢不夺，你让我上百个兄弟吃啥喝啥？"

刘铁嘴起身抱拳："杨大当家虽为官家不容，但行事方圆百里皆知：取财，却不伤人，拿物，却不杀生。那时起，我便知道杨大当家非一般山野莽汉可比，是一条堂堂正正的汉子。"

"如今，日本人占我河东，杀我同胞，热血男儿纷纷奔赴前线，杨洪兄弟也当效仿驰骋疆场的杨家将一样，抵御外侮，杀敌报国，干出一番轰轰烈烈的大事！"

杨洪忽地起身，冷眼相视间，拂袖而去，留下刘铁嘴一片茫然。

几个月后，在黄河沿岸真出现了一支抗日力量，百十号人，百十杆枪，高举旗帜"杨家将"。他们转战中条山，与友军协同作战，坚持一年有余，在一次掩护国军三十八军将士撤退的途中，全部阵亡。

雪落豹头山。刘铁嘴在山下燃起几把大香，调好琴弦，说《逼上梁山》，说《杨家将》，三弦琴在这广袤的黄土高原上婉转又悠远，整整响了三天三夜。

众人散去。长吁口气，刘铁嘴对身旁侍立了好久的女人说："没事了，你，去找你的男人吧。"

"不，你才是我的男人！"女人哭着说。

刘铁嘴续上焚香，向皑皑白雪处深深地鞠了三个躬，一回头："那，回家吧。"

获 2017 年"悟道杯"全国小小说大奖赛二等奖

活 法

○ 傅友福

　　无聊的唐诗习惯性地往马路对面望去，那个女人又出现在小区的周围。这情景已经有好多天了，女人背着一个白色的蛇皮袋，左手拿着一条一米多长的铁钩，女人的身后，是她那辆破旧的三轮车。但是，女人目光如炬，是很专注的那种。

　　这也叫人过的日子？唐诗突然从嘴里冒出这么一句不着边际的话来。是的，在唐诗看来，女人过的日子应该是优雅清闲自在的，因为女人是被用来爱的，哪有满街讨生活的，于是，对那个女人的研究，成了无所事事的唐诗每天必修课。

　　唐诗站了好久，站得脚发酸发胀，仍没有看到女人从小区出来。小保姆给她拿来一杯咖啡，唐诗喝着咖啡继续站在那儿观望。大约过了一个小时，女人出来了，双手费力地拖着两大袋东西，看来这次是很有收获的。女人很吃力地，费了好大的劲，才把那两大袋东西挪到三轮车上面来。这回唐诗看得很真切，女人的一条腿有毛病，一拐一拐的，对了是右腿。

　　唐诗的嘴角稍稍抽搐了一下，看着女人把东西装上车，艰难地跨上了三轮车，晃悠悠地驶在马路上。女人经过唐诗面前时，唐诗把女人叫住了。

喂，我这儿也有些东西，你要吗？

哦，小姐，我要，不过，得等我把这车先拉回去，行不？

女人骑在车上，认真地回答唐诗的话。

行，那你先回去吧，我等你。

先谢谢你，我很快就会回来的。

女人朝唐诗挥了下手，加把劲儿骑车走了。女人的背影，稳重而坚定，女人的身后，一股浓浓的酸臭味，随着风儿刮到唐诗的脸上。

唐诗掏出手帕捂住鼻子，目送女人远去。

正在胡思乱想着，那个女人顶着一脸汗水骑着三轮车赶来了。她站在围墙边的大门上等候着，等待唐诗对她发出指令，让她进来。女人的脸上带着疲惫式的微笑。

你进来吧。

唐诗看了女人一会儿，就发了指令。

女人把三轮车停放在门口，提着蛇皮袋走进来了。唐诗发现，女人换了身干净的衣服，虽然脸上还有点汗水，可整个人看起来清爽多了，她身上那种难闻的味道也随之消失了。况且女人一脸清秀，虽然和母亲的年龄不相上下，可她不像是那种没有教养的人。

唐诗把女人让进别墅，也让她坐在客厅的沙发上。女人不敢坐，还是笑笑站着。她那拘谨的样子，让唐诗感到特别好笑。

坐会儿，我让保姆收拾好，就给你提出来。

唐诗交代。

女人小心翼翼地坐下了，你老公没在？

女人问这话时，声音很低。

哦，他在做生意，很忙。

唐诗用同情的眼光看着女人，这活儿又脏又累，为什么不让你老公来做？

他，他几年前出了事，没了。

女人低下头来，继续说着。孩子在上大学，明年就毕业了。我没敢让孩子知道我出来做这事，要不，孩子不会安心学习的。

说话间，保姆把一堆纸皮什么的堆放在女人面前，女人一看，这堆东西又可以挣十几元钱了。

女人嘴里的谢谢一直说个不停，一边拿出蛇皮袋子中的小秤，准备称一下重量。

不用了，留在这儿也占地方，你都拿去吧。

唐诗对女人说。

那怎么行？我的价格和别人一样的，请你放心。

我不是这意思，这些东西都送给你了。

唐诗再三说明。

那也不行，这是我做人的底线，决不白白要别人的施舍。这样的话，我就活得没什么意义了。

唐诗脸上红一阵白一阵，不知道这收破烂的女人从哪儿来的大道理。

既然如此，唐诗也不再坚持了。女人把所有的东西一一过秤，最后，给了唐诗 60 元。

唐诗拿着 60 元，若有所思。

女人很麻利地装车，唐诗想要上前帮忙，被女人回绝了。她说你的命和我的命不同，不能沾染这些脏东西。

这？

唐诗一时怔在那儿。

女人走了很远了，那辆破旧的三轮车发出嘎嘎响的声音，还在唐诗的耳边回响着。

唐诗回到客厅，发现茶几上有张纸条，上面有着几行清秀的字体：

在你之前，我是他老婆，因为车祸，他离开了我，重新找到了你。所以，我成了现在这样子，靠收废品过日子。可我不是废品，我还有儿子，还有希望的明天。儿子就是我的财富……我愿意委屈而有尊严地活着。

唐诗一直望着纸条发呆……

获 2017 年"悟道杯"全国小小说大奖赛三等奖

真　品

○ 陈振林

　　小城。就那么几十万人，却有一百多个挂得上号的收藏家。一百多挂得上号的收藏家中，又有两位是最出名的。一个是"张一眼"，六十多岁了，一眼就能看出这收藏物的真假；另一个是"刘三敲"，也有五十多岁了，你拿来藏品，他也只在上面轻轻地敲三下，就能识别东西的好坏。

　　方圆百里，要是哪位藏家的东西想要让人掂量掂量，那就会找到这两人中的一个，让他来识别识别。当然，是只能找一个人的，找了张一眼看，就不能找刘三敲了。这个规矩行里的人都知道。这里就说，张一眼看了的东西肯定是不会走眼的，他说是清朝的，这东西肯定是清朝的，不会有人怀疑。自然，刘三敲敲过的物件肯定也一定会说到点上了，他说是赝品，那它一定是赝品，没有人质疑。

　　一山难容二虎，张一眼和刘三敲两人的关系并不好。同行是冤家，两人碰上也不会说上一句话。更为可气的是，两人发生过一件不愉快的事。城东的王麻子不知道在哪得了个旧夜壶。他先是拿去让张一眼瞧了，张一眼说，是民国十年的东西，至少值三千块钱。可这王麻子不守规矩，他又将这夜壶拿到了刘三敲面前，刘三敲轻轻地敲了三下，说，这就是前两年的东西，我还用过这种东西的，一分钱不值。这下王麻子就得意了，一遇到小城里的收藏家就会说，都说张一眼和刘三敲内行，我看不行喽，隔三千元哩。就是这句话，让两人起了意见，都想去找王麻子问个道理，但都丢不下这面子，这事只得作罢。

但张一眼和刘三敲两人更像两只老虎了，见面时都是气鼓鼓的样子。

两人都还有自己得意的地方。张一眼家藏有郑板桥老先生的一幅瘦竹图。刘三敲家中最自豪的藏品是一颗玉珠，据说是东陵盗宝之后从慈禧太后身上取下来的。每次小城里召开藏品交流会，大家都会提到这两件藏品。每次两人也会将两件宝贝仔细包裹好之后，在会上亮一下相，就是好多藏家想摸一下也没能够。

这一年的十月，又是小城的藏品交流大会。各位收藏家都将家中的心爱之物给拿了出来露下脸。刘三敲早就来了，坐在了大会主席台上。但就是不见张一眼的影子。一问，才知道，老先生住进了病房。就在上个月，有小偷光临了张老先生的家，除了那幅瘦竹图，家中的藏品几乎全被盗走。老先生气急之下，卧床不起。到医院一查，居然是肝癌，要治好病，得花大钱做肝移植。

没有见到张一眼老先生的人，但在藏品交流区，刘三敲见到了张一眼老先生的物，就是那幅瘦竹图。标价88万元，等着顾客上门。

张一眼先生居然卖家中藏画了。收藏家们都挤了过来。

但也许是售价高了些，让这小城中的买主难以下手。也许有人怀疑这幅瘦竹图是幅赝品，不想花这冤枉钱。

那幅瘦竹图，在交流区挂了三天，居然无人问津。

第四天上午，有人买下了瘦竹图。买画者不是别人，正是刘三敲。88万元，刘三敲一分钱没少。

刘三敲将瘦竹图带回家的时候，跟着他学收藏的学生石心正在他家。两人将图展开，细细地看起来。

"老师，我觉得这不是郑板桥的瘦竹。也就是说，这是幅赝品。"学生石心说。

"为什么这样说？"刘三敲问。

"板桥老先生的竹，所画的竹叶总是苍劲有力，即使是瘦，也是挺拔清瘤的样子。可是这几竿竹，无精打采的样子，肯定不是郑板桥的画作。"

刘三敲没有接过话头说，又问了一句："你认识张一眼先生吗？"

"当然认识。"石心说，"我们有同学也在跟着张一眼先生学收藏呢。张先生因为喜爱收藏入了迷，他的老婆和儿子早就离他而去了，上个月家中被盗，老先生又受到打击，加上查出肝癌，老先生这下子真是雪上加霜了，不知张老先生是否还挺得住啊……"

"这次肝移植前后得60多万元你知道不？"刘三敲又问。

"当然知道。"石心说。

刘三敲笑了笑，说："这下你就应该知道，这瘦竹图应该是真品了啊。"

石心恍然大悟，原来自己的老师早就知道这幅瘦竹图是赝品。

两个月后，在这座小城的一条小路上，两个老人，一前一后地走着。后边的是张一眼，前边的是刘三敲。张一眼声音嘶哑："刘三敲啊，这次真的谢谢你了，你救了我的老命。过些日子，我一定会想法子赎回我的瘦竹图的，只有我知道你是上了我的当了的……"

刘三敲没有回答，只是呵呵地笑。

获2017年"悟道杯"全国小小说大奖赛优秀奖

胜利者

○ 汤礼春

1946 年的秋天，我所在的部队从武汉转去洛阳。在郑州火车站，我们的列车停了下来，据说要在这里停好长时间，于是我们都纷纷下车伸伸腿、喘口气。

忽然，我见对面铁轨上停着一辆铁皮车，车上好像也是当兵的，我便走了过去，想问问他们是何部队，准备开拔到哪里。

等我走近，看见铁皮车的门正好打开，里面横七竖八地躺着一些青壮年，但又都没穿军服。我有些奇怪，便把头探进车门，问他们是哪个部队的，谁知听见里面叽里呱啦起来，我一下明白了，这些是日本人。我习惯地退了一步，掏出枪来。里面一个日本人忙用中国话跟我解释，原来他们是日本投降后自动放下武器的日本兵，现在中国政府正在将他们遣送回国。

"哦！你们在中国大肆烧杀抢掠，我们国家还这样宽待你们！你们要拍着良心好好想一想！"我将手枪放回枪套，愤愤地回了他们一句。正准备离开，"长官先生，请等一等！"忽然，那个懂中国话的日本人又向我开口了。"你有什么屁事？"我没好气地问。

"求求你，把你的水给我们一点吧！你看，他都快渴死了!"那个日本人指了指旁边一个小声呻吟的人。我仔细一看,那个呻吟的日本人脸色苍白、嘴唇干裂,凭我的经验,确实像一个快要渴死的人。我犹豫了一下,还是走回列车,取下我的水壶,来到日本兵车前。将水壶递了上去,那个懂中国话的日本人俯下身去,将那个渴得要死的日本兵半个身子扶了起来,一只手准备给他嘴里灌水,蓦地,我看见那个日本兵有一只耳朵是残缺的,难道是他?我的思绪一下飞到了1945年3月31日那个战斗激烈的场面,那是在湖北的老河口,一场保卫战打得异常激烈,那天,日本鬼子用大炮炸开了老河口的花城门,日本鬼子的二十五联队在坦克的掩护下,冲进城来,我们被迫打起巷战。我和战友陈文和趴在一个屋顶上,正对着冲进院子来的日军频频射击,忽然陈文和"哎"了一声,就垂下了头,我侧身一看,一股鲜血正从他的脑门流了下来,他被一枪毙命了!陈文和可是我生死患难的战友啊!我俩在随枣之战和枣宜会战中曾相互配合,当狙击手消灭了二十多个鬼子,他曾替我挡过一颗子弹,我也曾将他从死人堆里扒出来过。眼看着昔日患难的兄弟倒在我跟前。我一时怒火中烧,怒目圆睁,终于发现对面一堵山墙上趴着一个日本鬼子,看样子他也是个狙击手,他端着他的三八盖,正在换装子弹,从射击过来的角度看,陈文和正是被他的枪打死的。我怀一颗为陈文和复仇的心举起了枪,也顾不上细瞄准,就朝那个日本鬼子射出了子弹,"哎哎!"我听见对方惨叫了一声,我定眼看去,只见他手捂着一只耳朵,血顺着耳朵根流了下来。"妈的!老子打偏了!"我愤愤地骂了自己一句,正举起枪准备给那个日本兵再来一枪,谁知一辆日本鬼子的装甲车冲了进来,一下将我趴的房屋冲垮了,我一下昏倒在颓墙碎瓦之中。等我醒来,我已被战地护士救出,送到了汉水西岸的野战医院……

我问那个会中国话的日本兵:"你们是三十九师团二十五联队的吧?"他惊讶地望着我,点了点头。

我冲着他大声地说:"老子去年和你们在老河口交过手,打过仗!"

对方听我这一说,连忙低垂下了头。

这一来,我基本可以断定,眼前这个耳朵残缺的日本兵就是杀死陈文和的鬼子,我仇视地瞪了他一眼,将水壶收回,跳下了车。可在我走回自己列车的路上,我的眼前却浮现出那个日本兵苍白的脸和那奄奄一息的眼神。他们毕竟是已经放下武器的鬼子，已回身到民了啊！说不定他也不喜欢战争，是被逼的呀！但愿从此以后，我们之间再也不会发生战争！……

终于，我内心的人性战胜了仇恨，我回到车上，将我连士兵的一排水壶也取了下来，然后跑着来到那辆日本兵车上，将水壶一骨碌甩了上去，对那个会说中国话的日本兵说："快给他喂水，再晚一点，他可能就永远回不去日本了！"

"好、好！太感谢你了！我们会永远记得你的！"他和好几个日本兵同时站了起来，向我深深鞠了一躬。

这一刹那，我觉得自己真正是个胜利者。

获 2017 年"悟道杯"全国小小说大奖赛优秀奖

姚柏民的秘方

○ 宋向阳

柳镇的姚柏民专治蛇盘疮，秘方是祖上传下来的。蛇盘疮是个难治之症，一旦得了便疼痛难忍。只要姚柏民一出手，药到病除不说，连疤痕都不留。

姚柏民治疗蛇盘疮的草药都是从山上采的，然后自己加工。那时，他会把家里的院门屋门全都上锁，不让一个外人接近。其架势，似乎连一只苍蝇都被拒绝了。他的诊室中挂满了锦旗和牌匾，后来患者送的太多没处放，就特意打了三个大橱子。过段时间，他就敞开橱子晒一晒，顺便用小笤帚扫扫尘土，然后满脸幸福地离开。

老伴去世后，姚柏民一个人孤单地守在老宅里。他的儿子在南方做生意，几年都难得回来。没病人时，他就去找邻居陈东下棋。三十来岁的陈东在厂子负伤丢了两根手指头，回家开了个小卖部。老姚来了，陈东总会递过一大杯泡好的龙井茶。老姚稳稳当当地坐在那儿，不紧不慢地和他下棋喝茶，极其自在。

姚柏民去山上采药，脚不小心扭伤了，便给陈东打了一个电话。陈东急匆匆地跑来，背着老姚小心翼翼地下了山。回到家，陈东问老姚要不要告诉他儿子。老姚说，他太忙，还是算了。陈东把小卖部交给媳妇打理，一连半个月，天天长在老姚家中照料他。其间，来了几个蛇盘疮病人。老姚强忍着疼痛，笑容满面地接待着患者。屋里没外人时，陈东说，叔，你现在也是个病人，还是等养好了再给别人看吧。老姚的头摇得跟拨浪鼓似的，说，病人来了就要管，不然心里有愧呀。

过了些日子，老姚打算去内房加工一些草药。他拄着拐杖在屋地上不安地走着，脸上淌出了汗。陈东知道他的心思，借故回了趟家。老姚长出一口气，把里外大门都锁好，才去了内房。陈东给老姚送午饭来时，他不好意思地说，侄子，这事儿别往心里去，都是老规矩了。陈东笑了笑，说，叔，老规矩可不能破，我全理解。听了这话，老姚的眼里突然潮湿了。不久，老姚的脚伤彻底好了。没病人时，他还往陈东家去。那里，陈东泡好的龙井茶正袅升着一缕香气。

有个退休干部得了蛇盘疮，被他儿子用高级轿车拉着来到了姚柏民的小院。一进屋，他用质疑的目光看了看老姚，问，你这个乡下大夫行吗？老姚愣了一下，耐着性子说，我的医术是祖传的，不糊弄人。对方不屑地哼了一声，撇着嘴说，你的锦旗牌匾都是自己花钱做的吧？我可不想糟践在这儿。说完便掉过头去，吩咐儿子将他搀上车走了。正在串门的陈东对老姚说，叔，他咋这样？不相信就别来呀。老姚不急不恼，啥也没说。结果，那个老干部在大医院住了一个多月，病也不见好转，又回到了老姚这里。他儿子把老姚单独拉到一边，一脸歉意地说，大夫，只要治好我爸的疮，钱你看着留。老姚淡淡一笑，说，不用，钱多了我没地方花。说完就去抓药了。

柳镇的马振彪脾气怪异，和周围人谁也尿不到一壶去。年轻时，因为一件小事，他曾打折过姚柏民媳妇的胳膊。现在，他与姚柏民碰面依然无话，彼此一扭脸就过去了。谁知，他竟也得了蛇盘疮。由于不投方，马振彪的病闹得很厉害，疼得爹一声妈一声地叫。女儿问他，爹呀，要不要去找姚柏民哪？他咬了咬牙，说，命都该没了，还较啥劲儿？走吧。到了姚柏民的门口，他却哼哼唧唧不好意思下车。这时，老姚大步走了出来，催促道，快进去，莫非还等着轿子抬吗？到了屋里，他给马振彪检查了一下，便开始耐心地为他敷药。

半个月后，马振彪的蛇盘疮好了。他的女儿买了一大堆东西，到老姚家道谢。姚柏民啥也没留，只抛出一句，我就冲着他有病。两位老人若再见面，彼此一扭脸又过去了。姚柏民表情自然，跟没事儿似的。马振彪却眉头紧皱，脸红得像下蛋的鸡。

这年，姚柏民得了一场大病，陈东照顾了他很长时间。老姚的身子骨越来越弱，已经没了上山采药的力气。他的儿子赶了回来，把一张银行卡给陈东表示谢意，被拒绝了。

姚柏民收陈东为徒，将秘方传给了他。有个私家医院偷偷来找陈东，想出高价买走秘方。陈东说，这秘方，我不会给那些把利益看得太重的人。姚柏民知道了，拍着陈东的肩膀说，我没看错你，医者父母心，大善才是最值钱的秘方。

信 物

○ 王 冰

　　初秋的那一天，父亲走在去怀仁县城给爷爷买烟叶的路上，一高再高的日头像蘸了辣椒水，灼灼逼人。不远处的清凉山轮廓逐渐清晰，风光旖旎，幽深壮阔。父亲嗓子干得冒烟，心里一遍遍默念着"清凉山""清凉山"……对冰爽清冽的渴望，更加剧了喉头的蠕动。

　　父亲走出埋伏在庄稼地里的乡间小路，展现在眼前的是一方阔大的荷塘，一枝枝绿中泛黛的莲蓬正酝酿着圆润的心事。见父亲走近，看守荷塘的茶棚老人招呼父亲过去歇歇脚，喝口水，去去汗。

　　茶棚里没有茶，却有一种叫甜醅子的乡野美味，正白生生、蜜旺旺地卧在褚色陶盆里，透着蒙得严实实的纱布散发着醉人的酒香。家乡雨热同季、四季明显，物产丰饶，由于光照充足、气候温差大，出产的小米、莜麦等杂粮更是品质上乘，聪慧的先人直接将莜麦脱去皮煮熟发酵后便成了甜醅子。这种莜麦和酒精的混合体，既能果腹，又能消暑解渴，让人受用无比。老人剜了一勺甜醅子放进碗里，边注水边说，一毛钱一碗，喝完再续，不要钱。

　　父亲连喝三碗，顿觉通体舒畅安泰下来，这才发现旁边还坐着一位年纪相仿的歇脚人，脚下摆着一捆烟叶。烟叶是用女人的围裙兜系的，显示主人对东西的爱惜与珍重。父亲凑向前让卖烟人解开围裙，仔细翻看，黄澄澄的烟味透着熟金一样的颜色。整捆烟叶总共十把，卖烟人信手揪下一片，轻轻揉搓后摁进烟袋锅里点燃，醇厚而浓烈烟味登时弥散开来，果然是上等好烟。

为了省下去县城余下十多里的脚力，父亲和卖烟人决定就地交易，经茶棚老人从中斡旋，决定不论把大把小，每把七毛钱。父亲赶集总共揣了五块钱，除去刚才一毛甜醋子钱，只够买七把的，便有些难为情，一则赊账吧，又与对方不熟；二则剩下三把，人家还得去县城再找买家；三则因为少跑路，对方已经每把降了五分钱。看出了父亲的犹豫，卖烟人连忙爽快地说不碍事，都拿上，钱隔天捎来，两块就行，那一毛就当刚才的甜醋子我请了。

父亲和卖烟人萍水相逢，素不相识，彼此间总得有个凭证当信物呀，那时又没有电话、手机，不像现在随时随地可以沟通联络。正在犹豫间，茶棚老者顺手从荷塘里扯下一枚莲蓬，咔嚓一下掰成两半，说就拿这个当信物吧，也别隔天了就明天吧，大人都忙，派孩子来就行，反正只认莲蓬不认人，两半莲蓬对上就付钱。

第二天恰好是个星期天，父亲让我带上两块一毛钱和那半莲蓬去还钱，另外给了一毛零花钱，说到地方后买碗甜醋子喝。那时我刚读小学二年级，那也是我平生第一次身上装那么多钱，要知道那时候一个鸡蛋才卖5分钱，而我一年之中只有过生日才能吃上个囫囵的鸡蛋，况且还有自己可以支配的一毛钱，那一刻真的有种奢侈的眩晕。

到达荷塘茶棚附近，只见一个和我年纪相仿的女娃在那里徘徊，我走向前问是不是来取烟叶钱的，她低声说是。我们便不约而同地从口袋中各自掏出了莲蓬，当两半莲蓬严丝合缝地对在一起时，她脸上泛起了水莲花的娇羞，烘托得眼睛更加大而澄澈，像葡萄掉落在牛奶里。

按照父亲的叮嘱，我把钱交到她手里，让她当面数清楚，她查后说两块就够了，多了一毛，来前她爸交代她让一毛，只要两块，一分不多收。可我爸说的是两块一，一分都不能少给。几番推让，见谁也说服不了谁，我说那请你吃碗甜醋吧，这样回去都好交差，她羞涩地嗯了一声。走向茶棚，老者看到我们手里的莲蓬，微笑着给我们每人剜了满满两大勺甜醋子。

前不久，我和妻子去北京出差，在北京南站的一家面馆吃面，赠品中有一种"麦酵"的饮品，端上来一看竟然是已多年没吃到过的甜醅子。那一时刻，思绪穿越荏苒时光，回到了三十年前，那时的荷塘、茶棚、老者，还有那时的人们善良、淳朴与诚信，历历在目。我深情地看了妻子一眼，尽管时光流逝，许多事物都在改变，但她的眼睛依然大而澄澈，依然像葡萄掉落在牛奶里。

获 2017 年"悟道杯"全国小小说大奖赛优秀奖

车 迷

○ 陈国祥

张三不知道什么时候迷上车了。他不抽烟，不喝酒，甚至也不喜欢女人。他就喜欢车。他的酒柜里什么酒也没摆，琳琅满目的全是各种各样的车模。他出差买，出国买。一次出国在斯图加特他一掷千金买了全套的名车车模。他的包里不放香烟，但一定有一个精致的车模，随时把玩。

张三生在农村，小时候家里很穷，13 岁就没了父亲。张三读书很上进，考取了离家 10 多里地的高中。他上学全靠走路，他戏称自己的"11"号汽车风雨无阻。李四和张三是同班，骑着一辆 28 寸的"飞鸽"牌自行车，后座上载着个穿碎花裙子的女人。李四的车从张三身边飞啸而过，张三很是羡慕，倒不是羡慕被风吹起的连衣裙，而是羡慕李四屁股底下的"飞鸽"。他想：有辆车，可以省多少时间啊……

张三考取了 H 省工学院车辆工程专业，他是他们村第一个大学生。李四毫无悬念地名落孙山，托人走关系进了东风汽配厂，先做工人，后来戴着蛤蟆镜做起采购员，是 W 市最早的"有车族"。

张三大学毕业后，也回到了家乡，竟也分配在东风汽配厂，做技术员。老厂长看小伙子长得帅、人品好，又是大学毕业，没两年就调他到厂办当主任。镇党委周书记到工厂视察，觉得张三不错，就把他挖到了镇里，先是镇办公室主任，再后来是副镇长、镇长，再后来成了周书记的乘龙快婿。张三的老母亲坐着张三的桑塔纳回家，和张三说："三儿，不能做对不起周书记的事啊，我们张家祖上积德出了你这么个官，我这辈子都没想到还能坐上小轿车。"

东风汽配厂因为经营不善，最后只好改制给了李四。张三看着同学面上，也没少帮忙。李四人脉广，头脑活，东风厂到他手里居然办得风生水起，李四也成了 W 市的"功勋企业家"。李四为了感谢张三的帮助，十八般武艺用尽，可张三就是刀枪不入……（此处省略万余字）

李四知道张三喜欢汽车，一次开了辆崭新的帕萨特到张三家，对张三说："堂堂镇长，你那破桑塔纳该换换了，我这辆车先借你开开。"说完把钥匙扔在张三家桌上就走了。张三夜不能寐，半夜从妻子身旁偷偷起来溜到院子里，崭新的帕萨特在月光下闪着贼亮贼亮的光。张三打开车门，坐到真皮座椅上，开着窗，不知不觉在车里睡着了……第二天早上，张三坚决地把车还给了李四，因为他晚上做了一个梦，梦见自己的母亲哭着对他说："三儿啊，你不能对不起周书记……"

张三有个女儿，认李四做干爹，其实也是平时开开玩笑的。张三女儿要结婚了，李四说："我就不送钱了，我要送给干女儿一个礼物。"张三说："什么礼物，不要买太贵的，我到时还不起。"李四说："暂时保密。"张三女儿结婚的那天，李四把神秘礼物亮相了，竟是一辆红色的保时捷跑车，披红挂彩停在酒店门口，女儿喜欢得不得了，围着车转了好几圈。女儿受张三的影响，也是个车迷，什么豪车的名字型号都叫得出来，一直想要买辆保时捷，可惜张三手里没钱，只能看看家里酒柜里的车模。事情都到这地步了，张三也不好再说什么。他想，李四给干女儿的，也是应该的，这人情慢慢还吧。

又过了三年，张三升任副市长的呼声越来越高。可就在这时，张三被"双规"了。全城震惊。原来是李四出了问题，把张三牵扯进来了。张三被移交法院起诉，张三的判决书很简单，就是收了李四一辆保时捷，判了一年零六个月。

张三被两名高他半个头的法警押上囚车，囚车风驰电掣地开走了。他突然想，他什么车模都有，就是没有囚车的车模，当然肯定也没有地方卖这个。

原载《微型小说月报》2017 年第 8 期

大 匠

○ 程思良

　　清溪镇的能人扎堆儿，五行八作都有呱呱叫的。

　　俗话说，高山出俊鸟深谷藏幽兰。这块出能工巧匠的风水宝地，焉能无"德艺双馨，泽被后世"之大匠？有好事者，便去拜谒镇里德高望重的耆老们，请他们四月初二到鲁班庙中公推大匠。

　　四月初二是清溪镇的匠人们祭拜祖师爷鲁班的日子。这天，鲁班庙前，杀猪宰羊，搭台唱戏，人山人海，热闹非凡。一班耆老们，则神情肃穆地端坐鲁班庙大殿，在檀香木鲁班雕像前，公推大匠。

　　"钱麻子的菜刀，吹发立断，削铁如泥，远销岭南，可称大匠。"

　　"风闻钱麻子品德不端，与有夫之妇私通。德有亏者，焉能称大匠？"

　　"沁芳茶馆的老板柳如逸，不但焙茶技艺高超，更有闻香识茶的绝技，常在茶馆中表演。他立于三丈开外，让茶客用长长的黑布条将他的眼睛蒙上整整十八圈。仅凭那似有若无的微弱茶香，他便能辨清西湖龙井、顾诸紫笋、寿州黄芽、蒙顶石花、方山露芽、夔州香雨、邕湖含膏、西山白露、仙崖石花、绵州松岭等天下名茶，百测百准，千测千灵，可称大匠。"

"柳如逸固有奇技，然而，好于人前露才扬己。汲汲于名者，难称大匠。"

"陆木匠雕的东西比活物还灵。屋梁上只要放一尊他雕的黑猫，前三进后三进的偌大宅院，老鼠就再也不敢靠近了！可称大匠。"

"陆木匠私下有非议其师之语，自谓青出于蓝。不敬师者，焉能为大匠？"

"雷天罡的炮仗不一般，有绝活。单说那'晴天霹雳'，声闻数里，蹿得更是比清溪边的摩天岩还高。他亦乐善好施，常常周济邻里。有才有德，可称大匠。"

"听说雷天罡的徒弟们常常私下抱怨，师傅只教给他们一些普通炮仗的做法，那些秘技，只传其子，从不传给他们外姓徒弟。师者，当有教无类，焉能有内外之别？"

……

耆老们争议了一整天，最终竟然无人获得大匠之美誉。轰动一时的公推大匠之事，因无人上榜，很快便从人们茶余饭后的闲谈中淡出。

谁也不会料到，多年后修的镇志上，会赫然出现"大匠"一词。

话还得从公推大匠的次年说起。是年秋天，一支鬼子中队侵入清溪镇，烧杀淫掠，无恶不作。清溪镇的老百姓们生活在水深火热之中，那些能工巧匠则纷纷逃往异乡讨生活。

不久，清溪镇的高山密林中出现了一支专打鬼子的敌后游击队。他们昼伏夜出，神出鬼没，最擅伏击战与地雷战。那次，鬼子的一个小队被诱入布满踏雷、绊雷、碎石雷、连环雷的野猪谷，遭到游击队的伏击，惊慌失措的鬼子在地雷阵中狼奔豕突，鬼哭狼嚎……战斗仅仅进行了两个时辰，30名鬼子便被全部歼灭。此战后，鬼子们无不闻雷色变。

五年后，抗战胜利的消息传来，清溪镇举行盛大的庆典。游击队队长在致词中，哽咽地提到一个人："今天，我们要特别感谢本地的一位英烈。是他，教会了我们战士制作土地雷……他为了发明威力更大的地雷，在一次试制中，不幸为国捐躯……"

原载《香港文学》2017年第11期

牛角尖

○ 黄荣才

牛角尖在牛头岭边上，快到顶峰的时候，道路左右分叉，当地人成为牛角尖。土匪刀三的寨子在牛头岭，牛角尖从寨子前面而过。往右拐，左六的店在路旁。

左六额店一字排开三间泥土屋，左边一间为厨房，中间就是店堂，右边一间，是左六的卧室。店是饮食店，尽管这牛角尖是附近村寨来往的毕经之路，但没有人说得清楚，左六为什么把店看在土匪窝的鼻尖底下。

左六是个精瘦的人，有人说把他杀了，也剐不下几两肉。当然，没有人去把左六杀了剐了。左六的功夫了得，要不然他的店也开不下去。极少有人看到左六出手，别人看到的是左六经常坐在靠窗的位置，就着花生米或者一碟什么菜，一碗接一碗喝酒。酒是当地村民酿的米酒，藏了几个年头，有点黏，酒色乳白，喝进口，极为醇厚，后劲却是十分厉害。

左六不像个生意人，他的店里，菜极为简单。店后边开了几块菜地，种些时令蔬菜，客人来了，有什么菜卖什么菜。山上的动物也是抓到什么卖什么。左六店里最为经常的就是卤牛肉、卤猪耳朵，猪大肠之类。到左六的店里，没有什么好挑拣的，碰到什么吃什么，不想吃的，左六也不勉强，尽可以抬腿走人。左六做生意，还有个怪脾气，他每天只负责招呼前三拨客人，这三拨客人，点什么菜，只要店里有，左六亲自动手，切好、端上。第四拨开始，左六不管了，他已经坐在窗前，自己倒酒喝着，经常把自己灌得睡眼蒙眬，歪倒在一旁就睡着了。客人没有人招呼，只好自己动手，想吃点什么，自己切，勤快的也可以自己炒菜。吃完了，往柜台的一个青花瓷瓶里扔点钱，给多少，自己看着给。左六就是没有睡着，他也不会开口说要多少钱，更不会起身收账，有客人问，他就指指那个瓶子，再也无话，好像多说几句都很费力气。

也有客人来的时候，左六会把自己的碗筷搬过去，坐在一起喝，不过，话依然极少，他只是端起碗，比画一下就是招呼了。酒喝完，自己添，自己倒。左六不管这些。曾经有客人，看左六睡眼蒙眬，没有付账，起身要走，左六也不开口，在客人走出店门的时候，唰唰两声，客人脚旁多了两枚尖三角形的飞镖，发出令人心寒的冷。客人的脚收了回来，左六的手轻轻一抖，飞镖自动收回，原来这飞镖还系有极为细小的链子。左六指指青花瓷瓶，再也不看客人。客人心惊肉跳地放下钱，落荒而逃。也有真正不长眼的，继续抬脚前行，左六的手一抖，两枚竹签唰地从耳边飞过，这竹签是左六自己做了，一头尖利，一头是方的，寸把长。客人知道这是严重警告了。之前还有挑战到底，依然前行。左六也不呵斥，但客人走了没几步远，要么耳朵被划了一道口子，要么手指头少了一截。在客人鬼哭狼嚎中，左六坐回自己的位置，端起酒碗，极为舒缓地喝了一口酒，慢慢品味。

牛头岭的人在左六的刀下，掉了几根手指头。左六知道，刀三该出场了。左六把店开到刀三的鼻孔底下，他就知道刀三要来。这天，左六去树林里转了一圈，提着两只山鸡回来，煺毛、剁块，还往里面扔了一些蘑菇什么的，放在那里咕咕地炖着。刀三走进来的时候，左六正揭开锅，香味扑鼻。店里有客人，看到刀三，就贴着墙角出去了。左六也不回头，说了声"来了？坐"。随意得好像他和刀三是多年的好朋友。

刀三看到桌上摆了两副碗筷，一边一副，旁边放着几根洗好的萝卜。地上是一坛酒，酒的泥封刚刚打开，有酒香上来。刀三不说话，坐了下来。左六用自己的汤勺打了一勺汤，喝了一口，赞叹道"鲜，不过可以加点萝卜"。左六放下汤勺，抄起一个萝卜，从腰间拿出把匕首，只见匕首飞舞，萝卜被削成一片片极为细薄的萝卜片，掉进锅里，居然不会溅起热汤。刀三也拿出把小刀，抄起个萝卜，同样把萝卜切得极细。两个人都不说话，看萝卜片前赴后继地进入汤里。几个萝卜削完，两个人几乎同时收起匕首，抄起筷子从汤锅里夹萝卜，然后端起碗，示意一下，米酒下去了半碗。一碗酒喝完，左六倒酒。下一碗，刀三倒酒。他们好像就是为了喝酒才坐到一起。中间讲了几句话，守在门外的刀三手下听不清，每次话说完，都是喝酒。十八碗的米酒喝完，左六歪倒在桌旁，刀三起步，脚步略有不稳。左六嘀咕着，好像是让刀三把门关上。刀三走出门，把门带上，用带着酒气的声音交代，所有人以后别惹左六，否则，后果自负。

　　刀三回到寨里，依然在想着左六。他不知道，左六把自己在右边的床上放平的时候，嘀咕了一声："好酒量。"

原载《天池小小说》2017 年第 6 期；《微型小说选刊》2017 年第 13 期转载

射　杀

○ 徐永辉

　　"坏蛋，坏蛋。"刚强一从屋里出来那只花喜鹊就直叫唤，并从树梢上冲下来，站在伸向院里的矮树枝上，面向他，一声接一声。

　　刚强跺脚，张扬起胳膊大吼："滚——"

　　花喜鹊一扑扇翅膀又回到了树梢上，比刚才叫得更欢了，"坏蛋坏蛋……"

　　刚强气得半死，一眼瞅见屋角有块烂砖，冲过去抓起来。还没等砸过去，花喜鹊就扑棱一声飞起来，却不飞远，落到了他家房子后面的杨树上，兀自叫。刚强直瞪瞪看着它，两眼喷火。他想象着那火如两粒子弹，嗖一声射上去，花喜鹊惨叫一声直坠下来。刚强上前抓住它，死死卡着脖子，一字一顿地摇晃着说："娘的，你叫，你叫啊！"

　　"坏蛋，坏蛋。"花喜鹊在枝叶间蹦跳着，身子一起一伏，竖起的尾巴扇子一样铺展开，不停摇晃着。

　　"日你祖宗，不弄死你，我就不是强哥"。刚强咬着牙发狠。

　　女人回来了，看到刚强脸色不对，有些纳闷。刚刚平息的怒火又呼地蹿起来，刚强骂："哪儿来的一只龟孙野喜鹊，这几天一看见我就叫坏蛋。"

女人扑哧笑了，是不是那天爹骂你让它听见了，让鸟学会了？

刚强眼一瞪，滚一边去。

用烂砖砸，用长竹竿戳，能想的办法刚强都想到了，花喜鹊还是围着他家转悠，"坏蛋，坏蛋"！一天到晚叫个不停。女人直叹气，数落他，因为好计较和人闹的闲气还少吗，咋就是不改呢，不提名不提姓，你让它叫去呗。又说，和个鸟儿生气，值当吗？传出去人家不能笑歪嘴。

刚强不理会，想，如果有枪就好了。他原来有杆自制的土枪，前几年禁枪的时候上交了。枪——啊，想起来了。刚强一拍大腿，喜形于色。

"干啥你，一惊一乍的，吓死人了。"女人扭头瞪着他，一脸疑惑。

"我不是有只弩吗，咋把这茬忘了。"

前几年刚强迷上了打鸟，就托人搞到一只弩。后来有朋友告诉他，这是违法的，如果有人举报，不仅弩要没收人还得关起来。恰巧刚强也腻烦了，就把弩藏了起来。

女人叹了口气，又拾掇那个破玩意儿，如果不是好打鸟，它可能还不骂你呢。又提醒说："小心点啊，抓到派出所以后我可不给你送饭吃"。

刚强把弩藏在身后，或者用布把它蒙起来，装作漫不经心的样子往前靠，花喜鹊都能察觉。它一边更激烈地叫骂，一边不停地在树木间跳跃，不等刚强瞄准又飞远了。

一连追逐了几天，刚强连一根喜鹊毛也没收获，他吃饭不香，睡觉不甜，看到什么都想发火。突然，他脑海里灵光一闪，拧在一起的眉毛瞬间舒展开了。他关上门站在窗前，从一扇打开的窗户后面盯着院墙外面的那棵杨树。杨树是刚强家的，因为离前面邻居家的楼房近，邻居不想让他栽，两家因此大闹了一场，到现在还仇人一样不来往。

一天、两天……花喜鹊终于降落到了刚强理想中的位置上。它不知道暗中的危险，和另一只喜鹊嘻嘻哈哈聊着天。

"你老是骂他干啥？"

"这家伙特不是玩意儿，我本来想恶心他几天就算了，谁知道居然想整死我。靠，玩吧，不信陪不起他。"

刚强笑了，自语说："靠，给我强哥玩，也不打听打听俺是谁？"他抓过来早就引颈待发的弩，闭上一只眼，三点连一线瞄准了花喜鹊。他对自己的枪法很自信，暗笑，嘿嘿，阎王爷是你亲舅也救不了你了。

"快跑！"另一只花喜鹊看到了刚强，大叫。

花喜鹊双脚一弹，身子腾空而起。与此同时，刚强扣动了扳机。耳听哗啦一声玻璃的破碎声，紧接着，邻居家楼上传来一声惨叫，啊——

原载《塔城日报》2017 年 11 月 5 日

时尚的声音

○ 夏雪勤

眼下时尚的东西很多，什么 iPad、苹果 6、苹果 7，甚至苹果 8，大牌奢侈品也同样眼花缭乱地吸引着众多人的眼球。

时尚的事情也很多，老相识碰面问："走路了吗?""走了呀。"如果没走对方会千百个理由来说明没走的原因。走路以手机计步，在圈内人中挺有竞争力的。有朋友为了占领榜首，又实在没时间精力走，竟然将手机绑到狗狗身上，这招真绝，不仅步数遥遥领先，而且手机上还会跳出你跑了多少多少步的表扬。放在过去碰面了总问："吃了吗?""吃了吃了，今天吃得好饱。"顺手拍拍肚皮以显示家里有的吃、富足。而如今吃饭的是土鳖，不吃饭的才是土豪。时常将大米扛进家的是老百姓，几个月不往家里添一袋米的是有钱人。不信，你问问什么叫"饭局"；什么叫"减肥"；什么叫"辟谷"就知道了。

夫妻俩隔三岔五吵吵闹闹地到了白头。夫妻俩相敬如宾的说不定哪一天就散了，这是被一种叫作冷暴力的暴力击碎的。

别说冷暴力可也是时尚。

邻居家夫妻相亲相爱十几年，从没听见他们响过喉咙。舌头和牙齿都有打架的时候，不容易啊，佩服。其实什么矛盾都没有，那也未必，只是没有吵吵闹闹罢了。女的对有些事情总喜欢多说几句，男的听了就嫌烦，"能不能少说几句"。女的不响。过些日子女的又唠叨开了，男的更烦，"少说几句行不行"！女的又不响。女的总认为她说的话是有道理的，但男的并没听进去，根本不起作用，所以她有必要再说说清楚。"不说会当你哑巴吗？"男的对女的的话越来越烦了。"没人把你当哑巴，懂吗?!"时间长了，竟成为一种恶性循环，只要女的一开口，男的就烦，就不予理睬。久而久之，家里常常是鸦雀无声、一片寂静。

有一天女的在厨房做饭，男的回家来，走进厨房看了一眼，见满餐台都是油盐酱醋的瓶瓶罐罐，叹了口气转身走了。

第二天，见餐台上的东西更多了，连杯盘碗筷都码在了上面，男的不响，走出厨房。

第三天，更让男的吃惊，厨房已容不下他了，满地是锅碗瓢盆。他站在厨房门口问："干什么哪？"女的说："找东西。"男的无语，转身离开。

后来，女的洗衣服，洗好晾干的衣服，原本会整整齐齐分门别类地放进衣柜里。可现在她将衣服收好叠齐，放在桌子上，放在沙发上。

再后来，男的发现原来收纳在衣柜的衣服也都在外面了，甚至连床单棉被。厨房已堆得乱七八糟不成样子，现在卧室也是如此，真是莫名其妙。

一天两天过去了，五天十天过去了。那天男的下班回家，饭菜是摆好了一桌，可没法下坐，凳子上全被东西占满了。他想将东西挪个地方，腾出位置能坐下来。可是东西拿在手里转来转去无处可放，只好摆回原地。无奈的他端起饭碗夹了菜，想到沙发上去。走到客厅让他彻底失望，沙发上的东西更多，连茶几都没一丁点儿空隙。男的板着脸回到餐桌边，见女的正站在那里吃饭。这是他俩结婚以来第一次站着吃饭。

时间一下子像被卡住了似的，日子就跟着死死地停在了黑暗的角落。再这样下去，屋里的空气也会凝固的，到那时家就再也不成其为家了。

男的看看杂货铺似的家，摇头叹气，脸上尽是不满和不解。

"你到底想干什么？"

"找东西。"

"找东西？有这么个找法吗？"

"是的，因为重要，因为找不到。"

"重要？"

"是，非常重要。"

"房产证？"

"不。"

"钻戒？"

"不。"

"那还有什么？难道结婚证？"

"也不。这些都好好地在的。"

"我们家还有如此重要的东西？值得这么找。"

"有，肯定有。可我满屋子找遍了，没找到。"

"你说，是什么？"

"声音。"

"声音？"

"是的，没错。"

"你开什么玩笑！"

"是声音，千真万确的声音。"

男的紧皱眉头，看了一眼女的。

女的垂下头，"是声音……你的声音。"

男的愣了一下，深深地吸了口气，又缓缓吐出，慢慢走到女的跟前将她搂住。

原载《昆山日报》2017 年 10 月 23 日

梦中的天堂

○ 张联芹

它的目光穿过院子里的枯井和不时有几片叶落下的秋菊，停在了远处那片枫林上。

四野寂静，宇宙一片空茫。它不知道她现在在何方，只记得它与她是在那片枫林里邂逅、相识，又分手的。

那是一个夏天，林间小路上开满了不知名的小花，一朵朵、一簇簇，散发着醉人的芬芳。正当它陶醉于花香、花艳中无力自拔时，她如天使般出现在它的面前。它不敢相信自己的眼睛，感谢上苍的垂怜，让它在此刻遇见了她。她的艳丽、她的芬芳、她一切的一切都让它难忘。它的呼吸越来越急促、目光也越来越迷离。

那是他们第一次相遇，却宛如分别已久的伴侣。它轻吻她毛茸茸的额头，她轻抚它坚挺的羽翼。它与她紧紧拥在一起，忘了天，忘了地，也忘了时刻可能出现的危险。

枪声瓦解了世间所有的甜蜜，冷凝了空气中仅存的热度。它用尽最后的力气将她推开，那一刻，它分明看见了她的泪水和心碎。她在它倒下的地方不断盘旋，它用含混不清的语言嘶喊着让她赶紧离开。猎人频频向她射击，她抖动的身躯在弥漫着火药味的空中不断翻飞，五彩羽毛不断飘落、飘落……

最后，它被猎人装进了一个用五彩丝线缠绕成的精美笼子里。她的痛苦、她的哀鸣让万物动容，也让昏昏欲睡的它心痛如绞。

不知过了多久，它才睁开疲惫的双眼。

它醒了，快来看，杰尼。童稚女孩的声音在它耳边响起时，它又想起了她，她在何方？

这是我见过的最漂亮的鸟，你看，它的羽翼多么坚挺，还有它的喙，丹娜。

哦，那它为什么不高兴呢，我分明看见了它眸中的泪水。那个叫丹娜的小女孩将手伸进了笼子里，轻轻为它梳理凌乱的羽毛。

不要想那么多，丹娜，这可是爸爸送给你的生日礼物啊。听说，它来自于遥远的国度，只是……

只是什么？

只是，那里不再是鸟儿的天堂。那里，成片的森林被采伐一空，鸟儿在秃木残枝和罪恶的猎枪下，失去了温暖的家。

哦，我可怜的鸟儿啊。丹娜抽回正在为它梳理羽毛的手，掩面痛哭起来。

哦，亲爱的丹娜，不要难过。亲爱的，你看，它是听见了我们的对话吗？我分明看见它双眸流下的泪水。

爸爸，它太可怜了，我们帮帮它好不好？

哦，我善良的小公主啊，爸爸的心肝，你说，我们又该怎么来帮助它呢？哦，不要哭，让爸爸想想，好好想想。

它忽然觉得心好痛，剧痛让它的眼前一片暗色。晕眩中，它分不清哪里是天堂，哪里是人间。

爸爸，你快看，它怎么了？

在丹娜的惊呼中，它再次晕厥过去。

一天，两天，三天……如一个世纪那么久远的时光过去了，它才从昏迷中醒来。眼前不见了古堡沙丘，也不见了金发碧眼，甚至连丹娜都不见了。它的心中有一丝惶恐，但更多的是悲凉。

此刻，它的心很静，静到没有一丝涟漪。从她离开它的那一刻，它的心就死了，像死灰那样沉静。没有爱的世界一片荒凉。它抖抖身子，几片羽毛从身上滑落，多像经年的时光悄无声息地从指间溜走。它昂起头，挺起胸膛，张开羽翼愤然向远方飞去……

当生命的色彩在眼前闪过时，它不敢置信地擦了擦眼角，眼前的一切让它惊呆了：曾经的空旷中，一株株幼苗茁壮成长；繁闹的集市上一片祥和，没有鸟儿流血的啾鸣；高级酒店里，各色蔬菜瓜果琳琅满目，再也没有鸟儿的哀嚎声……

它压抑着悸动的心绪，放慢了飞行的脚步，寻找、再寻找，终于在那条开满野花的小径上，看见了丹娜的"微笑"和朝思暮想的她。

啊……

哀鸣声中，它张开双翼、流着泪水扑向了那个铺满鲜花的墓碑。

不要难过，我的孩子。杰克将满身鲜血的它和满脸泪水的她紧紧拥在怀里。让我们为可爱而伟大的丹娜祈福吧，她在生命的最后时刻，依然想着人类的和平，想着鸟儿的家园，想着茂密的森林。她是和平的使者，她是森林的天使——鸟儿的保护神。杰克的话，在空中久久回荡。远处，一双双贪婪的眼睛失去了往日的神采，渐渐隐遁在羞愧中……

大地一片宁静祥和，它与她和伙伴们在林中嬉戏、在空中翻飞。

茂密的森林，郁郁葱葱、一望无际，那是梦中的天堂……

原载《长白山日报》2017 年 1 月 12 日

算 计

○ 陈志江

　　夏天的天气真是变幻莫测，早上还是万里晴空呢，中午时天色就变了。小镇的上空阴云密布，一副山雨欲来的模样。吴老头儿蹲在巷口，身边的纸箱上面横放着一把雨伞，纸箱上歪歪扭扭写着几个大字：雨伞，35元。他抬头望望天，精瘦的脸上露出喜色。

　　哎，这雨伞是新的吗？一个男青年在小摊子前停下了脚步，手里抓起雨伞问道。吴老头抬头瞅了他一眼，只见这男青年穿戴时尚，脖子上挂着一条粗大的金项链，黄灿灿的光晃得他眼睛都眯缝起来。

　　当然是新的，你看看，包装还是完好的，洋货，好用。吴老头儿用手点了点雨伞包装上的那两行洋文，夸道，这雨伞特好卖，一箱子只剩下这一把了。

　　骗鬼呢，随便印上两个洋文就冒充洋货。男青年也不是那么好糊弄的，不屑地说，你以为我没上过学吗？这几个汉语拼音我还认得出来。三十五元太贵了，顶多给你二十元，卖不？

　　不卖！吴老头斩钉截铁地摇了摇头。

　　二十五元。男青年抬头看了看天，眉头皱了皱。

　　三十五元，少一分钱也不卖！吴老头气定神闲地说，反正只剩下这一把了，我不愁卖不出去。

好，三十五元就三十五元！男青年咬了咬牙，恨恨道，你这是趁火打劫呢，一把破伞也卖得这么贵。

大叔，这雨伞四十元卖给我吧。忽然一阵香风袭来，摊子前多了一个风姿绰约的少妇，一上来就抬高了价钱，声音娇媚地说，快下雨了，不要淋湿了我这身高档的连衣裙，香港买回来的呢。

行，你给四十元把雨伞拿走吧。财神爷从天而降，吴老头儿不由得喜形于色。少妇也很爽脆，从香肩上取下小坤包，拉开拉链就要付钱。

慢！男青年一声大喝制止了他们的交易，愤愤地说，这雨伞是我先看上的，做事总要讲究先来后到吧？懂不懂规矩？少妇不屑地撇了撇嘴，呦，你这小伙子真是不讲理呀，买东西都是价高者得，这规矩你又懂不？

哼，你以为自己有几个臭钱就很了不起吗？本大爷最看不惯的就是拿钱砸我！好吧，我出五十元，这雨伞我要定了。男青年寸步不让。

七十元！少妇白了他一眼，说，好男不与女斗，给点风度好不好？

一百元！奶奶的，我出一百元！男青年似乎是豁出去了，铁了心要争到底。他从身上摸出一张百元大钞，神气地说，大爷我有的是钱。吴老头儿急不可耐地从男青年手上抢过钞票，一把揣进口袋，高兴地说，哈哈，你们俩也不用争了，这事情我可以做主，这雨伞毕竟是小伙子先谈价，小伙子，一百元成交了。

有毛病！男青年的顽固，似乎也让少妇偃旗息鼓了，狠狠地瞪了男青年一眼，扭着屁股走了。男青年抓起雨伞，抬头看看阴沉沉的天色，也急匆匆从另外一个方向走了。

吴老头儿掏出一根烟点上，脸上带着狡黠的笑，从纸箱里再掏出一把雨伞放在箱面上。少妇一阵风似的从巷口闪出来，笑嘻嘻地问，爹，女儿这招是不是挺管用？

管用，管用，嘿嘿，就你鬼点子多。

吴老头儿笑吟吟地说。伸手从口袋里掏出那张百元大钞，递给少妇，喜滋滋地吩咐道，去打一斤酒买半只烧鸡，我今晚要喝上两盅。

少妇接过钱，摸了摸手感不对，又举到眼前看了看，忽然脸色都变了，爹，你怎么不仔细看看，这张是假钱！

两人追出巷口，可是哪里还有男青年的影子？狂风呼啸着，宛如嘲弄的笑声。

原载《小说选刊》2017 年第 1 期；《杂文选刊》2017 年第 6 期转载

评委老朱的困惑

○ 王　宽

　　老朱接到市文联秘书长谢萌的电话，可谓是又惊又喜，市文联和市委政法委联合举办的"法治故事有奖征文"活动，邀请他担任评委。

　　老朱是市政府办公室原副主任，由于年龄原因，一年前改任调研员，公务减少后，老朱有了更多的时间重操旧业，接连在中央、省、市级文学、故事类报刊上发表了几十篇深受好评的小说和故事。

　　谢萌在电话里告诉老朱，这次"法治故事有奖征文"活动收到了来自全国各地的应征作品八百多篇，她先过滤了一遍，把明显不符合征文要求的作品剔除后，初选出136篇，全部隐去作者的姓名、通讯地址和单位，统一编了号，从电子邮箱发给每一位评委，请评委从90分起到100分之间进行打分，届时，再请评委集中复评，评出一、二、三等奖和优秀奖，在日报和电视上公示，如无异议，送市委政法委和市委宣传部领导最后确认。

　　老朱高兴地答应了担任评委，说隐名评奖很好，可以最大限度地排除人为干扰，体现公平、公正的原则，评出真正的好作品。老朱把他的邮箱告诉了谢萌，请谢萌把那136篇初选出的作品发给他，表示他一定会严格按照评奖标准，对每一篇作品认真负责评审，在规定时间内把打了分的稿子发回给谢萌。

收到136篇初选出的作品后，老朱花了整整三个晚上，对每一篇作品仔细地阅读，给出了评分，然后附上评审意见，发回给了谢萌。

一周后的一天下午，老朱接到谢萌的通知后，按时来到市联会议室参加复评作品，进了会议室后才知道，另外的四位评委，除了一位年轻人他不认识，其余三位全是熟人，老陈和他一样是中国作协会员，老罗和小吴是省作协会员。

谢萌介绍说那位年轻人是政法委办公室主任郑洪，也是评委，主要是对作品的内容把关，看看有没有明显违背法治的内容，又介绍说郑洪也是一位文学爱好者，有一定的文学功底。请郑洪先讲讲。

郑洪说，初选出的136篇作品他都认真拜读了，没有明显违反法治内容的，随后，对他认为比较差的作品逐一进行了简单的点评。

谢萌说，她收到五位评委的打分表后，对分数进行了统计，把得分排名前50篇的作品打印了出来，请评委从中评出一等奖2篇、二等奖4篇、三等奖10篇，余下的34篇作为入选奖。

谢萌请工作人员把打印出来的50篇作品发给了老朱和另外四位评委。

一个小时后，经过充分的讨论，评委们评出了拟获一、二、三等奖和入选奖的作品。

第三天，日报和电视台对拟获得一、二、三等奖和入选奖的作品名单进行了公示。

当天晚上，老朱在家里接到谢萌打来的电话，谢萌首先请老朱原谅，说拟获一等奖的一篇作品要变动，另外换一篇。老朱吃了一惊，忙问是怎么回事。谢萌迟疑了一下，说换上去的那一篇稿子是市委常委、市政府常务副市长牛得恒的侄子牛毕哄哄写的，牛毕哄哄看见公示的作品中没有他的"大作"《山村血案》，就打电话给市委政法委高副书记和市委宣传部马副部长，说他的二叔牛得恒请他带个话，希望把他那篇《山村血案》评为一等奖，因为他正在竞争副县级领导职位，如果《山村血案》评上一等奖，将对他的竞争上位大为有利。高副书记和马副部长不便因为一篇作品而得罪牛副市长，只好通知评委会把原来的一篇一等奖降为二等奖，把原来的一篇二等奖降为三等奖，并撤下一篇三等奖，把牛毕哄哄的"大作"《山村血案》换成一等奖。谢萌说，她已经向另外四位评委分别说明过了原因，实在是对不起、对不起。

这还叫公平、公正？《山村血案》可是连初选都没过啊，实在是太仗势欺人了！老朱气得好一阵子说不出一句话来，他压根没有想到给人印象一直挺不错的牛得恒竟然会是这样的"双面人"。

国庆节的前夕，谢萌再次给老朱打来电话，高兴地告诉老朱，牛毕哄哄硬要加塞的那篇《山村血案》被取消评奖资格了。一、二、三等和入选奖仍然以老朱他们五位评委评出的篇目为准。

老朱又一次惊讶得目瞪口呆，这是怎么回事啊，除了牛毕哄哄自愿撤稿，谁还能把他怎么样哪！

过了好久，老朱才从谢萌那里知道了原因，市委宣传部部长梁新把牛毕哄哄欲加塞《山村血案》评一等奖这事和牛得恒通气，牛得恒感到莫名其妙，说他根本不知道这事，非常生气地说一定是牛毕哄哄"拉大旗做虎皮"，他一定严肃批评牛毕哄哄，请梁新通知评委会，把牛毕哄哄的《山村血案》拿下来，绝不能助长歪风邪气。

老朱长舒了一口气。

小镇，那一把火

○ 周 玲

来周庄的人越来越多。摄影的，画画的，纯粹旅游的，都是慕名而来。古色古香的景点中要数作为小镇临时码头的周家火着场，客流量最大。"火着场"，用官话解释就是"火灾的场所"。这个名字的由来，还有一段不为人知的故事。

20世纪40年代初，小镇的一幢临水院落里，住着一对60岁开外的老夫妻，据说一对子女在外地很出息，就是多年不见回来。

有天夜晚，老先生独自喝着自酿的米酒，就着老妻白天在水桥上买的网船上的小鱼虾，一副忧心忡忡的样子。"外面时局这么乱，不知孝承、孝怡兄妹俩可安好，怎么一点消息都没有？"老妻憋不住，像是在问老先生，又像是自言自语。

"除了我们这个乡旮旯里，到处都有东洋人横行霸道！"说着，老先生重重地把酒杯往桌面上砸，酒液顿时溅得满桌。仿佛只有在夜里，老先生才敢有所发泄。

"笃、笃、笃……"突然临河的灶后门响起一阵急促的敲门声。

"谁？"老夫妻俩异口同声，又面面相觑。只听门外压低了嗓音："我，孝怡的同学汪振飞。老伯，开门吧。"

三年前，还没跨出大学校门的孝承、孝怡，与汪振飞等几个进步同学，悄悄地奔赴到苏北抗日革命根据地，但孝承在一次打鬼子的战斗中牺牲了。这次根据地药品告急，上级派孝怡和汪振飞前往上海采购运输，任务艰巨。他们凭着在上海就读时熟悉的地形和各种人际关系，在内部人员的舍身帮助下，成功将药品运离上海。

但伪装的船只驶出上海不久，就遭到了日本特务的阻截，水上交火。为了掩护孝怡护送药品的船只顺利脱险，汪振飞将日本人引向另一片水域。途中不幸左臂被子弹击中。所幸周庄在望，汪振飞弃船潜水而至。

汪振飞包扎了伤口，换上了孝怡妈递来的孝承的衣服。"孝怡没事了，估计这会也快到根据地了，你们不用担心。"汪振飞一口气说完，脸上露出疲惫的笑容。

"阿弥陀佛！老天保佑老天保佑！"老妇人说着止不住泪水一个劲儿往下掉。

突然，前门又响起了阵阵敲门声。

谁？屋里的人都不由一怔。

"不好，他们追来了"汪振飞警觉起来，准备再次夺门下水。"慢！"老先生一把抓住他的手，领着他快步出了后门，一会儿，他又借着月光折回屋内，把门闩好，自己继续吃老酒。

前门闹哄哄地闯进几个全副武装的日本人，进门就搜，每个屋子都搜遍了，后门也被打开了，床底下也都倒腾了，连天井里的两只大水缸都被击碎了……

折腾一阵后，日本鬼子去了隔壁搜查，提到嗓子眼的心终于回落了，老先生亲自闩紧了大门，这才把藏进了水桥洞里的汪振飞轻声唤了出来。

看着小伙子把剩菜剩饭都填到了肚里。老先生自信地说，周庄这里外人不太容易进来，还算安静。矮东洋还是第一次来，搜不到什么，不会再来的。你就安心在我家养伤吧。

汪振飞坚定地摇了摇头："找不到人，鬼子是不会善罢甘休的，再说我得尽快回到苏北，孝怡正等着我呢。我现在就得走。老伯，你的小船我用了。"

说话间，汪振飞迅速开了后门，又突然回过头来，望了望两位老人，微笑里带着腼腆，欲言又止。

"这就走啦？"老妇人又泪水涟涟。

"孝怡想你们，你们要多多保重！我……能叫你一声娘吗？"小伙子眼泪汪汪。"娘，爹！"他深深地鞠了一躬，就转身出了后门，奔下水桥，登上小船，对着岸上挥了挥手，随即小船迅速地划向黑暗。

回到屋里，两人都怔怔地坐着，没有丝毫睡意。厅堂的座钟敲了 12 下。老爷叹了口气，低沉地说了句"刀杀的东洋赤佬"！便起身走过后天井，准备进房。这时"砰砰砰"大门再一次被硬器敲响。

一群荷枪实弹的日本兵，再次直冲厅堂。那个领头的一把揪起老爷子的领子："你把人藏哪儿了？你的，说！"

老先生一言不发，带着老妻穿过两个天井径直走向里屋。

外面日本人叽里嘎啦叫着，保长也喊着"再不说他们要烧房子啦"！没有回应。

稍息，只见外屋火光冲天，厅堂保不住了。紧接着火势漫过天井烧到了二进房。"现在说还来得及，他们会把火给灭了。"保长声嘶力竭地喊话，两人置若罔闻，火光中只见两位老人安详地围坐在餐桌旁，老先生还悠悠地喝着老酒。直到火再一次漫过天井，烧到最后一进——临河的灶间，还是不见有任何的回应，瞬间，三进房一片灰烬，日本人只好怏怏地撤退。

这时，东方已经吐白，小镇上的人都是一夜未睡，都为老先生一家唏嘘。

后来有两种传说，一是两人葬身火海；二是他们在水桥洞里躲过一劫，第二天在网船人的帮助下也去了苏北抗日根据地。人们更愿意相信后者。但小镇上的人后来再也没见过这家人。

小镇的一把火，烙下了周家火着场的名字，千年不腐。

扎尕那的夜

○ 刘斌立

傍晚时分，远远地，央金看到石镜山峰开始布云了。

她一边加快了切菜的频率，一边朝着院子大声喊着弟弟贡布的名字。

"快把院子里的桌椅都收拾一下，然后通知客人们，马上要下雨了，晚饭都挪到大客厅里去。"央金跟弟弟吩咐道。

"阿爸和阿妈还没回来，要不要喊他们快回来?"贡布问道。

"阿爸说今晚还有一批客人，刚才还打电话让我做准备4个人的晚餐。你不管他们了，快去收拾院子。"央金是家里的长姐。阿爸阿妈不在，家里都是她说了算。

央金的家就在石镜山中的一个叫扎尕那的古老藏寨里。这是一个四面环山的石城一般的寨子，藏民们依山而居，虽地势险峻，但高山流云，景色如世外桃源般美丽。央金的族人们从百年前就开这里生活，大概在三年前，这里陆续被背包客发现，于是隐藏在大山里的神秘与美丽终于被世人知晓。

央金三年前考取了西南民族大学，求学于异乡的她，每到假期就会归心似箭地赶回寨子。因为她知道旅游业已经成为扎尕那和他们家经济之源。阿爸三年前就贷款50万元修起了一座专供游客们居住的藏寨，央金家的藏家餐食和民宿是当地小有名气的。但是巨额的举债也让这个普通的藏家不堪重负，懂事得早的央金会在假期承担起家中客栈的诸多工作。

贡布收拾完院子进到厨房，帮助央金捏糌粑。就在这时，大雨倾盆而下了。央金一边赶紧让弟弟去给阿爸阿妈打电话，问他们到哪里了，新接的客人何时到。一边应付着已经在那里等待晚餐的客人们。

"阿爸阿妈还在山下景区门口等着呢，他们说躲着雨，让我们放心。另外阿爸说赶快给客人们开饭，不用等新的那批，现在雨大，估计要晚上才能进山了。"贡布一边朝着长姐转达，一边走到门外抬头仔细望着雨云。

"看来今晚不会停雨了，明天应该没有客人进山来了。"贡布走到央金的旁边，悄悄地说。同时脸上露出了只有他和央金能明白的笑容。

央金的脸上也露出了一丝笑容，但是扬起的嘴角瞬间又沉了下去。

休息，对于假期里的央金是那么地珍贵，她何尝不希望明天不要再来客人。但是想想阿爸阿妈欠下的巨额债务，想想还在读书的她和弟弟。她就觉得再累也不如多来点客人，多挣点钱还清贷款更现实。

晚餐被客人们风卷残云后，大客厅里只剩下了央金和贡布。他俩捧着糌粑静静地嚼着，窗外全是下雨的声音，无话的两人心里都在急切地等待着阿爸和阿妈。

十点多了，阿爸的电话来了。

"快准备饭菜，客人到山下了，我们这就上来。"

央金和贡布弹簧般地从板凳上起来，点火、倒油、往锅里倒下早就准备好的菜。

那夜的雨一直下着，等客人们都休息了。阿爸阿妈才坐下端起了酥油茶。

阿爸点了支烟，在窗户前朝着山顶那边的夜空望了半天，回过头有点高兴地对阿妈说："云在散去，明天天气会好起来。"阿妈也都笑着说："还有4间屋子没住满，希望明天再来一些客人。"

贡布低头收拾着碗筷，失望和疲劳，让他的情绪非常低落。央金在背后捅了一下他说："你先去睡吧，我来洗碗。"

央金让弟弟和阿爸阿妈都先去睡了。她还要提前准备明早客人们早餐的一些食材。扎尕那的雨夜，央金在厨房的灯光下，独自忙碌着。

天亮时分，阿爸接到了旅行社的电话，说有一个散团已经在去景区的路上。阿爸喊醒了阿妈去蒸煮客人们的早餐，他想让央金和贡布再多睡一会，他知道孩子们的辛苦。阿爸独自开着三轮摩托朝山下景区而去。

央金醒了，她觉得浑身的酸痛似乎还没散去，但是天亮了，她知道一天的忙绿还要继续。

一夜雨水在清晨扎尕那的阳光沐浴下开始升腾开来，云雾缭绕着山峰，那如仙境一般的景色刺激着游客们的神经。

阿妈欣慰地远眺着山峰，自言自语说："今天的客人不会少的。"

央金也远远眺望着萦绕山峦的云雾，她也觉得自己的家乡太美了，只是她再没有时间和心情像小时候那样无忧无虑地坐在山寨的某个地方遥想世界了。

狼 叫

○ 甘应鑫

　　光棍表叔秃顶那年，刚过五十六岁，随村里人去市火车站，当临时搬运工。

　　有一天，路过站外一处垃圾堆，忽然听见婴儿啼哭，觉得蹊跷，揭开脏包一看，是女婴，已经生命垂危。他心软了，说："天送的，我收养了。"最后牢牢地抱了回去。

　　转眼十年过去。养女吃着百家饭，纳着百家福长大了，而表叔已不经熬，刀耕火种，骨瘦如柴，又害眼疾，为了养女上学，多攒点钱，上山采药又摔伤腰椎，差点见阎王。不是所有人，都能锦衣玉食，当年表叔家，日子过得实在太苦，餐餐清汤寡水，顿顿眼泪水泡饭。父女俩去赶集，村民指指点点，句句戳心。有夸他行善添寿，有骂他窝囊造孽，自己吃不饱肚，还捡个小孩养……表叔听过苦笑一声，便默不吭声，照旧当成亲生的养，一直没有放弃。

　　最近几年，乡政府抓精准扶贫，划拨出专款补贴，鼓励村民自筹资金挪窝，到乡里建洋房，表叔拿不出足够自筹款建房，一直与山相依、以水为伴，蜗居在村里。

　　以往，村里人能关照则关照他，如今人畜搬走，他就成了单身独户，住在村东山脚下一栋毛南族木楼，上面住人、下面养牛。遇上刮风下雨，烧瓦裂缝漏雨，房梁摇摇欲坠，有时还掉落下蛇鼠，住得心惊肉跳。好在，乡干部经常来慰问，又帮他落实贫困户补助金、五保供养金、农村低保金，生活改善了，心坎压的石头也落地了。

由于村上生源少，小学教学点早就撤销，邻近村小学和初中，合并为乡九年一贯制学校。方圆二十多公里内的小孩，得走路去乡里读书。从表叔家去乡小学，步行至少一个小时方穿过雾气笼罩的莽莽森林，途中一段险滩要蹚过小溪，一段险路要从悬崖巨石间挤过去。这里山高水深，荒无人烟，却一点也不寂静，鸟鸣兽啸，奇香弥漫，连大人都惧怕、嫌远，更何况小孩；所以家境好的小孩转学，家没钱的小孩，有的就辍了学。养女想退学，表叔对养女说："凭一口气，点一盏灯，有我吃就有你吃，你要念好书，争口气！"然后卖掉了家畜。从此，天麻麻亮养女又出门上学，放学又随着星辰到家。

有一天傍晚，养女放学路过老坟山，乌鸦乱叫，她见一堆新坟招魂幡下，猛蹿出一只白兔，吓得她背脊发冷，中邪似的絮絮叨叨一晚胡话。另一夜，一群野猪又把表叔家稻田拱得颗粒无收。打那以后，表叔为给养女壮胆，想出一个护身秘法，并教会她：学狼叫。

女孩学狼叫的传说翻山涉水，传遍十里八乡，招来了媒体。

记者们驱车到了乡里探秘，不少人说亲眼见过狼。看见她牵牛出门，记者好奇地问："山里有狼，你不怕吗？"她苦笑答："不怕，我有办法对付狼。"记者一愣，是小瞧了女孩，瞪大眼一瞄，女孩天生一双鸳鸯眼，眼珠子左边幽蓝色、右边褐橘色，一眨一眨，璀璨，勾魂。记者问："你长大以后想干什么？"她鼻子有些酸，说："去打工赚钱，照顾爸爸。"在一旁的表叔听了搂住养女无声地抹泪。表叔边招呼记者坐下吃五彩糯米饭，边烧水泡茶，说："小女从上小学起，成绩在年级里数一数二，非常懂事乖巧，平时放学回家，就主动做家务……"

一路风景一重天，人在做天在看，狼未见，心已寒。父女俩目送着记者出村口，像稻草一样等待着被黄昏吞噬。记者们蔫头耷脑钻进密林，喘气爬上磐石，忽听见山崖背后"嗷呜……嗷呜……"的哀号声与风声从极远之地呼啸而来，在人迹罕至的山谷间激荡，那声浪足以将人掀下山崖。记者们疑心是风声作怪？还是狼嗥？人喊？

表叔没想到，过完分龙节不久，县政府扩大自然保护小区，把村里的林地列入新建的保护小区，派人埋设了界线桩、立起了保护碑并命名为"野狼谷自然保护小区"。

表叔更没料到暮年有福，交了好运。乡政府忽然安置他去了一家养殖场帮忙；还为他养女找到寄养家庭，是一对没有孩子且富裕的中年夫妇。

终于，三只羊乡里，没了狼叫。

原载《河池日报》2017 年 9 月 28 日

座 椅

○ 张雪飞

　　局会议室的角落里摆着一把豪华气派的老板椅，但上面落满了灰尘，就像一位被遗弃的贵妇，说不出的落寞伤感。

　　奇怪的是，局里平时把会议室打扫得纤尘不染，特别是明局长要来开会的时候，办公室达主任亲自上阵，带领大家干得那叫一个欢，但唯独谁都不去碰这把椅子。明局长以洁癖出名，对这把灰头土脸的椅子却视若无睹。

　　不出意外的话，它将会一直"灰"下去。但情况发生了变化，原因是局里的小青年小盛的办公椅坏了。小盛打了个报告，请求局里为他购置一把新椅子。达主任看着报告，慢悠悠地说：现在反腐倡廉抓得那么紧，局里的各项开支都在压缩，我看这个问题先放一放吧。时间一长，小盛会自行解决的，大不了他掏工资买一把呗。

　　报告送上去许久没有回音，小盛大骂达主任"不作为"。这天，局里开会，小盛看到会议室角落里那把落满灰尘的老板椅，便想来个"废物利用"，会后他找机会把它搬进了自己的办公室。因为心里有气，他事先也没向达主任报告。

　　自从坐上这把椅子后，小盛感到同事们对他的态度发生了逆转，透着一股谄媚劲。特别是达主任，不但没批评他擅作主张，第二天还降尊纡贵到他办公室来了一趟，跟他称兄道弟。以前同事们把苦活累活全推给小盛，现在连他的分内事都有人替他张罗，末了总要请他方便时"关照"一下。

"我人微言轻，'关照'可谈不上！"小盛实话实说，可人家偏不信。时间一长，小盛心里直犯嘀咕：难道是这椅子有古怪？几经打听，原来它是前任甄局长的座椅！

甄局长半年前调到县里另外一个部门任职去了。虽是平职调动，但那是一个要害部门，这通常是提拔的前奏。

小盛把这个情况跟父亲一说，对官场颇有研究的父亲说：你的同事们肯定把你当成甄局长的人了！你想，前任局长的座椅，现任局长肯定不愿坐，这样谁都不方便去坐了。达主任是甄局长的人，为了不引起明局长的猜疑，他只好刻意冷落这把椅子，让它落满灰尘。你误打误撞地坐上了这把椅子，人家以为你事先请示过甄局长，或是甄局长授意你这样干的。甄局长仕途行情看涨，大家要留条后路，所以要巴结你。

"你不妨不动声色，将计就计！"小盛听从了父亲的建议，从此对"座椅"一事讳莫如深。

哪知事情又横生枝节，明局长在一次出差时心脏病发作，没抢救过来，甄局长炒了"回锅肉"，回来接着干。

甄局长一回来就发现自己以前的座椅不见了，他几次想问它的去向，但话到嘴边又强咽回去。他不愿坐明局长的座椅，局里只好重新给他买了把更气派的老板椅。

梅开二度，甄局长发现了一个奇怪的现象，老是有人在他面前说小盛的好话，特别是达主任说得最带劲。他开始留心小盛，一天带着考察的心思走进小盛的办公室，猛地发现自己以前的座椅竟然在小盛屁股下。他心里像被针扎了一下，似乎找到了自己败走麦城的原因。

本来，上级把甄局长调整到要害部门，是为提拔作准备，可不知哪个环节出了毛病，他又被"发配"回原单位，而接替他的人没多久就获得了提拔。他心里很憋屈，一直在琢磨原因。现在看来，这肯定跟小盛这个无名小卒"占"了自己的座椅有关。兆头不好嘛！

得把座椅弄回来，但又不能明着要，咋办呢？甄局长在心里盘算开了。

达主任见甄局长脸色铁青地从小盛办公室出来，正纳闷的当儿，甄局长却向他交代了一个任务，他不禁在心里为自己以前的做法叫好。

不久，小盛被提拔为办公室副主任。当副主任后他做的第一件事，就是把屁股下的老板椅重新搬回了会议室。至于这是他自己的主意，还是有"高人"支招，就不得而知了。

从此，这把老板椅出现在会议室最醒目的位置，经常被擦得锃亮。形成鲜明对比的是，明局长的座椅又被扔进角落，落满灰尘。

开会时，面对那把雍容华贵纤尘不染的老板椅，每个人的心头都会泛起不一样的念头。而甄局长每次坐上去，都会在心里念叨着一个愿景。

最后一所村小

○ 欧正中

放暑假了。王老师站在学校门口，送别学生。"大家路上小心，小心！"其实学生早已看不见，他仍眼巴巴地望着，口里不停地叮嘱着。

以往，王老师会亲自把学生送到家里。这里，地理条件很差，路途艰险。可现在，他无能为力了。

王老师放下有些发酸的手，拄着拐杖，刚想转身，回头却发现老村长不知什么时候站在自己身后。

王老师微微一惊，连忙招呼："村长好。"

老村长并不回应，阴郁着脸，眼睛里似乎闪着一层湿湿的光。

良久，老村长略显艰难地说："王老师，你回去收拾好东西……"

"老村长，你说什么？"王老师似乎不太愿意相信自己的耳朵。

"下学期教育局调你去你老家的乡中心校，那里条件更好些。"

"我就喜欢这里！"王老师说。

"王老师，我知道你把村小当堂客了，你把全部的爱都给了村小，给了村里的孩子们。可是……"

"老村长，当初你和我不是约定好要把村小坚持办下去的吗？"王老师认真地说，"你咋失约了呢？"

"王老师，要知道，我们村是全县最后一所村小了。如果不是我坚持着，早撤了。现在，我老了，也坚持不住了。王老师，你走吧，乡中心校条件好，有利你的身体。"老村长的口气无奈又不容置疑。

望着老村长离去的背影，王老师突然意识到，老村长说的话是真的。他没有做好心理准备。尽管他知道，这一天早晚会到来，可没想到会来得这么快，这么突然。

王老师拄着拐杖，一步一跛地回到空荡荡的寝室里。他没有收拾那少得可怜的家当。他需要时间来整理自己的心情，整理这三十年来遗落在这偏远小山村一草一木之间的一点一滴的心情。

其实，王老师也曾有过调进城里的机会。

那年，王老师35岁。在护送几名学生回家途中，天突降大雨。一条小溪涨水了。王老师护送着几名幼小的女生刚过河，一名大些的男生等不及了，冒险跟了过来。哪知，脚下一滑，一个趔趄，竟被河水冲走了。王老师听到"救命"呼声，急忙回转身，跳进河里，几个扑腾，猛追上去。在二十多米外，总算救起了那名男生。不知是惊吓过度，还是体力不支，王老师竟昏倒在了河岸边。眼看河水越涨越高，几名女生急得哇哇大哭。哭声引来了附近的村民，王老师得救了。

这件事被县长知道了。县长批示说，像王老师这样的好老师，不应该埋没在大山里，要给他一个更大的舞台。

王老师得知消息后，果断拒绝了。他认为自己不过是山里的一棵草，离开了大山，什么也不是。这些年来，王老师把自己的形迹，完全隐没在了这大山里。他的汗水滴落在路边的草上，与露珠同辉，他的讲课声回响在大山，与鸟声同鸣。

然而，也有让王老师深感自责的事。

一个月前，王老师护送学生回家，不知是年老体弱，还是疏忽大意，不小心跌落陡坡，幸被一棵松树挡住，才捡回了一条命。他的腿却因此受伤了，落下残疾。每天拄着拐杖进教室，他心里都会涌起深深的自责：老了，不中用了。

王老师用力拍打着自己受过伤的腿，眼里涌出了晶莹的泪水。他自言自语地说，如果不是因为我受伤了，老村长还会坚持把村小办下去的。

第二天，老村长早早来到学校，身后跟着两个年轻力壮的村民，他们都是王老师过去的学生。今天，老村长安排他们来送王老师。

两个村民背着行李，护送着王老师，慢慢消失在大山里。

老村长站在村小门口，久久地挥着手，直到看不见了还在说："王老师，再见。"

突然，老村长大叫起来："王老师，我也舍不得你走哇！"

老村长蹲下身，用双手使劲地抹着流泪的双眼。

老村长回到村办公室，给乡长打了一个电话。

乡长急切地问："王老师出来了吗？"

"出来了！"老村长回答说。

"好了，好了，总算出来了。老村长，还是你有办法。这下，我可以给县长交差了。"

"乡长，你不要忘了跟教育局的领导说一下，下学期，他们得给我们村小学派一个像王老师那样的老师。不然，我没法给村里的乡亲交差呀。"老村长忧心地说。

"放心，放心，教育局不会让你失望的。"乡长安慰说。

原载《江河文学》2017 年第 4 期；《长沙晚报》2017 年 7 月 18 日转载

煎饼侠

○ 林华玉

王智秋好玩扑克，当然他不是赌博，而是弹扑克牌，比如弹西瓜，就是把一个西瓜放在三米开外，他用力探出一张扑克牌，那扑克牌的一个角就能插进西瓜皮内，最深的一次，插进去三厘米多。

王智秋越玩越上瘾，越玩花样越多，他将十个啤酒瓶放在两米之外，接连弹出十张扑克牌，啤酒瓶竟然一一被击倒，观看者无一不啧啧称奇。

随着王智秋玩牌的手艺越来越高，就有一些小演艺团体找他表演节目，给他一些酬劳，尽管钱不多，但他越来越有自信，也有了野心，想以此为业，参加各类演出活动，参加电视台的选秀节目，出大名，赚大钱。

王智秋的父亲反对他把弹扑克牌当成事业，要他好好找个工作，踏踏实实地赚钱养家。王智秋正是血气方刚的年龄，对父亲的话根本听不进去。

有一次，一个大老板过生日，请王智秋去表演节目，出了个高价，但也出了个难题，就是要王智秋表演飞牌插人。

节目就跟飞刀插人一样，让一个穿比基尼的美女模特儿站在一张泡沫板后面，让王智秋将扑克牌弹在她身边，却不伤人，这对王智秋是一个挑战，再说演出费又很诱人，王智秋答应了。因为时间紧，他用假人只练习两天就去表演了。

结果，表演过程中，王智秋一时失误，将一张扑克牌插到了模特的眼睛上，导致那模特瞎了眼，他因为过失伤人罪被判入狱。

两年后，王智秋刑满释放。其间，父亲已经去世，临死前留下遗言，不让王智秋再干弹扑克的勾当，好好找个工作。王智秋在父亲的坟前赌咒发誓，再也不碰扑克，否则天打五雷轰。

王智秋的父亲生前是卖煎饼的，就是在三轮车上摆着煤球炉子，炉子上面放个小鏊子，在鏊子上烙煎饼，还要准备一些火腿肠、鸡蛋、生菜等食材。煎饼里具体卷什么东西，要根据消费者的口味。王智秋初中毕业后，也跟着父亲卖了几年，所以对烙煎饼不陌生，他决定操起父亲的旧业，卖煎饼。

王智秋买了一辆二手三轮车和煤球炉、小鏊子、面粉等物，在家里练习了几天，觉得找回了当初的感觉，就推着三轮车去了市场，这生意就算是开张了。

王智秋的煎饼烙得不错，价格也不贵，但因为他是个刑满释放人员，再加上市场上原本有两个卖煎饼的，他的生意并不好，一天也卖不了几张煎饼。

这天，王智秋正在摊前等生意，忽然听到有人大喊："抢钱了，抓贼呀！"接着一个穿黑衣服的小伙慌慌张张地朝前边跑着，他左手拿着一个包，右手挥着一把匕首，后边一个中年男子一边喊着一边追，路上的行人见歹徒凶神恶煞的样子，怕挨刀，都不敢上前阻止。

忽然间，那抢劫犯的左腿被什么东西击中，他踉跄了一下，差一点跌倒，还没等他稳住身子，右腿又挨了一下，扑通一声，他倒在了地上，手中的匕首也脱手而出。后边的中年男子追上来，夺回了包，这时，才有群众上来，跟他一起制伏了歹徒。

众人这才发现击倒抢劫犯的竟然是两张还冒着热气的煎饼，不由得啧啧称奇。这时，一个人走上前来，捡起了两张煎饼，弹了弹上面的土，说："可惜了我两张煎饼，这下只好拿回去喂狗了！"

来人正是王智秋，抢劫犯经过他前方时，他也不敢出头，情急之下，他忽然想起自己的弹牌神功，就顺手拿起一张刚出炉的煎饼，照准抢劫犯的左腿弹了出去，第一下没把他打倒，只好又来了一下。

薄薄的一张煎饼竟然能打倒人，这可是奇闻一件，有好事者将此事爆料给了报社，还有人将此事发到论坛、微信朋友圈，同时发到网络的还有煎饼哥王智秋的照片。王智秋顿时成了名人，前来看望他的人络绎不绝，人家还送了个外号"煎饼侠"给他。从那之后，王智秋的煎饼生意也大火了起来。

原载《上海故事》2017年第5期

走光的驴子

○ 王文钢

驴子不懂什么是走光。驴子也不知道，自己的形象会一夜间让整个城市的人津津乐道。

其实，驴子只是一头驴子，一头能拉车的驴子。只不过，这次驴子很荣幸地跟主人逛了一回城。

驴子的主人叫满梁，满梁拉了满满一车西瓜进城。从凌晨两点多出发，驴子拉着满梁，拉着一车西瓜，进城卖瓜。

满梁听说城里的西瓜比镇上的西瓜贵几倍，就摘了一车西瓜。碧绿滚圆的西瓜，个挨个挤在驴车里，满梁坐在驴车上，挥着鞭子，嘴里不时地吆喝着驴子，让驴子加快步伐。

驴子很兴奋。驴子没进过城。驴子想跟别的驴子炫耀一下，可是一个村，就它一头驴子。另外还有两匹马一头骡子，住得离驴子远，驴子只在村后的路上见到过它们几次。

驴子很无趣，就咴儿咴儿地干嚎几声，算是炫耀。村里那几头同类，听见听不见，反正它是高兴。

驴子所在的村子还不富裕，因为驴子所在村子所属的省是个经济落后的省。临近的省却是个经济发达的省，那里的村子，早就没了牲口，早就不再用牲口拉车。

驴子有时感觉很庆幸，心想我们驴子生来就是拉车的。不拉车的驴子还叫牲口吗！

可惜的是，驴子拉车只是在村庄的周围转悠，从来没出过远门。驴子的主人满梁带着驴子赶集卖瓜。有时农忙，驴子也拉化肥，拉庄稼。

当太阳从东边地平线露出头的时候，驴子拉着满梁，拉着西瓜，来到了城市的边缘。驴子眼毛上，嘴巴上，沾满了露水。驴子吐了一口气，朝旁边瞥了一眼，马路边的花坛里竟然有绿油油的青草，驴子爱吃的那种。

驴子就顿了一下，扭头过去，想衔几根青草，先垫垫肚子。出来这么长时间，驴子有些饿了，肚子里开始咕噜噜响起来。

满梁不满，用鞭子抽了它一下，瞎货，这个地方的草能吃吗，被逮着要罚钱的。

驴子领会了满梁的意思，唰唰继续朝前走。

满梁赶着驴车，来到一个巷口，停了下来。他从车厢里拽出一把来时准备好的青草放在驴子脚下。

驴子眨巴眨巴眼，低头吃了起来。满梁趁驴子吃草的空，揭开车上的蒙盖。鲜亮的西瓜露出来，招来很多人的目光。

有的西瓜还带着露珠，带着瓜秧。其中有一个西瓜耐不住寂寞，在半路的时候，就偷溜溜地炸开了身子，红红的瓜瓤，黑黑的瓜子，薄薄的皮儿，让西瓜成了备受关注的宠儿。

驴子不知道人们关注的是西瓜，被人们围着，开始有些扬扬得意。

不过，也有人在关注驴子。是一个三十岁出头的少妇。驴子不会辨认，尤其是城里人，它不知道眼前的少妇是个城市白领，整天坐在电脑跟前的城市白领。

天气很热，少妇起来以后，上身穿了件低领衫，下身穿了件牛仔短裤，反正是周末，不要上班。少妇上卫生间时看到了楼下卖西瓜的。

她在楼上已经看到车里碧绿的西瓜了，还有那头驴子，四条腿不停乱动的驴子。就下了楼，准备买几个西瓜，下来时，还把她的苹果手机拿了下来。

驴车四周围满想买西瓜的人，都在七嘴八舌跟满梁讨价还价，让满梁再便宜些。满梁始终不松口，大老远跑来卖西瓜，怎么说也得比镇上贵些吧。可这些人，还的价钱，比镇上的还低。

就在这时，过来一辆警车，停了下来。满梁的驴车靠近路口，有点占道。下来一个交警，跟满梁招手，你有驾照吗？

满梁小心翼翼地过去，跟交警交涉。

驴子这边没有安静，其实驴子一直在默默地看周围那些人的一举一动。最让驴子幸福的是，那个少妇这会掏出了手机，对着驴子左拍右拍。驴子瞅着少妇，四只蹄子不停地挪动着，眼睛忽闪忽闪，扭动着尾巴，展示着自己。

后来发生的事，驴子就有些莫名其妙。他的主人满梁接过交警递过来的一张单子，哭丧着脸，从兜里掏出几张碎票子。

那个少妇从小在城里长大，第一次见到驴子，拍了照片以后，就发了微信，说见到了一头骡子，原来骡子长得这么帅啊！

很快，有人跟帖反驳她，告诉她那是一头驴子。少妇回问，怎么确定是驴子？

人家回答，骡子不能生育，下身不能成那样。少妇仔细一看，一点不假，昨天拍的时候，没注意，驴子竟然兴奋得下身变了样。

就在少妇羞红着脸想删除照片时，她发的照片已经被人转发多处，而且题目改成：走光的驴子。

少妇不知道驴子怎么会那样，或许只有驴子自己知道。下午的时候，驴子拉着满梁走在回去的路上。

它永远不会知道，自己一夜之间能靠走光走红。自己的形象在城市那些喜欢微信人的手机上不停转发。很多人对着驴子兴奋的样子，呵呵笑了起来！

原载《金雀坊》网刊 2017 年 5 月 22 日

报　复

○ 孙　逗

　　老钱的做贼生涯是被刘军给结束的。刘军是个警察，把街头行窃的老钱当场抓住。于是老钱进了监狱。

　　经过两年的改造，老钱终于出狱回了家。但是家门上着锁，与他相依为命的老母亲去向不明。他无法向邻居打听，因为邻居大多是临时租户，两年的时间，不知换过多少家。

　　老钱以前虽然做贼，但是个孝子，他不敢想象患有痴呆症的母亲离家出走后会是什么结果。可越是不敢想，就越是要想，想着想着，老钱的眼睛就红了。

　　晚上，老钱怀揣着一把刚买的刀，还有一颗仇恨的心，潜伏到了刘军家的客厅屏风后。

　　刘军下班回来了，他拎着菜和肉，先是进了卧室。

　　“妈，我今天有事回来晚了。您起来溜达溜达，过会儿咱就开饭。”卧室里传来刘军哄孩子一样和声细语的声音。

　　老钱后悔，要是知道黑灯瞎火的卧室里有刘军的妈，他早就动手了。自己的妈被仇人弄丢了，仇人的妈却在自己的眼皮子下享受着膝前子孝。老钱恨不得抽自己一巴掌，来了大半天，怎么就不去各个房间转转呢。那老太婆也是，在屋里竟没弄出一点动静来。

　　刘军去厨房放下菜和肉，回到客厅坐下，他拿起一支烟，却未点燃，就又放下了。刘军回卧室，说："妈，您困就再眯会儿吧，我做好饭再来叫您。放心，我不会吵到您，我给您锁上门。"刘军把他母亲的门给反锁上了。之后，他去厨房做饭。

老钱强忍住悲伤和愤恨，他不敢轻举妄动。因为凭刘军的身手，擒他，应该比捉只鸡还要简单。他一定要坚持到刘军睡着了再动手。那样，他成功的概率会大些。

厨房里响起油锅的"刺刺啦啦"声和抽油烟机的"嗡嗡"声，老钱的肚子里如同突然长出了千只小手，在抓挠他的胃。他这才想起，从出狱到现在，他还没有吃过一口东西呢。

刘军开始往客厅端饭端菜。少顷，就摆满了饭桌。白白的米饭，绿绿的爆炒青菜、红焖大虾、红烧肉，还有一个西红柿炒鸡蛋。老钱使劲咬住嘴唇，生怕因吞咽口水发出大的声响。

刘军摆好了饭菜，用钥匙打开卧室门去叫老娘吃饭。老钱趁机冒险溜进了厕所。他实在受不了了。他的肚子不争气地发出的"咕咕"声越来越频繁，也越来越大声。

"妈，您坐好。您看这都是谁最爱吃的菜啊？别急。我还要再送您一个惊喜呢。"客厅里传来刘军的说话声。想必，他已经跟他的老妈入了座。

老钱恨得更加咬牙切齿。这个该死的刘军，要不是他，自己就可以天天和自己的老娘一起吃晚饭，该多幸福啊。老钱从怀里拿出刀，握着，他真想此时就冲出去，血刃刘军娘俩，给自己，也给自己的老娘报仇！

"出来吧，老钱！"客厅里，刘军的一声喊，惊得老钱手里的刀掉到了地上，他赶紧捡起来放到怀里。

"老钱，你给我出来！"客厅里的刘军又是一声大喝。

"娃，娃，我的娃在哪里？"一个颤颤巍巍、含糊不清的声音激动地叫着。

老钱猛地听出，这是他老娘的声音。什么都顾不得了，老钱一下子窜到客厅，他白发苍苍的老娘正被刘军搀扶着，推开饭桌旁的椅子，摸索着，要寻找他。

"娘！是你吗？真的是你吗？"老钱紧紧地抱着母亲，不相信地问着一遍又一遍。

是娘，哪里会错！老钱入狱，他老娘除了知道"娃"是她的儿，啥也不明白。刘军把她接回家，供养了两年。今天是老钱出来的日子，刘军担心老钱回家找不到娘着急，请假去监狱接他，但是路上处理了一场斗殴，就错过了时间。他找遍了可能与老钱有关联的人，都没有老钱的线索，只好回家。当他拎着菜和肉去厨房时，警觉的他还是发现了客厅里的异常。担心惊到老人，他不动声色地把卧室门反锁上，同时也担心惊到老钱。做好饭菜，他已经为老钱摆放好了碗筷，这才站在客厅里叫老钱出来，他是想给老钱一个真正的开始。

老钱从怀里拿出那把刀，双手捧着举给刘军！同时，他也泪流满面地跪了下去！

                    原载《三江都市报》2017年8月29日

                                                            225

小铁盒里的秘密

○ 朱士元

雪停了，太阳露出了久违的笑脸。路面被一层薄冰覆盖着，车子行驶在上面发出"咔咔"的响声。

真是不巧啊，刚到泉城就一连下了几天雪，今天终究可以出门啦。坐在轮椅上的华伟老人显得很兴奋。

爷爷，我们还得等一等，路面现在有点滑，车子不能开。孙子华振不打算急于现在就开车走。

孙子啊，我真的有点等不及了。

您别急，我们到了这里不就是等于到了卫爷爷的家了吗？

不是还有二十里的行程吗？

二十里转眼间就到了。

好，好，那就再等一会儿吧。这个雪，和我们那年在战场上一样，一下就是好几天啦。雪停了以后，地面上结了厚厚的一层冰。

华伟是1949年2月参军的，那年他刚满20岁。到了部队，他认识的第一个人就是班长卫国。

解放家乡的战斗打得很激烈，胜利的捷报也频频传来。华伟跟在比自己大两岁的卫国身后，学会了很多打仗的本领。

战斗休息期间，卫国教华伟识字，还教他打枪扔手榴弹，还为他补衣服。很快，华伟视卫国为亲哥哥，卫国也视华伟为亲弟弟。

要去海南了。部队离开家乡的前一天晚上，华伟的母亲煮了20个鸡蛋送了过来，她要儿子不要饿着。华伟无法面对母亲，劝她连夜回去了。

华伟把20个鸡蛋分给了全班人，班长让他留着自己吃，华伟一个也没留。

那么多的战斗，华伟经历了。他看着好多战友离开了他，心里想起来就会难受。

华伟，我们马上要去朝鲜参加抗美援朝的战斗了。你怎么想？卫国问。

保家卫国，这是七尺男儿的担当，我一定去！华伟毫不犹豫地回答道。

高望山战斗是在漫天飞舞的大雪中进行的。战士们已经断粮两天了，粮食还是送不上来，雪是他们唯一充饥的来源。

敌人再一次反扑过来，战士们怒目圆睁，等待敌人靠近些，再靠近些。

打！首长一声令下，敌人倒下了一片，余下的缩着头拼命往回逃窜。

轰！一颗炮弹落在华伟身旁炸响。班长卫国掸了掸身上的泥土和雪花，睁眼看了看，只剩下他一个人能够站起来了。他看了看华伟正在向他招手，已不能说话。

班长卫国走到华伟身边一看，伤情十分严重。他立即叫来担架，要他们立即将华伟送到战地医院。

雪还在下着。雪花打得人眼睛睁不开。

华伟对卫国说，你也负伤了，要去，你去，我在这里守着。

你在这里已无意义了，得赶快走，有我在，敌人就别想上来。卫国坚定地说。

哥哥，我是舍不得你啊！华伟流泪了。

弟弟，有军人在战场上流泪的吗？

我委托你一件事，把我这枚军功章送到我福建老家，也好让老爸老妈高兴一回。卫国说。

接了卫国的军功章，华伟便被担架队抬走了。

卫国在那场战斗中牺牲的消息是连长告诉华伟的。这时，正是"文化大革命"刚刚开始的那一年。

华伟离休以后，写了无数封信件去查询卫国的家乡，可一个回音也没有。

66 年过去了，老人的心愿一直没有了却，这早已成了他心头的一块病。

华伟的叹息声，唤起了孙子的一种想法。孙子对爷爷说，爷爷，我上网给您查询，再请志愿者们帮忙，一定能带来希望的。

孙子，这有可能吗？华伟用疑惑的目光看着孙子。

试试吧！

那好！

3 个月过去了，华伟老人的孙子收到一条信息，上面显示的与老人要找的卫国家乡和家人完全吻合。

路面上的冰雪融化了。老人坐的车启动了。

卫国的侄儿已是年近 80 的老人了，见到华伟老人后泣不成声，说，叔叔，有下落了，叔叔有下落了。

华伟老人从小包中取出一个小铁盒递到卫国侄儿的手中，说，这是一枚军功章。

卫国的侄儿用手轻轻地打开小铁盒一看，只见那枚军功章熠熠生辉。

爷爷，这么多年啦，您一直不让我们看这个小铁盒，原来藏的是这么大的秘密啊。华伟老人的孙子既惊奇又感慨地说。

是的，这个秘密可以洗清我叔叔那些传说中的不白之冤啦。卫国的侄儿用颤抖的手抚摸着那枚军功章。

这么多年了，真的难为你们啦。华伟老人把卫国侄儿的手紧紧地握在自己的手中。

谢谢您啊，华叔！您的小铁盒藏了我叔叔的一生啊。卫国的侄儿忍不住流下泪来。

坐在轮椅上的华伟老人郑重地说，我的任务完成了。

卫国的侄儿向华伟老人深深地鞠了一躬。

原载《短小说》2017 年第 6 期

红色手提包

○ 朵 琼

火车马上就要开了，钟苡拉着旅行箱，背着红色手提包直奔检票处。检票后，她把旅行箱放到安检机上检查。

"你的提包也要检!"当她想到安检机后面拿箱时，安检员拦住她。她只好把手提包也放进安检机，然后飞快地到后面拿回。

她疾步跟着上车的人流，进了卧铺车厢，放好行李，总算是能松口气。

车很快就开动了，她坐在窗口，望着后退的风景，感到依依不舍。脑海里总浮现出她男友英俊的面孔和与他亲热的场面。短短的一个星期，爱和甜蜜总是包裹着她。要不是男友有急事，今天定会来送她的。

离别就意味着对恋人无尽的思念，给他打个电话吧，表白一下这会儿对他的情丝。

她打开手提包，想从中拿出手机。

"奇怪!这怎么不是我的提包?"她瞪大眼睛，心里一阵慌乱。

她在红包里翻找，手机没有见，还有男友送给她的金项链和金戒指及银行卡也不见!里面还有三千元的现金也不见!那些首饰可是男友给她的定情物，是一辈子的纪念品啊！她急得眼泪都快掉下来。

钟苡在包里胡乱翻了一下，里面只有个小小的红布包，她打开布包，看见有一个银行卡和两张纸。

她打开其中的一张看：

花儿：你好苦命，你爸走得早，现在只有你和你奶奶相依为命。是妈对不起你，我这辈子最痛苦最受折磨的事情就是由于我的疏忽，至使你触电截肢。我这辈子只想拼命地找钱，给你装个假肢，使你像正常的孩子那样读书、生活。有件事情现在不得不告诉你，去年我被查出患有三级矽肺，为了能多找钱，我依然坚持做些轻工。最近我全身很不舒服，呼吸也感到很困难，我怕是快不行了。我很想念你们，我这样子你们见了也会很难过的。我的后事你们老小也是难办。我在这里好歹单位会管。我要是病故，是属于工亡，像我这样工亡的，单位会补助很多钱的，再加上我这几年省吃俭用存下的几万元，你装假肢和读书的钱都有了，这是我最大的安慰。

我的遗产叫你小姨带给你。你以后有什么困难，叫她帮你吧。

你一定要好好坚强地活下去，学一样本事，养活自己。这就是我最大的希望。我想……

信似乎没有写完，但已没有下文，字体歪歪斜斜，模模糊糊，看得出，这封信曾经被泪水浸湿过。

她看第二张：

阿花，你妈因晚期矽肺于八月十九日在医院过世。后事我已协助你妈单位办完。等你安好假肢后，再把她的骨灰捧回家乡安葬吧。

你妈的存款和工亡补助金与其他补贴共计二十三万八千六百元，我全部给你存在银行卡上。密码是：650916，这个数字就是你妈的生日，也是你要永远纪念的日子。

小姨刘芳字

钟苡看完这些文字，失去财物的悲伤有所缓解，她更着急的是怎样才能把这用命换来的钱送回失主。

她把情况向列车长反映后，播音员马上广播，寻找刘芳字前来调换红提包。

这消息在列车上已播了好几次，就是没有人来认领。

钟苡到终点下车后，把这情况向车站负责人报告，要求他们在沿路各车站再次广播并贴上广告。

三天过去了，钟苡没有接到调换手提包的任何信息。她脑海里不再装着恋人英俊的脸庞，而是装着那可怜的母亲和孩子。

她再次来到车站，要求车站调出她那天坐火车的全部旅客的名单。没有找到刘芳字这个名，只有个叫刘芳的。这下钟苡醒悟了，那个"字"并不是失者的名。

她按刘芳身份证上的地址找到了刘芳的家，刘芳的老妈说，刘芳不在家，她在住院。

她在医院找到了刘芳，见她躺在床上，脚上缠着绷带，眼睛哭得像核桃大。当钟苡把信递给刘芳看时，她皱着的眉头舒展开了。

"怎么，我的旅行袋在你那里？不是被人抢走了吗？"

钟苡把寻找手提包的经过向刘芳前前后后说了一番。

"我还不知道提包拿错了呢，这个包是我姐买给她女儿作纪念的。检查完行李后，我就把提包放进旅行袋锁上了，因为怕丢失，在车上我没敢打开。当我坐摩的回家时，歹徒把摩的撞倒，抢走了我的旅行袋，我最伤心的是把我姐用命换来的钱抢走了！好在你拿错了我的提包。"

"刘阿姨这几天连饭都不想吃，都想寻短见呢，还是我们拉着她才没有出事。"一个护士在旁插嘴说。

钟苡把物归原主。刘芳从提包里拿出银行卡看了又看，笑着对钟苡说："太谢谢你了！这真是救了我的命！你的提包里有值钱的东西吗？"

“没有什么，不用谢。你好好养伤吧。”说着，她就想离开医院。

“你别走，留下你的手机号码和地址，日后我会好好感谢你！”

“不用。”

钟苡很快地坐车离开了医院，她双手空荡荡的，但救了一家人，感到宽慰。

爷爷的故事

○ 李永康

　　爷爷做过"米"字寿宴，就不喜欢给我讲故事了。他每天早晨去公园散步回来，就静静地坐在沙发上闭目养神。午饭后提着小匣子去花园里喝茶听川剧。他喜欢听传统剧目"五袍""四柱"。爷爷给我介绍过，说"五袍"是历史剧，有萧何月下追韩信的《绿袍记》、薛仁贵征东的《白袍记》、五代刘知远创业的《红袍记》、宋太祖雪夜访赵普的《黄袍记》、梁灏 83 岁中状元的《青袍记》；"四柱"是神话剧，有共工怒触不周山的《撞天柱》、孙悟空闹天宫后压在五行山下的《五行柱》、殷纣王残害忠臣梅伯的《炮烙柱》、闻仲助纣为虐被烧死的《九龙柱》。另外还有"高腔四大本""弹戏四大本""江湖十八本"。爷爷说着说着就拿腔拿调地唱了起来：

　　　　行兵好似布棋阵

　　　　（刘先帝，臣的主，亮只有这一计了）

　　　　错下了一着棋悔之不已

　　　　想当初高卧隆中多清静

　　　　无忧无虑在南阳躬耕

　　　　闲来时吟诗饮酒抚瑶琴

　　　　闷来时靠松坐石观山景……

不知道爷爷唱了多少次，我还是不晓得这是哪个选段。我说爷爷，我不喜欢听你唱，我听不懂，我就爱听故事。

这天下午，在我的一再纠缠之下，爷爷说，我给你讲个新鲜一点的吧。

那时候不止我们一家穷。爷爷说。

我打断他的话，跳起了脚吼，我不听我不听，爷爷又在说重皮子。

爷爷说，我过去讲的那些故事开头是：那时候我们家穷，喝稀粥能当镜子照，可是今天我要讲的是，那时候穷得吃不起饭的人家太多太多了。爷爷加重了他的语气强调道。我瞪大眼睛安静地听下文。

你爹小的时候得过一场重病。当时我在东家刘光头家打长工。东家知道了，就借了一块银圆给我，叫我抓几服中药。

我打断爷爷的话问：你过去讲这个故事的时候，说刘光头是我们这一带心狠手辣的大地主，他借钱给你是放高利贷的，到时还不起要你签卖身契！

不，过去我讲错了，爷爷正色道。刘光头是外出做生意发财后回乡下来置办的田地。田地多了，自己做不下来，就要雇一些人帮工。刘光头就这样积累了更多的财富，也结交了不少有权势的人。有钱有势，这在任何时候都是人们最向往的。不过，刘光头虽然富了，但还是要周济穷乡亲。只是那时候穷人太多，他不可能散尽一屋家财去买好名声。再说，刘光头只是一个地方上的土财主，能耐还是有限的。

我似懂非懂地点着头，不知道爷爷往下会咋讲。

我拿着钱去抓药回来，途中翻野猪岭时发现一位猎人摔断了脚杆躺在路边呻吟，我把他背回家后，他要送我两只野鸡，我推卸不过，拿了回来。你爹吃了药和野鸡，身体很快就好了。

爷爷，你过去说，你拿着野鸡回家时又遇到一位被白军抢了钱包饿得晕倒在地的男人，你给他吃之后，他还送了你两包药，并掏出笔和本子记下了你的姓名和地址呢。

爷爷告诉你，所有人讲自己的故事，由于种种原因都要作一些修饰，万万不可当真。更不要根据别人的故事来构想自己未来的路。再说，人家帮助过你，对你有恩，你还用得着记在纸上吗。一个人如果真有感恩之心，会把别人的恩情记在心里的。

我点了点头。又问，爷爷，你讲的那两包药又是咋回事呢？

爷爷说，有一天，我收工回家发现了一位中年男子躺在门前。原来他是饿昏了。我扶他进屋煮了碗粥给他喝，还留他住了一宿。第二天走时，他为了感谢我，就送了我两包蛇药。我才知道他是个卖打药的跑摊匠。起初我也没把这药当回事，没隔好久，刘光头的儿子被眼镜蛇咬了，眼看没有活命的希望，刘光头就吩咐账房先生张榜重金寻访良医。我得知后，半信半疑地将蛇药送去一试，果然就治好了，我也因此走了运。刘光头不但免了我一块银圆的债务，还信守承诺划了五亩地给我。因此，我们家后来也成了中农成分。

我终于知道了，我兴奋地拍着手说，爷爷，你有了这五亩地才有钱供我爹读书，我爹才能走出乡村，来这外面的世界闯荡。

爷爷说，人人都有故事，每个人都活在自己的故事里。但是，一个人一生的故事可以有多种讲法，归根到底，唯有"善"与"真"这两个字才能支撑你将你的故事讲得更完美。

爷爷是八十九岁去世的。人死如灯灭，爷爷的一生注定会渐渐被人遗忘。只是许多年以后，当我无意间从爷爷留下的日记中得知，爷爷讲述的刘光头的故事就是他自己的故事的时候，才明白爷爷的良苦用心。

原载《简阳文艺》2017年第2期

书 殇

○ 周 蒉

　　春暖花开的时节，彭村的书屋竣工了。书屋很正规，很实用，彭总很满意。

　　给老家建书屋，源于祖传的家训："子孙虽愚，诗书须读。"彭总固执地认为，老家几百年，不出人，是不读书惹的祸。

　　效果怎样？书屋建成不久，彭总就挤出时间，迫不及待地赶回彭村。

　　刚到晚上九点，没想到书屋就关了门，黑灯瞎火，孤零零的。彭总推开门，用手机电筒扫了扫，桌椅落满了灰尘，书架上的图书，还像原先那样，整整齐齐，挤得满满的，似乎无人问津。彭总心灰意懒，沮丧地走出书屋。发现家家亮着灯火，是不是在家看书？彭总想探个究竟，一家一家悄悄地看，要么打牌，要么看电视，要么玩手机……

　　彭总长叹了一口气！

　　转念一想，读书习惯的养成，思想的转变，非一日之功，重在启蒙，重在培养，你做到了吗？没做到，有什么理由苛刻整日忙忙碌碌，识字不多的村民？

　　第二天，彭总在村里摆了几桌酒，把所有在家的男女老少都请来了。

菜上齐了，酒斟满了，彭总板着脸，一本正经地说，我公司酒店、工程方面要招人，每年工资三十万元，你们想干吗？

"想干！想干！"村民不约而同地说，声音很大。

"可是、可是你们会干吗？"彭总一脸疑惑地望着大家。

"我会，我在酒店干过。我也干过……"

"我会，我是瓦匠，我也是……"

彭总说："你们会酒店管理？会看懂图纸？会工程管理？这在大学是一个专业，至少要学四年啦！"

"哼！高中都没上过，还大学，哪会？"村民一个个像泄了气的皮球，垂头丧气。

"谁出娘胎就会，可以拜师，我给你们请了师傅！"

"师傅在哪儿？"彭总的话又把村民的精神提起来了，东张西望。

"在这里！"彭总手指书屋说，"这些书本就是你们的师傅，各行各业都有，只要你们学会了，本村的优先聘用。"

"可我们看不懂怎么办？"

"可以请教师指导，费用我出。"

"真的？"

彭总拍着胸脯保证："谁骗你们，谁他妈的不是人！"

酒桌上，村民都很尽兴，觥筹交错，欢声笑语不断，大家纷纷向彭总敬酒，纷纷向彭总表态，一定好好读书，争取早日拿下三十万元！

彭总很满意，高兴地对大家说："书屋不上锁，全天候开放，一切费用全包。"

村民们赞不绝口，掌声一片。

不久，彭总又举办了第一届读书心得征文比赛，获奖面大，奖金丰厚。

村民们踊跃参赛。

评委们通过初选、终选、投票、公示，最终筛选出前三名……

彭总很忙，只看了前三名和有特色的心得，很感人，特别是彭大爷，识字不多，说他书屋看了不过瘾，还经常带书回家看……

彭总一高兴，大手一挥说，没有获奖的，都发鼓励奖，奖金不能少。

彭总身在北京，心系书屋，也许会掀起一股读书潮吧？彭总很忙，一直想找机会回村了解情况。

冬天的一晚，彭总回镇办完事，不顾疲劳，再次回村。

小车刚进村，就看到关不住的灯火，从书屋的窗户、门缝里顽强地挤了出来。透过窗帘的缝隙，彭总看到书桌上围满了人，这么冷，这么晚，还在聚精会神地看书，彭总深受感动。

彭总不想进去，不想打扰他们，他只想悄悄地趴到门缝上，看一眼就走，没想到他的眼睛刚碰到门缝，嘴就张大了，差点失声惊叫。原来一桌子的人正在干牌九。"他妈的！"彭总火冒三丈，热血沸腾，想冲进去把牌九撒掉，把书桌砸碎，无奈司机把他死死抱住……

彭总泪流满面，悄然离开，转头发现彭大爷家还亮着灯，眼睛一亮，悄悄走到彭大爷窗下，朝里张望，他看到彭大爷正在狠心地撕着一本新书，一张张往墙壁上糊。

经查，所有的读书心得都是请人代笔的。

彭总的心一下子跌到冰窖里。

回到家，彭总心绪不好，一杯接一杯地喝。上卫生间，却误进了书房，抬头看到书桌、书橱落满了灰尘，有的地方还结了蜘蛛网……

彭总一拍脑门："咳！我自己都不……我发什么火，扯他妈的什么淡？"

玄 玲

○ 刘琛琛

玄铃飘浮在半空中，忧伤地看着下面忙碌的人群。

人们里三层，外三层，将玄铃可怜的肉体包围得水泄不通。

肉体赤裸着，头发披散着，纤细的脖子上一道深深的勒痕格外醒目。

一阵风吹过，差点将玄铃吹走，玄铃连忙拽住一根树枝。

玄铃的肉体瞪着惊恐的眼睛，与玄铃的灵魂遥遥相望。

歹徒用皮带勒住玄铃时，她拼命挣扎，终于从肉体里挣脱出来，变成一缕透明的灵魂。

谁认识死者？一个男警察问。

我好像认识！挤在人群里的一位大胸少妇回应。

见警察眼光直视过来，大胸少妇有一些紧张，不，不算认识，只是面熟，她经常在这一带跑步，我晚上偶尔出来蹓蹓，遇见过。

男警察掏出小本子记录着，间或询问一些别的细节。

惨烈！夜跑单身女子遭到歹徒性侵。

好事者将现场拍下，标题配图迅速传播到网络上，更有人脑补出真真假假的细节。

玄铃不关心这些细节，细节对她是一种奇耻大辱。她只希望警察尽快抓住歹徒。

大胸少妇是知道线索的，玄铃期待她对警察能描述得更详细一点。

昨天深夜，歹徒不远不近地跟踪着玄铃，玄铃惊慌失措，本想立刻掏出手机求救，却发现救命的手机没带在身上。

玄铃提着一颗心连走带跑，终于在路边发现一辆停靠的黑色轿车。

黑色轿车怎么会停到如此偏远的地方，玄铃来不及去想，她惊喜地看到，黑色轿车的车窗半开着。

这证明，车里有人！

玄铃拼命地拍打着车门，她已经看到车里坐着的大胸少妇，还有一个壮实的男人。他们正衣衫凌乱地纠缠在一起。

救命！玄铃急切地说，后面有人跟踪我，求你们，让我上车！

大胸少妇迅速整理好衣服，冲壮实男人使了一个眼色。

壮实男人猛地一踩油门，车子带着白色的尾光灯，飞快地消失在黑暗里。

猝不及防的玄铃被车挂倒在地上，她无论如何也想不通，为什么会这样。

你昨天碰到她了吗？男警察问大胸少妇。

大胸少妇目光闪烁了一下，语气十分肯定，没有，我昨天一整天没有出门，老公出差了，我必须留在家里看门。

你骗人！玄铃怒不可遏从树上冲下来，向大胸少妇扑过去。

大胸少妇的头发吹散了，她抱紧胳膊，才入秋啊，风为什么如此凛冽，莫非要过一个寒冬？

愤怒让玄铃觉得自己的身体越来越沉重，树枝快坠不住她了。

我一定要坚持住，除了可恶的大胸少妇，还另有知情者。

另一个知情者是个消瘦的矮个男人。

玄铃被歹徒揪住头发，往树林里死命地拖。

她拼命地反抗，并大声呼救。一辆破旧的摩托车在他们身边停下来。

住手，你干什么？摩托车上的驼背男人说。

滚，我们两夫妻打架，关你屁事！歹徒狠狠扇了玄铃两耳光。

我不是，我跟他不是夫妻！玄铃的声音已变形，在空气中颤抖。

车牌号4578，我记住你了。歹徒一边捂住玄铃的嘴，一边念出矮个男人的车牌号。

报警，求你报警……玄铃从喉咙里发出"嗯嗯嗯"的声音。

当歹徒撕碎她衣裳时，她依旧对滚走的矮个男人抱着一丝幻想，她几乎听到了警车鸣笛的尖叫声。

可是，夜，那么安静，连树林中的昆虫也吓得屏声静气。

玄铃努力使自己静下来，深吸一口气，挤出一个微笑说，大哥，急什么，你不就是想玩吗？我自己来。说完，玄铃主动脱下了自己的衣裤。

月光下，玄铃将歹徒的容貌努力刻在了心里。歹徒的眉眼距离很开，下巴有一些后缩，如此丑陋的相貌，任谁看一眼都不会忘记。

他真的松开了玄铃，得意地站起来，开始解皮带，将裤子褪到脚踝上。

就等这一秒！

玄铃使出全身的力气蹿了出去。

脚踝上的裤子将歹徒绊倒了，他暴跳如雷，手忙脚乱地提上裤子，玄铃已跑出了十米开外。

玄铃裸着身子拼命地跑呀，跑呀，终于跑到了一处住宅区。

救我，救我！玄铃惊恐的声音打破了夜的冷漠。

却没有打破住宅区的冷漠。

住宅区的灯，悉数亮了。

只一瞬，又悉数灭了。

玄铃变成了一缕风，孤零零地在树上挂着。

她的肉体早已经被移走了。

玄铃惨死的地方，出现了很多人。有大胸少妇，有驼背男人，还有一些陌生的面孔。

他们都不约而同地在那里插了一炷香。

警局悬赏寻求的证人，一个也没出现。

原载《啄木鸟》2017年第1期

门诊室里

○ 江　野

她进门来了。

我的心里立时就生出一阵喜悦。

我跟她的关系其实很简单，也很平常——

我是一个大学毕业不久的女医生；

对于我，她不过是一个普通的女病人。

不过读者诸君并不知道，对于我，她可是我心里的一轮金太阳，从她刚进门的那一刻起，我的心里就开始播洒明灿灿的阳光了。

你看她，四十多岁的年纪，富富态态的体形。再瞧她的服饰，周身都是夺人眼球的珠光和宝气：上身，是织有金丝的黑紧身衣，下身是镶着金边的超短裙，脚上有金脚链，手上有金手链，脖颈上有金项链，十个指头六个指头套着金戒指，此外，耳朵上还戴着两个金耳环……

女人的各个部位都是金光闪闪。

从见到她我的心里就一直心花怒放。

医科大学毕业后，一年都没找到工作，大医院没有关系进不去，镇和办事处小医院以及私人小医院我又有些看不上。

时间似白驹过隙，一晃就一年过去。

实在别无他法，一年后的一天，我还是走进了这家民营医院的大门。

走进这家医院，我的心里就播洒进了阳光。

四层高的小黄楼闪着光亮，"拓城博爱医院"六个大字在楼顶上熠熠生辉，楼内各个地方都是一片耀眼的白。

医院内外充满了一派新潮的气息。

身着洁净白大褂的我坐在门诊室里。

我热情洋溢地给每一个妇科病患者瞧病，对症下药地开药。为了让病人放松心情，我甚至还向她们嘘寒问暖。

医院告诉我，医院实行的是导医制，就是由导诊小姐对病人给各位医生按先后平均分配。

我的心里溢满了喜悦，我的心里一片灿烂。

我努力钻研医技；我悉心为病人服务，我看见我的面前是一条铺满鲜花的路。

民营医院不照样能够大显身手吗！

可月底总结会上我却傻了眼。

会上，财务部列出的表格上，我的效益，也就是我的病人交款的数量全院倒数第一。

院长先生不点名地批评了我，会后见到我他也是阴着脸低头而过，不像从前那样笑脸相迎了。

我惶恐不安。

我的心里充满了疑惑。

不过，往后的日子里，我仍然努力、尽心地工作着。

可月末会上，我的效益依然是名列末位。

次日我见到从别处退休后来博爱上班的王大姐，王医生看上去已有六十开外年纪。我问她时，她只是冲我神秘地笑笑，一句话未说就转身而走了。

过了几天，我把一较年轻的女医生拉到一边，竹筒倒豆子般向她述说了我的苦恼，她望着我神秘地笑了一下，然后说："你很不开窍。"

我一头雾水地看着她。

她笑了笑说："现在是什么时候，你还这么老实。"

我迷惑地望着她。

"你真是个榆木疙瘩脑袋。"接着她就在我的耳朵边小声说了一番。

她的话对我的震动不小。

作为一个医生，能那样去干吗？我在心里问自己？

不这么干又怎么行啊？如果第三次再倒数第一我就要被辞退了呀！

于是我准备小试牛刀。

病人来了，小病我说成大病，可开两盒药的我给她三盒，便宜药可治好的我给她开贵一些的药……

这样下来效果还真的不错，月底总结会上我的效益由末位上升为倒数第三。后来的几个月也都没成为坐红椅子（最后一名）的人。

院长见到我，脸上的肌肉松动了一些。

但是我知道，这仍是一个活摇活甩的位置，弄得不好就会再次跌入谷底。

然而良心在跟我的决定打架——能这么干吗？

我几个晚上都睡不好觉。属于辗转反侧、夜不能寐。两个月下来人就整整消瘦了一圈儿。

事情终于想通，我打算赤膊上阵大干一场，就是把上边的办法再加大步幅，把小病说成重病，把无病说成有病，开两盒的我给她开成四盒，便宜药能治好的开成顶级贵药。对富婆更是"宰她无商量"。

作出这个决定我就又开始睡不着了，心想这不是坑蒙拐骗吗？于是又变成辗转反侧、夜不能寐。

不过，这次的反复时间不长，仅三天的工夫我就做出了一个终极决定：不干白不干，不这么干怎么生活呢？

故而今天的精神很好，一早起来我精神抖擞地走进门诊室，遇到的第一个倒霉鬼就是这个遍体金光的女子。

女子坐下来后，我立即就和蔼可亲地说出了自己的第一句话。

平安扣

○ 鲜章平

　　当玉茹从纪委干部手中接过那一枚血红的平安扣时，忍不住热泪盈眶，默默地说道："志鹏，你可以安息了！"

　　想到这枚平安扣，玉茹的心里不禁百感交集，丈夫林志鹏仿佛又笑嘻嘻地站在了面前。

　　那时她和林志鹏正处于如胶似漆的热恋中，一天林志鹏深情地为她戴上一枚玉石平安扣，希望能给她带来好运，保佑她一生平安。

　　没想到，结婚后不久，那枚平安扣却在一次出差途中丢失了。林志鹏说要再买一枚，却总是因为这样那样的原因没来得及买。直到前年远赴新疆分别之际，林志鹏还满怀歉意地说："对不起，欠你的平安扣一直没有兑现，等我下次回来，一定补上！"

　　玉茹很快就忘了这件事，林志鹏却一直放在心里。

　　到新疆不久，林志鹏就全身心地投入了援疆工作中去。一天，在去天山脚下走访哈萨克牧民的途中，意外地捡到了一枚被称作"伊犁软玉"的石头。这玉色泽温润，尤其是那鲜红的俏色令人称奇，据说能和已经绝迹的田黄鸡血石媲美，非常罕见。

　　林志鹏就用这块石头给妻子打了一枚平安扣，并喜滋滋地发来视频，说等下次回家一定给她戴上。

没想到，过了不久，市纪委的同志却打来电话，说是请她到办公室去一趟。玉茹有些心慌，心想纪委能有什么事呢？

见了面，纪委的同志突然问道："这块玉是你丈夫的吗？"玉茹一看，正是丈夫在微信视频时给她看的那块。

可是纪委的人只说落实一下，便不再多言。玉茹给林志鹏打电话询问，他总是支支吾吾不做正面回答。玉茹托人多方询问，只问出一句话："新疆有人把你丈夫告了，说是利用职权，收受贿赂，那块玉就是证据。"

玉茹这才明白是怎么一回事，她想帮他，但是老虎吃天，无从下口。玉茹急得丢了魂似的，食之无味夜不能寐。

终于，又接到纪委的电话，叫她赶快过去，有重要的事情告诉她。

纪委的同志对她玉茹说，没想到我们顺着平安扣这条线索一路查下来，发觉林志鹏不仅是一位年轻有为的好干部，而且因为敢于碰硬，不徇私情而得罪了一些利欲熏心的不法商人，于是才有了那封检举信。

纪委的同志还激动地说：平日里烟酒不沾、自己连一件好衣服都舍不得买的林志鹏竟然默默资助了6户少数民族贫困家庭，使他们的孩子免于辍学，重返校园。

听到纪委的同志这么说，玉茹心里的一块石头总算落了地。可是，纪委的同志接下来的话犹如晴天霹雳，几乎令她昏厥过去。

原来正当纪委把调查结果上报市委准备嘉奖林志鹏的时候，突然传来一个噩耗，林志鹏在去牧区小学走访的途中遭遇泥石流，不幸牺牲。

玉茹在省委和新疆兵团联合举行的烈士表彰命名大会上，庄重地接过了这枚饱含着真情的平安扣。

透过鲜红的玉石，她仿佛看到林志鹏远远地站在伊犁河畔向她微笑着，耳边响起人们深情的颂词：江苏和伊犁，从此血浓于水！

原载《昆山日报》2017年11月26日

玩灯人

○ 张建忠

客厅格外安静，只有电水壶的"嗞嗞"声。

父亲一遍又一遍擦拭着奖牌。

儿子在沙发上疑惑地盯着父亲，终于憋不住了，说："爸，你怎么一个劲擦奖牌呢？摆在那儿不是挺好吗？"

父亲把目光移到儿子脸上，说："明天你真的要走？"

"那还有假，公司老总电话里催我了！"

"能不能等两天，过了'涂山庙会'你再走？"父亲讨好地笑着说。

"不行！老总电话催得紧，如果不去，我辛辛苦苦打拼下来的工作就可能丢了……"儿子摊开双手，一脸无奈加无奈。

"孰轻孰重，理儿我明白，可是我答应主办方我们村花鼓灯班子参加，现在，老一辈玩灯人就我和你二大爷了，你们年轻人会玩花鼓灯的大部分在外打工，你现在在家，到时候我们两个上去表演一段小花场，你大爷是老'伞把子'，你身体壮当'鼓架子'，我当'腊花'，这样也能应付一下……"父亲讨好的脸像秋菊。

"不行！你只考虑你们，你考虑我了吗？"儿子似乎有点不耐烦。

"跟你老总磨叽磨叽（商量商量），再许你几天假，这次庙会县政府非常重视，这也是宣传和弘扬花鼓灯艺术的好机会，我们这个十里八乡有名的花鼓灯班子不参加，让我们的老脸装裤裆里呀？"

父亲端详着一枚枚参加花鼓灯比赛的获奖奖牌。

"爸，这些奖牌当饭吃了吗？娘的病不是还要我出去打工挣钱治疗吗？解放前，你和二大爷玩花鼓灯是为了讨口饭吃，现在人讲实际，出去打工挣钱快，谁还会待在家里玩那玩意儿。顶多春节回来耍两下子，乐呵乐呵。"

"浑蛋！"父亲把一枚奖牌重重地拍在儿子的面前，"奖牌是不能当饭吃，可它是荣誉，是我们玩灯人的魂，花鼓灯是我们玩灯人的命——你小时候不也是闹着要学花鼓灯吗？现在怎么钻钱窟窿里了，变得这么实际呢？"父亲一脸怒气。

此时，烧开了水的电水壶"啪"地跳了，水汽氤氲着屋内。父亲和儿子的脸模糊起来。

儿子沉默了，他不是不喜欢花鼓灯，作为玩灯人世家，从小耳濡目染，慢慢地也喜欢上了花鼓灯。他想到站在父亲肩头，上身穿大襟村姑服，下身穿裙子，梳独头辫，载一绸球两边缀以约2尺长的飘带至脸侧部，额前系"勒子"，左手拿方巾，右手虎口执扇，舞动起来，做出各种造型姿态，如"坐肩""鸭子凫水"等，引得满场喝彩，真是快乐极了。

可是这次他真的不好再请假了，电话里老总的语气不是那么好听，言下之意，不该趁出差之际回家，公司业务吃紧，哪能临阵脱逃呢？

儿子给父亲倒了一杯水。

"爸，我想好了，这工作顶多我不干了，这次就跟你参加演出。"儿子似乎态度坚决。

"真的？"父亲睁大眼睛。

"我工作不干了，跟你参加庙会！"儿子一本正经的样子。

"……不行，你好容易寻份工作不能丢！"父亲态度坚决。

"那你答应人家了啊？"

"活人还能让尿憋死！"父亲眨巴眨巴眼睛。

……

涂山庙会。几个零散的花鼓灯班子临时组建一支队伍，高亢而有节奏的锣鼓声中，二大爷举着岔伞指挥全局，"鼓架子"和"腊花"连接转换各种图形，表演热烈、奔放的集体舞蹈，并穿插各人擅长的身段和跟头，扭、跳、翻、跌等一系列高难度技巧。其中一对"鼓架子"和"腊花"正是父亲和他病弱的老伴，儿子的娘。

此时，公司里，儿子呆呆地坐在电脑旁，突然他似乎听到了铿锵的锣鼓声，不禁站了起来，在公司的空地上连翻几个跟头，这正是"鼓架子"的高难度动作，同事们先是一愣，接着响起了热烈的掌声。

原载《蚌埠广播电视报》2017年11月10日

氤氲思情的康乃馨

○ 田玉莲

　　央视春晚的序幕刚刚拉开，三班的班长阚文，又一次触摸了一下口袋中的那张电话卡，来到了电话亭。灯光制约了夜色的幽暗和静谧。此时，他的心已悄然搭乘了思念故乡和亲人的列车，嗅到了家中阳台上那盆康乃馨的香味，感受到了母亲的温暖。

　　电话亭很温馨，他轻轻地启开了门，把那张电话卡插进去，娴熟地揿动着嫣红的按键。片刻之后，他发现有一名小战士已悄然地站在了亭外。他们并不是一个班的，但阚文知道，他姓俞。

　　"是文文吗？"亲切的话语像涓涓溪流，润泽着他的心田。母亲似乎已经等待他的电话有多时了。

　　虽说亭内有一丝凉意，但此时，阚文浑然不觉，躯体被母亲的阵阵暖意充斥着……给妈妈拜完年，他的心情愉悦了不少。踱出亭外，对那小战士启唇一笑："对不起，让你久等了！"

　　小战士亦回馈了他一个微笑，并不急着走入亭内，而是侧身让身后刚刚赶来的另一位战士走了进去。阚文忽然觉得这是一位颇有涵养的战士，心中顿时对他有了好感。眼睛像摄像机一样打量着小战士那帅气稚嫩的脸膛。阚文发现，不知是灯光的照射呢还是原本气色就不好，反正小战士的脸膛蕴含着几许苍白。阚文再次向他报以友好的微笑，欲再次搭讪，可小战士似乎有几许羞怯。此时，一阵风儿恰好扬过来，小战士被呛了一下，便下意识又非下意识地，把那涔涔发抖的身体巧妙地扭向一侧，咳了几下。

阚文回到了宿舍，发觉电话卡还捏在手中。"小战士是丢了电话卡？"他确定自己的猜想是正确的。"太粗心大意！"他知道，大过年的，不能与家人讲几句话，听听亲人的声音，心中是何等滋味。于是，攥紧电话卡，大步流星地重返了回去……

那里已经没有人打电话了，有的只是小战士在踱着脚步，绕着话亭转着圈儿，还有的就是那飕飕的冷风……这回，他又有了新的发现，见小战士手中还拿着一大束康乃馨。那花在除夕之夜散发着馥郁的芬芳……

"我猜你一准是电话卡出了问题。"阚文由于走得匆忙，气喘得不均匀。

小战士显然有几许惊讶，但对他的问话既不否认亦不确认。

"我是三班班长阚文，你是小俞吧？"

小战士故意把头颅耷拉下一码："是的。"话中显然有几许凄凉和忧郁。

"喏！"阚文把那张捏得有些热乎乎的卡，双手托给了他。

让阚文没有想到的是，小战士竟然没有去接过他的善意和友好，只是愣怔怔地杵在那里，茫然中充斥着不知所措。

"你不想给家人拜年吗？"

"怎么不想？连做梦都想呢……"小战士终于流利地回答了他的问话。

"那就打呗，客气什么？"

他不急于回答阚文的话，只是突然掩面而泣……阚文把他拥进怀中："好兄弟，怎么啦？有话就跟哥说，或许有帮你解决的办法。"

"我……我的父母，在大地震中逝去了……"小战士已经不能控制自己的情绪，泪，像洒豆子，噗噜噗噜，一泻千里……

"啊！"这回轮到阚文惊讶啦，"那你站在这里干什么？天这么冷？"他心里很难受，愈发地同情起小战士来。

"我……我……"小战士更加地不能自抑，"是，是想分享一下你们打电话的喜悦，找一找给家人打电话的感觉……"他的双手遮上了双眸。

小战士的话，把阚文的心灼痛得更加厉害。

"妈妈，我想你！"小战士在阚文的胸前泣不成声。

那泪，滴洒在阚文的手上，有几丝热，亦有几丝凉……真让阚文始料不及，在这隆冬塞外的军营，还有一位小战士在思念故乡和亲人……他一时变得有些手足无措，不知该怎样来融化小战士那颗冰冷的心……便再一次轻轻地推开了话亭的门，拽小战士走了进去，极敏捷地重拨了刚才的那个号码。

小战士对阚文的举措有些诧异。

电话很快就通了。阚文兴奋不已："妈妈，我是文文，我有位战友，十分思念他的亲人，可他的父母已经……您跟他说说话吧……"他把话筒放到小战士的手上。

小战士有些激动。

那边早已漾过了母亲亲切的问候声："孩子，你好吗？"

小战士越发激动，嘴嗫嚅半天，终于喊了声："妈妈……"声泪俱下，双膝不由自主地跪了下去……

阚文怕小战士扯断了那根朱红色的电话线，想顺手搀扶起他，可也竟然情不自禁地，几乎与小战士同时跪了下去。接着，他俩便不约而同地哽咽着喊道："妈妈……"

须臾，只听话筒里传来了母亲熟悉而亲切的话音："哎！哎！孩子们……"接下来，就没了母亲的下文。母亲竭力控制着自己的情绪，尽量不让她那抽泣之声溢过来，但他们还是感觉到了……

"过年好！"他俩几乎又同时脱口而出……

接下来，电话那边和这边皆是一阵哭泣之声……

亭内静悄悄的，端放在亭上的康乃馨散发着馥郁的芬芳，寄托着他们对故乡和亲人的思情……

原载《山东文学》2016年第3期；《微型小说选刊》2017年第4期转载

艄　公

○ 陈　勇

　　老江河大桥剪彩通车那天，万人空巷，争睹盛况。唯艄公独自一人缩在船内，借酒浇愁愁更愁。

　　艄公抚摸跟随自己30多年的小船，长叹一声，老泪纵横："老伙计，我老啦，你也老啦，从今以后，咱俩都要上岸喽。"

　　说罢，举起酒杯往嘴里灌，然后抚船痛苦不已。

　　几个红领巾放学结伴回家，路过桥下，听见哭声，十分纳闷，急忙过来。上船后，纷纷安慰艄公，并给艄公捶背。

　　艄公心头一热，泪水止不住又流了下来。

　　老爷爷，您怎么哭了？红领巾不知做错了什么，惹得老爷爷生气。

　　爷爷我这是高兴，高兴啊。艄公急忙用衣袖揩眼泪，红脸膛上终于露出了笑容。

　　艄公笑，红领巾也笑。一时间，小小船儿载满了笑声。

　　红领巾似乎明白了什么。他们不约而同来到船尾，叽叽喳喳商量着什么。

　　不一会儿，红领巾像一群小鸡一样，来到艄公身旁，将艄公团团围住。

　　红领巾兴高采烈地说："爷爷，我们要坐您的小船过河。"

真的？艄公有点不相信自己的耳朵。

红领巾使劲点头，同时，挥动手中鲜艳的红领巾。

扑通一声，艄公将未喝完的半瓶监利粮酒抛向老江河，起锚远航。

载着一路欢歌笑语，小船驶向对岸。

原载《荆州日报》2017 年 9 月 8 日

假　酒

○ 张年亮

　　心脏搭桥的父亲最终引发脑梗，俗称中风。整个抢救过程中，80岁的老父亲表现出顽强的求生意识，积极配合医生治疗，历尽痛苦也咬牙坚持。现在偏瘫在床了依然茶饭不减，谈笑风生，我问他什么信念在支撑着他，为何如此乐观顽强？父亲的回答出乎我的意料。

　　"我和村里的吴世桃打过赌，我就是死，也会死在他后头。"一生刚正的父亲擂着床沿，恨恨地说，"我要亲眼看见这个坏种怎么死！"

　　吴世桃与我父亲同龄，是我们村里的"退休干部"，我父亲做大队支书的时候，他是公社知青农场的场长。记忆中的吴世桃小鼻小眼，小脸饱满，挺胸凸腹，长得五短三粗而贼眉鼠眼。"吴世桃"三个字在江淮方言里发音与"无事佬"相近，大家人前背后都含混地称呼他"无事佬"。我长大后，一提起吴世桃，就会想起那个无恶不作、死于非命的汪伪汉奸吴四宝。

　　"这个人太坏了，"父亲说，"坏到应该吃屎喝尿。"

　　吴世桃的坏，大家都知道的。譬如，他将谈恋爱的女知青与牛一起关在牛圈里过夜，吓得女知青半夜里哭爹喊娘；知青从城里探亲回来，偶尔会藏一点东西埋在饭碗里一起吃，他经常在开饭时命令知青们将盛好饭的碗全部反扣过来，检查过后，再命令知青们吃下去；那时的人们还没有"非法拘禁"的意识，他动辄将知青们"隔离检查"，男知青受尽凌辱，女知青则很难逃过他的咸猪手……

"坏是坏到家了，但是，怎么会吃屎喝尿呢？"我好奇地问父亲。

"我给你讲一个故事。"父亲说。

那时的吴世桃俨然是知青们的土皇帝，权势熏天，特别是在知青大返城那一阵子，隔三岔五就有知青摸到他家来送礼。但是他家与邻里关系却弄得很僵，村里人遇到他都侧目而视，避而远之。有一次，因为私事需要大队出面协调，吴世桃在家里设宴招待大队干部。因为还邀请了两个公社干部作陪，我父亲只好带着几个大队干部赴宴。

酒兴越喝越浓，不谈恩怨，不谈公事，也不谈私事，只谈喝酒，乡村干部个个都是海量之人，将吴世桃准备的几瓶扬州大曲喝个精光，意犹未尽。

吴世桃喝红了眼，吹起了牛皮：我家里的酒让你们游泳不够，给你们泡澡足够了。今天，我让你们长长见识，给你们来一瓶绝的。

他从房间里拿出来一个系着红绸的圆柱形瓷瓶，乖乖隆的冬，正是"飞天"茅台。那年头茅台酒别无分店，就是一种包装。土陶瓷瓶，黄釉，短瓶口；木塞封盖，外套深红色封膜；瓶体胎质肥厚……

这是上……上海知青送我的。大家看、看清了，这叫"三大革命、茅台酒"！上面还、还有字。吴世桃酒劲上来了，大着舌头念起来：茅台酒是、是全、全国名酒，产于贵、贵州省仁、仁怀县、茅台镇，在、在中国共产党、党领导下、下，改进技、技术提高质、质量，具有……

他瞪圆了眼睛，涨红着脸。下面的"醇和浓郁……"等内容再也念不下去了。于是大家争相传阅，摩挲。

倒、倒酒！吴世桃抢过酒瓶，"咯吱"一声拧开了盖子。

酒"噗噗"地倒在了杯子里，泛着泡沫，泛着淡淡的酱油色。

瞧，这就是、就是酱、酱香型！瞧，这泡沫多、多大，立得多久、久呃，我带头喝、喝，敬、敬大家！

吴世桃一饮而尽，向大家晃着杯底。

一股异样的味道悄悄地发散开来，大家面面相觑，默不作声。

瞧你们这、这些土、土老帽儿，这可不是曲、曲酒，这是 53 度的发、发酵酒，不敢喝？不敢、敢喝，我帮、帮你们带、带掉一点。

吴世桃将各人的酒又匀了一杯给自己。

宅基地的事、事，麻烦、麻烦大家了！

吴世桃又喝了一个底朝天。

味道越来越浓了，分明是人的尿臊味。

父亲使了一个眼色，大家鱼贯而退……

吴世桃还活着。前几年得了癌症，但是僵而不死。拿着养老保险，花着公费医疗。现在每天还腆着一个肚子，在村里东逛西晃，丢人现眼。

原载《中学生阅读》2017 年第 6 期

误 会

○ 沈 燕

　　"叮咚，叮咚"，烦人的门铃声打扰了我和爸爸紧张的对弈，在爸爸再三催促下，我慢慢吞吞地走下去开门，边嘟囔着："谁呀，这时候来，真讨厌！"

　　一开门，未见其人，先被一股浓烈的紫罗兰香味熏退了一步，慢慢抬头，紫色的皮鞋，紫色的连衣裙，一顶大得遮脸的遮阳帽，以及遮阳帽下一张傀儡一样的脸，厚厚的一层白粉下的皮肤像是被撕扯过一样的皱缩不平。我心底泛起一种感觉：讨厌！爸爸见我愣在门口，赶忙过来请她到客厅入座，寒暄了几句后，他们便进入了正题。女的问："陈先生，上次谈的那套房子怎么样了？"

　　哦，原来是为了房子的事找爸爸开后门的。哼，长得不正思想也不纯。为了表示反感，我特意把电视音量调得很大，结果爸爸生气了，吼了一声，把我赶进卧室，走过那女的旁边时，我故意发了一句牢骚："喊，又来一个。"

　　大概谈了一个小时，终于听到爸爸送客的声音。我随声出去，爸爸关上门，立马转身教训我："你这小孩，怎么这么不懂事！"

　　"不就是一个开后门的嘛，对她客气干吗！"

　　"谁跟你说是来开后门的！她是来替福利院的孩子们找房

子的！"

啊？原来是我误会她了。不过，出于对她的讨厌，我还是不服输地哼了一声。爸爸的语气缓和下来，对我说道："你看见她的脸了吗？是烧伤的，是在一场大火中，为了救被火围困的孩子们烧伤的。所以涂了厚厚的粉，再用帽子遮着，怕吓着别人⋯⋯"

听到这，我愣了，这真是一个愚蠢的误会！

冲到阳台，我看到了一个美丽的女子走在人行道上。紫色的裙子随风飘扬，她就是一朵紫罗兰。微微地，我闻到了淡淡的紫罗兰香味，沁人心脾。

她真美！

原载《中学生课程导报》2017年4月18日；获首届

"百盛杯"全国微型小说大赛一等奖

车位风波

○ 凌君洋

———————————————————————————

　　林凡最近确实有点烦，因为小区停车一天比一天难。

　　怪也怪自己生活在这样一个物业形同虚设的旧小区，现在城市变大了，生活条件改善了，大多数人家都买了车，但正所谓狼多则肉少，车多则车位少，像林凡生活的这种旧小区，规划历史往往可以追溯到20世纪，停车位也因此成了一个异常奢侈的东西，结果往往就是先到先得，实在没地方停那就只能停在小区附近的停车场，非常不方便。

　　本来，林凡的情况还不算太糟，他家楼底下有块挺宽敞的空地，只要下班的时候不堵车，遇到的红灯少一些，那大概有个七成的概率能顺利抢到车位，如果不幸晚了十分钟，那概率会骤降到一成，可见车位争夺之激烈。

　　住在林凡隔壁单元楼的一个老太，也不知道是突发奇想还是被谁给怂恿了，某一天毫无征兆地在楼前空地上装了地锁，只给每周来看望自己两次的儿子停车。这一举动无疑在原本就暗流涌动的车位问题上投下了一块巨石。

　　街坊邻里理所当然对此议论纷纷，指指点点，有的说老太太一把年纪活到狗身上，做出这么缺德的事儿；有的说老太太的儿子好像是哪个局的领导，老百姓惹不起；有的说早上就去找物业处理，可找了半天也没找到人，怕是早已跑路。

林凡对老太的行为自然也是颇有微词，但毕竟老太太装地锁的车位在隔壁单元，似乎轮不到他来插嘴。

"总会有人去处理的吧，都是街坊邻里的，抬头不见低头见，犯不着我出头吧。"林凡这样想着，然后不得不面对下班回家后所有车位全部沦陷，唯独那个地锁高高耸立的尴尬场面。

林凡恼火极了，但又无可奈何，可事态的变化又让他措手不及了一番——老太太变本加厉，将她家单元楼前几乎所有的空地，包括林凡居住的那栋单元楼的公摊区域，都用铁链子圈起来，上了锁，说是只让本单元的人用，还配了几把钥匙，分给了自己单元的住户。

老太这步棋倒是为自己拉了一大票的盟友，火也算是烧到林凡自己头上了，不能再置身事外。周末，林凡登门跟老太理论，但老太完全不讲道理，装聋作哑，倚老卖老，一会说要去买菜没空啰唆，一会说身体不好血压高，一会说你爱告就告我管不着，争吵声引来单元楼里的其他邻居，作为利益共同体自然是胳膊肘一致朝外了。双方言语不和，差点动手，林凡只能报了警。但警察来到现场也拿老太毫无办法，联系不到物业，弄不清车位的归属，只能做了笔录后先行离开。

老太仿佛打了个大胜仗，得意扬扬地出门买菜去了。林凡心里那个火呀，眼看快中午了，他打电话喊了两个朋友来家里边喝酒边商量如何解决这件事儿，并再三叮嘱，不要开车，酒驾要不得，而且没地儿停。

三个人几杯酒下肚便开始合计起来，朋友甲鬼点子一向多："这类破事儿现在可多了，简单得很，锁孔先用牙签堵上，再注入胶水，地锁就废了。再每天把生活垃圾扔在他的车位上，臭鸡蛋西瓜皮什么的，要不了几天他们就得认尿，效果拔群。"

朋友乙摇摇头，他是法律系毕业的，现在从事的工作虽然和法律无关，但毕竟懂法："当然要讲法律，否则事情没解决，万一引火烧身，那才叫得不偿失呢。甲兄损毁锁头倒垃圾的主意更像是情绪发泄式的报复，且与排除妨碍不具有关联性，很难抗辩赔偿责任。但是小区车位理应属于全体小区居民，剪去铁链、制止老太的非法占用则可视为合理的自助行为，由于老太有错在先，剪去铁链排除妨碍是不得已的必要手段，铁链损毁的后果应当由老太自己承担。另外，借助媒体的力量爆个料，或者和老太的儿子私下里谈一谈，应该都能给老太带来压力，能让她自觉拆除地锁和铁链那自然是最好的，毕竟，生活还是要继续的，民事诉讼会搭进去太多精力，不值得。"

林凡恍然大悟，连连点头，当即网上下单买了一个断线钳，朋友甲也拍板叫好，给他的一个记者朋友打了个电话，这顿酒喝得尽欢而散。

没几天，林凡网购的断线钳还没寄到，地方台的社会新闻就报道了老太强行划分车位的事情，公安和城管接到举报也开始联合执法，在全市范围内进行了一波违章车位的整治行动，老太的儿子慌了神，主动上门向林凡单元楼的每一户居民挨个道歉，并拆掉了地锁和铁链，事态以出人意料的速度平息了下来。

林凡的生活又回到了过去的模样，网购的断线钳，他思忖再三没有退货，虽然他已经用不到这玩意儿了，但他觉得，遵纪守法的同时，契约精神也理应予以尊重，毕竟，不能啥事儿都只图自己方便。

原载 2017 年《零点行动——光辉奖世界华文法治微型小说选》

邻 居

○ 梦凌（泰国）

"你看，我们邻居赚不到多少钱，为什么老是高兴？比我们快乐吗？"

恒昌集团董事长李恒在书房里看账，常常深夜才能入睡，隔壁邻居常常传来哼小调的声音，让他困惑。

"到邻居家看看去。"

隔壁邻居，矮小的房屋，丈夫是菜市场卖菜的小贩，妻子是附近一座佛寺的清洁工。

邻居夫人的简单拜访，让小贩夫妻感到惊讶和高兴。看着四壁如洗的邻居，李恒夫人不明白。

她悄悄地注视着邻居的一举一动。

小贩夫妻一如既往，每晚喝点小酒，吃完饭后就唱歌，然后关灯睡觉。

灯火辉煌的大厅里，李恒对妻子说：你想让他不唱歌吗？送些钱给他，让他把生意做大。

自李恒夫人送钱以后，小贩夫妻没有了歌唱和酒气，每天忙到深夜，李恒夫妇看在眼里，得意扬扬。

日子一天天过去，一天，佛寺的老方丈拜访李恒家。

"感谢施主的慷慨捐助，我们的禅院房顶终于盖好了，五天后的落成活动，恭请施主大驾光临。"

和尚拿出捐款单说：这笔钱是一对小贩夫妻送过来的，说是好心的邻居想要做的善事。施主，功德无量啊……

李恒夫妇愕然……

原载《吴地文化·闪小说》2017年第3期

眼　神

○ 梦凌（泰国）

　　她看了躺在棺枢里的他，瞳仁闪过一丝不安，她知道他为什么闭不上眼睛。

　　俯身，在他的耳边轻轻地说了一句……

　　布满皱纹的右手从他的额前往下摸，他最终闭上了双眼。

　　她回到座位，看到三个儿子和儿媳妇们正忙着出丧准备。

　　她的思绪随着眼前的香烟飘，飘到了过去。

　　27年前的那个夜晚，被他绑回来的她被他强暴了。

　　家人欠的债务由她抵债，她的命运被推上了风口浪尖。

　　她抵抗、逃跑、痛苦过，几番折磨，在身疲力尽时却怀孕了。

　　他看见她的惊慌和不安，知道她怀孕了，开始用温柔的眼神看着她，他知道她的憎恨，虽然他从没听过她一句话。

　　炎热的夏伏天，她终于生产了，近10个小时的挣扎，她一句喊叫都没有，三胞胎平安健康出生，他从她的眼神看到了异样的喜悦。

　　生活磕磕碰碰，稍有不如意时他还是会拿她出气，他的占有欲更强，甚至还听到左邻右舍的议论：哑巴妻子好可怜。

　　孩子们却出奇地聪明，并同时考上同一所大学，她默默地尽了母亲的责任，直至50岁那天，他忽然得了膀胱癌，病情来势汹汹，不到三个月他就撒手人间。

他咽下的最后那口气时说了句：原谅我，我知道你并不是哑巴。

他没来得及看到她眼神里的最后一丝惊慌。

过往恩怨，一笔勾销。看着送山的队伍，她轻轻地说了一句，声音模糊不清，有些沙哑。

三个孩子呆怔着看着他们的妈妈……

荣获 2017 年首届全球华语闪小说锦标赛三等奖

归去来兮

○ 孙博（加拿大）

踏进三月，陆家喜事接踵而来。今天又迎来了一家之主的五十大寿。

相对于其他新移民来说，陆嘉良是幸运的。20年前全家从香港移民到多伦多后，他两周之内就找到了专业对口的工作。他们马上在名校区安家置业，还买了车。嘉良从《城市日报》小编辑慢慢爬到总编，虽然只统管50多号人马，却有一人之下万人之上的感觉。移民时一对孪生儿女才3岁，太太诗茵全职在家带孩子，一直到孩子上了高中，她才重拾会计老本行。

全家生活不算富裕，但也过着衣食无忧的生活。最令陆家引以为傲的是一对儿女，都进了名牌大学，数年寒窗苦读后以优异成绩毕业。前几天儿子亚明决定去美国谷歌总部任软件工程师，女儿亚琴昨天才定下去纽约的麦肯锡总公司做咨询顾问，这些都是计算机和商科毕业生梦寐以求的超级大公司啊！两人的起薪都过10万美金。

两个孩子一大早出门办事后，老两口就开始准备晚餐了。6点刚到，亚明、亚琴抬着大蛋糕走进门，嘉良见后面还紧跟着一对陌生的男女，内心有点纳闷。见老妈看着两个陌生人发呆，兄妹俩马上各自拉着一个介绍起来。女的与亚明同届同专业，即将去苹果公司工作。男的是亚琴商学院的师兄，已在华尔街的投资银行工作一年了。一直蒙在鼓里的老两口瞬间才明白，兄妹为啥非去美国不可。

五颜六色的菜肴早已摆满了一大桌，十分诱人。嘉良特地开了一瓶波尔多葡萄酒。就在6人举杯之际，门铃突然响起来，未免有些扫兴。只有诗茵一个箭步冲出去开门。

诗茵带进来的是一位满脸络腮胡子的男子，活像个艺术家。嘉良定睛一看，马上扑上前，两人紧紧拥抱。

男子从背包里取出木制礼盒，恭敬地说："祝姐夫生日快乐！"

嘉良打开一看，内装两瓶茅台酒，是为庆祝香港回归而特制的，都快20年了，价值连城啊。

诗茵快速地添上碗筷，让弟弟诗文紧挨着老公坐下。这显然是她精心策划的惊喜，但没料到早被儿女抢了头彩。原来，诗文在香港一家新媒体公司任总裁，这次去纽约融资，筹划上市，办完事后特地来多伦多小住两天，再直飞香港。对于嘉良来说，这个小舅子可不一般啊！他不但是自己的师弟和徒弟，而且还是大媒人呢。

诗文与各位寒暄几句后马上狼吞虎咽起来。在他带领下，早已饥肠辘辘的年轻人争先恐后，似乎与舅舅展开了一场抢食大赛。红酒见底后，嘉良又开了一瓶茅台酒，大家兴致更浓，中英文交谈声混杂，好不热闹……

酒足饭饱之后，准备切蛋糕。恰在这时，嘉良的手机突然响起来，他一听，眉头立马皱起。电话收线后，他那脸庞上突然冒出黄豆般的汗珠。诗茵见状，果断暂缓切蛋糕仪式。亚明、亚琴心领神会地收拾起餐具，另外两人也帮起忙来。

诗文扶着嘉良来到书房，诗茵跟进后关上了门。嘉良一屁股瘫在椅子上，和盘托出是社长打来的电话，董事会刚才决定经营40多年的《城市日报》今晚出最后一张报纸。嘉良知道报社连年亏损严重，但没想到来得这么快，悲从中来。诗茵劝说，这么辛苦的夜班工作不做也罢，自从4年前当了总编后没见他睡过一个安稳觉。而对于知天命的嘉良来说，这是一个十分尴尬的年龄，做了大半辈子新闻再转行能成功吗？难道就这么早退休了？……

沉默片刻后，嘉良突然冒出一句话："香港的局势到底怎么样？"

诗文答道："20年来风风雨雨，可依然是马照跑、舞照跳……"

一个多小时后，诗茵大声地张罗大家到餐厅吃蛋糕。灯熄了，点上蜡烛。7个人齐唱中英文生日歌，气氛温馨。许愿之际嘉良一反常态，对着孩子说："我刚才决定马上回流香港，到你舅舅那儿去。"

"担任突发新闻组主任，董事长刚来短信确认了。"诗文看着手机说。

孩子们还没反应过来，诗茵抢着说："你们都走了，我一个人留在这还有啥意思，趁房价高卖了，我也回香港。"

嘉良一把将老婆搂在怀里，两人一起吹灭蜡烛。掌声打破了夜的宁静……

原载《常德民生报》2017年10月27日；获2017年

"紫荆花开"世界华文微小说征文大奖赛优秀奖

一只鸟和一队鸭子

○ 宇秀（加拿大）

　　说起当初下决心移民来温哥华，帮我拿定主意的并不是他。

　　16年前一个清晨，他从遥远的温哥华把我从上海晨梦里叫醒，跟随着他电话里的叙述，我看到白色尖顶木屋外的草坪上，樱花缤纷，一只鸟从枝头飞到他手腕上，把脑袋探向他手中的咖啡杯，怡然地啜饮着杯沿上一滴褐色汁液，然后飞去又飞来……接着他驾车上班途中，一队鸭子像突然出现的小溪阻断了行进中的车流，鸭妈妈领着孩子们正穿越马路，它身后的和迎面的车辆都自觉地停下排成长龙，等候鸭子们缓缓通过，没有一辆车摁响喇叭，静静地仿佛向鸭队行注目礼……

　　这是安徒生的童话还是世外桃源？鸟儿居然可以飞到人手上共饮咖啡，胖胖的鸭子们竟然大摇大摆笃悠悠地过马路，这是怎样美妙的、天人合一的世界啊！

　　此前，在他就要飞回温哥华那晚，太平洋二楼咖啡厅靠窗的台子，我们彼此用银匙在各自的卡布基诺里转着一圈又一圈，看看窗外的雨飘落在淮海路的车流和鳞次栉比的雨伞上，彼此一笑。他的笑里是一个问号等候我的回答，我的笑里则是一份疑惑的遮掩。毕竟对于加拿大，我知道的最深刻内容莫过于小时候背过的那句话"一个外国人不远万里来到中国",那个外国人就是从加拿大来的。但加拿大于我是一片茫然。

可谁知道啊,竟然是一只鸟和一队鸭子帮我下了决心,并由此对那个遥远的国度、那个全然陌生的城市有了一份心安理得的亲密。

原载香港《明报》2017 年 9 月

冷暖指触

○ 张石（日本）

那是一个文化荒凉的时代，能看的娱乐节目是"三战""八戏"，电影只有《地道战》《地雷战》《南征北战》，戏剧只有八个样板戏。

可那又是一个文化丰富的时代——所有的人都能唱几句样板戏，所有的"战宣队"都演样板戏，高水平的业余演员不让专业，无论是田边地头，还是打谷场、小队部，都有"战宣队"引吭高歌，引起一阵阵喝彩。全民乐器的普及水平也相当高，用京胡、二胡、手风琴、脚踏琴，都能给音符和节奏极其繁难的样板戏伴奏，所有的普通人，几乎都既是观众，又是演员，参与者的数量竟弥补了文艺作品数量的单调，使人们的心灵在恐怖和荒凉的时代有时也热热闹闹。

金地那时十七八岁，做医生的父亲被从城里下放到县城。

那时高中毕业后就没书可念了。金地会拉二胡，他在淡黄色高粱秆篱笆围成的院子里拉二胡，寂寞而悲凉，一条邻居的白狗趴在他脚前亲热有余，金地不知道它是不是一个忠实的听众。

邻居的老大夫会唱样板戏，按照京剧的正式分类可以算"黑头"，什么《智取威虎山》里的常宝爹、《杜鹃山》里的雷刚之类，都能学个八九不离十。

　　老大夫发现金地会拉二胡，高兴得不得了，因为他们医院要在过新年时汇演，他要来一曲《海港》中的唱段，正愁没人伴奏。他拉着金地来到了医院，老大夫一曲《海港》唱下来，金地也被留在了工厂，暂时在制剂室里帮忙，"战宣队"一有演出就去伴奏。

　　金地也能唱，也能舞，很快成了"战宣队"里女孩子们喜欢的对象。

　　那个时代，非夫妇的男女在一起会成为罪过，而"战宣队"里例外，吴清华可以把住洪常青的肩头起舞，小常宝可以尽情扑进杨子荣的怀里……

　　这对于少年的金地来说，是怎样一种动人心魄的震颤？排练时，握住豆蔻年华的少女的手，是怎样的一种柔软如酥的热流流遍身心，在起舞时偶尔碰到花季"战友"微微隆起的前胸，又是怎样的心跳弹拨出青春彩色的梦想……一切似在美丽的纱中，如幻如真，一切似在朦胧的雾中，虹光霓影……

　　金地更痴迷于在演出前女孩子为他化妆。少女细腻的手指在他饱蘸青春情欲而又带着羞涩的脸上轻柔摩挲，向一缕缕甘甜的溪流流过他的心，少女的胸脯有时会压在他的肩上，那富有弹性的起伏使他屏住呼吸——他听到了少女心的跳动，快乐、紧张而羞涩，他听到自己的心在跳动，激动、幸福而销魂……心跳的和声交织在一起，交织成幼莲粉红色的露珠在银色月光下浑圆地滚动般柔美的乐声……

　　给金地化妆的是两个演员兼小提琴手——小月和小媛，她们都是来医院里实习的中学生（那个时代叫"参加社会实践"）。

　　小月的琴技一般，但正值豆蔻年华，皮肤白细，双眸如星，婀娜如柳，美丽非凡。她的手指温暖而细腻，她为金地化妆时，使他感到了她美丽而温馨的气息笼罩在周围，感到她美丽的前胸在眼前起伏，她的手指在自己脸上轻柔地揉搓，似乎弹奏起他心中的梦幻曲，金地仿佛融化在了她芬芳的氤氲中……

　　小媛琴技一流，比小月大一岁左右，但是没有小月漂亮，胖乎乎的高个子，也有说不出的可爱。

　　她的手指细长而美丽的，但却是凉凉的，在金地脸上揉搓时，有一种清爽的感觉……

在小月和小媛都在的时候，金地喜欢让小月化妆，因为她太美了。小媛似乎感觉出来了，有一天她有些委屈地说："为什么不让我给你上妆？"

已经坐在了小月面前的金地被问得有些慌张了，他吞吞吐吐地说："冬天了，你的手有点凉。"

小媛没有生气，她大大方方地莞尔一笑。金地在小月的胸前，听到了后面传来一阵琴声，沙哑而寂寞……

一个月过去了，又到了全县"战宣队"会演的时候了。金地在后台练声、对弦，忙得不亦乐乎。

他突然看见小媛站在他的面前，顽皮而坚决地说："我给你化妆！"

金地的眼睛在四周茫然地寻找着，小媛知道金地在找谁。她笑着说："我的手不凉了，不信你试试。"

金地迟疑地坐下来，小媛日渐丰满的前胸在他的眼前鼓动，她的手指轻柔地在他的脸上摩挲，真的，真的不凉了，细软而轻柔，温暖而滑腻……

白驹过隙，时间飞快地流驶，金地上了大学。从那以后他见到过一次小月，她已经嫁给了金地所在大学那个城市郊区的一名小学教员，脸上也染上了一层东北妇女成熟的高粱色。

但他再也没有见到过小媛，可直到今天他也无法知道，小媛的纤纤细指，为什么变暖了，那暖暖的手指留下的温馨，似乎永远留在了他的心中，有一点甜蜜，有一点歉疚。

原载《中文导报》2017年11月16日，第1166期

康 宁

○ 温晓云（泰国）

　　巴萨已经在"康宁饭店"连续吃了十天的午餐，这里的海南鸡饭确实好吃，特别是淋上店里特制的酱料，美味可口唇齿留香。

　　每天，巴萨都坐在临窗的位置，从窗口看出去，可以看到大马路人来人往，正对面是汇商银行，中午的时候进进出出的顾客并不多。

　　"这几天医院催得很急，儿子的医药费已经积欠半个多月了，护士说今天再不交钱，晚上就停药了！"妻来电话。

　　为了给儿子治肝病，积蓄没了，房子卖了，能借的亲朋好友全借过钱了！

　　巴萨看着身边的黑色包包，又盯着对面的银行，暗想：今天一定要成功！为了救儿子！可怜的孩子他才十岁呀！

　　"儿呀，你回来了！"巴萨看到一个白发苍苍的老太太，向他疾奔而来，而且抱着他就哭。"妈等得你好苦呀！你终于回来了！"

　　"大妈，大妈，您认错人了！我不是您儿子！"巴萨安抚着哭泣的老太太。想起自己的老母亲，也在乡下盼望着儿子治好孙子的病回家团聚，巴萨眼眶泛红。

　　"儿呀，妈再也不让你离开！没钱，妈给你，再也不能去抢银行!"老太太紧紧抓住巴萨身旁的黑色包包,急急走进里面的房间,并关上门。

这时,年近六旬的饭店老板走过来,对他说对不起,老太太是他的母亲,脑子有些糊涂,因为弟弟犯罪被警察击毙,老太太大受打击变得疯疯癫癫。

"击毙?他、他犯什么罪?"巴萨颤声问道。

"劫持银行职员当人质抢劫银行,被当场击毙!"老板的话把巴萨惊呆了。

"老百姓需要安康宁静的生活!不能因为有困难就铤而走险,给社会和家庭添乱!你看看我的店名就是'康宁饭店'!"巴萨在老板犀利眼光的注视下低下头。

巴萨走了,留下那个黑色包包,里面是他在网上买来准备打劫银行的仿真手枪!

在饭店老板的全力资助下,巴萨治好了儿子的病,也过上了康宁的日子。

他们成为好哥们儿后巴萨才得知,饭店老板正是当年击毙老太太儿子的那位警察。退休后他开了这间饭店,赚点小钱,尽孝为老太太养老送终。

此文获 2017"光辉奖"世界华文法治微型小说大奖赛三等奖